LAATSTE LENTE AAN DE SEINE

Jeroen Kuypers

Laatste lente aan de Seine

Roman

uitgeverij marmer

Voor Mieke, die mij het belang
van het ethisch kompas deed inzien.

'Er werden massamoorden gepleegd, en instinctief wist ik dat dit op bevel van het staatshoofd gebeurde. Ik ben er zeker van dat niet alleen ik, maar iedereen in onze kring zich daarvan bewust was. Dit besef lag aan de basis van onze samenzwering. Sterker nog: zonder dit instinctieve weten zou er nooit een twintigste juli zijn geweest.'

Axel Freiherr von dem Bussche-Streithorst
(Uit een herdenkingstoespraak in 1970.)

DEEL ÉÉN
WEGKIJKERS

Juli 1943

1

Elise Calmann stond op het balkon en dronk haar avondkoffie. Geen cichorei of andere surrogaatkoffie, maar echte bonenkoffie. Het was een van de weinige uitspattingen die zij en haar echtgenoot zich nog konden veroorloven. Elke avond, tegen de tijd dat de zon onderging en de schemering inzette, zette ze een potje, dat ze samen in een ritueel opdronken. De bioscoop, het theater, de danshal – elke vorm van uitgaan was voor haar door de bezetter aan banden gelegd. Sinds twee jaar was ze in toenemende mate aan huis gebonden. Ze was ook steeds banger geworden en durfde zelfs overdag slechts met grote wilsinspanning het huis te verlaten. De davidsterren die ze per stuk op haar jassen had genaaid, beschouwde ze als schietschijven. Op straat had ze het gevoel dat iedere voorbijganger naar haar keek en zodra ze een politieagent of Duitse militair zag naderen, sloeg de schrik haar om het hart. Het ene moment liep ze halsoverkop een portiek in, het andere keerde ze pardoes om. Ze had geprobeerd haar angst te bedwingen; de hartkloppingen waren alleen maar in intensiteit toegenomen. Soms droomde ze dat ze op straat gearresteerd werd. Dan werd ze gillend wakker en begon direct daarop te hyperventileren. Armand moest op haar inpraten, haar vastpakken en tegen zich aan drukken om haar tot bedaren te brengen. Het liefst had ze dat hij haar hoofd tegen zijn borstkas drukte. Als ze zijn rustige hartslag hoorde, had dat automatisch een kalmerend effect.

Ze had een klontje suiker in de koffie gedaan. In zekere zin verpestte dat de pure smaak van de Indochinese robustabonen, maar tegelijk gaf het haar extra energie, en die kon ze gebruiken. Armand vond dat ze de laatste maanden was afgevallen. Haar borsten waren kleiner geworden en haar billen slapper. Vóór de oorlog vertoonde ze de eerste tekenen van een zekere volheid. Ze wist dat het samenhing met de overgang, die vroeg inzette bij alle vrouwen in haar familie. De eerste menstruatie op negenjarige leeftijd, de eerste onregelmatige menstruatie op eenenveertig. Daar was niets ongewoons aan, had haar huisarts gezegd – Benjamin Levy, de dokter met de meest geruststellende glimlach die ze ooit had gezien. Zelfs de diagnose van een blindedarmontsteking kon hij brengen alsof het een onschuldige verkoudheid betrof. Maar het was de laatste diagnose geweest die hij had gesteld. Drie maanden geleden was de deur tot zijn praktijk ineens dichtgetimmerd geweest.

Levy was een buitenlander. Hij en zijn gezin woonden weliswaar al dertien jaar in Frankrijk, maar de regering van Pétain had hun nationalisering tot Fransen ongeldig verklaard, en zo hadden de Duitsers hen alsnog kunnen oppakken en deporteren, terug naar Polen. Ze zette haar kopje op het balkontafeltje en draaide aan haar trouwring. Gelukkig was zijzelf geboren en getogen in Frankrijk en was Armand Rohan-Polduc een telg uit een eeuwenoud adellijk Frans geslacht. Ze was in dubbel opzicht beschermd: door haar nationaliteit en door het feit dat ze met een ariër getrouwd was.

Waarom was ze dan toch zo bang?

Ze ademde langdurig in en daarna weer uit, keek naar haar handen, de lange vingers, de huid die nauwelijks werd ontsierd door aderen en vlekken. Alleen jammer dat ze geen nagellak meer kon krijgen. Haar bloedrode nagels waren vroeger in staat geweest mannen in verrukking te brengen.

De schaduwen op de gebouwen aan de overkant van de straat werden langer. Nog even en ze zouden de verduisteringsgordijnen moeten sluiten. Achter de overkant voelde ze de aanwezigheid van de Seine, achter zich die van het Bois de Boulogne, dat nochtans kilometers ver weg lag. De plattegrond van Parijs zat gedetailleerd in haar hoofd. Ze was opgegroeid in de hoofdstad en wist overal feilloos haar weg te vinden – toen, toen ze nog buitenkwam en niet het leven leidde van iemand met huisarrest.

Haar blik gleed langs de bovenkant van haar balkon en vervolgens naar beneden. Ze kon nooit genoeg krijgen van het art-nouveaupand, dat door een navolger van de beroemde Belgische architect Victor Horta was ontworpen. Het appartement op de tweede verdieping was ook het enige kostbare bezit dat ze uit het faillissement van de bank hadden weten te redden. Plus de kunstwerken die ze nu stuk voor stuk verkochten om te overleven. De vraag was hoeveel jaar dat nog zou moeten en zou lukken.

Ze hoorde het geluid van auto's die de straat in reden. Nieuwsgierig boog ze over de rand. De adem stokte in haar keel. Ze zag een autobus, een overvalwagen van de politie en twee motoren de Avenue de Versailles afrijden. Ze kwamen op een honderdtal meters van haar huis tot stilstand. Agenten sprongen uit de overvalwagen en stelden zich langs de stoepen op. De autobus reed door. Even later arriveerde een vrachtwagen. Er sprongen nog meer agenten uit, die dranghekken begonnen uit te laden.

Het kopje gleed uit haar handen en spatte beneden op straat in tientallen scherven uiteen, maar Elise hoorde het niet. Ze vluchtte naar binnen, staarde Armand met grote ogen aan en slaagde er niet in iets uit te brengen.

'Wat is er aan de hand? Is er op straat iemand overreden?'

Hij legde het boek dat hij aan het lezen was op zijn schoot, maar bleef het met twee handen vasthouden, alsof loslaten gelijkstond aan toegeven dat er iets vreselijks stond te gebeuren.

'Ze… ze komen', slaagde ze er uiteindelijk in te zeggen.

'Wie?'

De onnozelheid van zijn vraag maakte haar kwaad en juist die kwaadheid verdreef de paniek.

'De politie! Ze zetten de straat af en straks komen ze naar boven!'

Armand smeet het boek nu op de grond en sprong overeind. Hij was in enkele stappen op het balkon, keek links en rechts de straat af en kwam weer terug naar binnen. Zweetdruppels verschenen onder zijn dikke, blonde haardos. De blauwe ogen achter de glazen van de zwarte hoornen bril leken nog groter dan anders.

'Laten we rustig blijven. Ze komen voor anderen, niet voor jou. Jij bent beschermd.'

Ze keken elkaar aan. Daarna nam hij haar rechterhand en kneep er hard in, alsof hij haar wilde laten ontwaken uit een boze droom.

'Wat moeten we doen?! Wat moeten we in hemelsnaam doen?!'

'We kunnen niks doen', was zijn antwoord. 'Er wonen geen andere Joden in dit gebouw. We zullen ze straks gewoon horen vertrekken met hun wagens.'

Ze namen plaats op de bank, de oren gespitst op elk geluid in het pand. Boven werd een deur dichtgeslagen, maar dat gebeurde wel vaker. Een wc werd doorgetrokken, ook niets bijzonders.

De deurbel klonk.

'Blijf zitten!' schreeuwde Elise. 'We zijn niet thuis! We zijn niet thuis!'

Maar overal in het pand leek de bel te gaan. Het duurde niet lang of een van de buren had het metershoge traliehek in de gewelfde poort opengedaan. Er klonken onverstaanbare woorden, daarna voetstappen op de trap. Gebonk op de deur.

'Opendoen; politie!'

Armand kwam overeind en liep naar de hal. Ze zag dat hij zich een statige houding probeerde aan te meten en hoopte dat er iets van het gezag van de vroegere bankdirecteur terug zou komen.

'U bent Armand Rohan-Polduc, monsieur?' hoorde ze vragen. 'En uw echtgenote is Elise, geboren onder de naam Calmann?'

'Mijn echtgenote, ja, geboren en getogen Française en getrouwd met mij, een afstammeling van de markies Rohan-Polduc.'

In één zin had hij al zijn troeven op tafel gelegd, wist ze, maar zou het helpen? Een agent trad de huiskamer binnen, gevolgd door een tweede. Ze droegen hetzelfde uniform en hetzelfde potloodsnorretje.

'Madame Calmann? U moet met ons meekomen.'

'Op basis waarvan?' probeerde ze, zonder aanstalten te maken overeind te komen, maar ze voelde dat het verloren moeite was.

'Wij hebben onze bevelen, madame. Laat monsieur u helpen een koffertje te maken met kleding voor de komende dagen.'

'Maar ik...'

'Wij hebben onze bevelen, madame', onderbrak de agent haar.

Het interesseert hem niet, besefte ze, hij hoort niet eens wat ik zeg. Moeizaam kwam ze overeind. Al haar spieren leken dienst te weigeren, maar als ze niet gehoorzaamde zouden de agenten haar tussen zich in nemen en desnoods de trap af sleuren. Ze wist zeker dat ze het zouden doen, niet omdat ze wreedheid uitstraalden maar juist omdat ze zo onverschillig waren. Hun emoties waren opgeborgen in een ander compartiment van hun brein.

Met wankele passen liep ze naar de slaapkamer. De tweede agent volgde haar en bleef in de deuropening staan terwijl ze een koffer pakte om die met mechanische bewegingen met jurken en ondergoed te vullen. Ondertussen hoorde ze hoe Armand op de andere politieman probeerde in te praten, met steeds dezelfde argumenten. Opnieuw herhaalde de agent hetzelfde zinnetje. Toen Armand aanhield, reageerde hij plotseling met een bars en ordinair '*J'en ai rien à foutre!*' – 'Het kan me geen donder schelen.' Toch een emotie.

Ze nam de koffer in haar hand en liep terug naar de woonkamer.

Het leek of er lood aan het hengsel hing. Haar hart klopte in haar keel en toch voelde ze zich minder bang en wanhopig dan ze had verwacht, misschien omdat hetgeen ze maanden had gevreesd, eindelijk bewaarheid werd.

'Ik zorg voor een advocaat', zei Armand. 'Ik laat je niet in de steek, nooit.'

Hij probeerde stoer te doen, maar zijn onderlip trilde. Ze zag dat hij moeite moest doen om zijn eigen wanhoop te bedwingen.

'Vraag na waar ze me naartoe brengen', zei Elise. 'Maak duidelijk dat dit een misverstand is, dat ze in overtreding zijn.'

Bij de laatste woorden richtte ze haar blik op de agent die het woord had gevoerd, maar hij reageerde niet, haalde zelfs zijn schouders niet op.

'We gaan, madame', sprak hij beslist.

Ze zette de ene voet voor de andere en volgde, bijna buiten haar wil om.

~

De autobus reed als een dief in de nacht door de straten naar het noorden. Naast Elise zaten er nog twee complete gezinnen op de banken, en verder een oudere vrouw en een alleenstaande man. De vangst leek erg mager. Twee agenten die niet ver van haar vandaan waren gaan zitten, spraken erover met elkaar.

'Ze worden gewaarschuwd. Eugène heeft een biljet gevonden. Die vrouw had het nog midden op tafel liggen. Kon het blijkbaar niet weggooien maar ook niet besluiten weg te gaan.'

'Waarheen dan?' vroeg de ander.

'Volgens mij zijn het communisten die de biljetten verspreiden. Maar ik snap niet dat ze soms van tevoren weten dat er een actie komt.'

'Bij ons op het bureau zijn er collega's die ik niet helemaal vertrouw op dat vlak', zei de ander.

'Wat denken ze ermee te bereiken? Als wij het niet doen, doen de Duitsers het zelf. Denken ze dat de SS zachtzinnig is? Sinds 1 juli hebben ze het doorgangskamp overgenomen van ons. Nou, ik kan je vertellen...'

De chauffeur trapte hard op de rem en iedereen moest zich vastgrijpen om niet voorover te vallen.

'Er stak zomaar iemand de straat over,' riep hij, 'en de avondklok is allang ingegaan.'

'Laat maar lopen', zei de ander. 'We moeten op tijd in Drancy zijn.'

Drancy – en dan? De plaatsnaam deed de rillingen over haar rug lopen. De paniek die uit haar was weggestroomd dreigde terug te komen, maar ze verzette zich er uit alle macht tegen. Voor haar was het zaak haar kalmte te bewaren en te hopen dat Armand snel een advocaat zou vinden die haar uit dat kamp kon krijgen. Ze moest zo snel mogelijk de commandant te spreken zien te krijgen, hem uitleggen dat dit een misverstand was. Hadden ze geen machtige vrienden die hen konden helpen? Iemand van haar familie? Een oude zakenrelatie die nu voor de regering in Vichy werkte? Ze ging in gedachten de namen af en zag de bijbehorende gezichten erbij opdoemen. Senatoren van de Radicale Partij, de gebroeders Michelin van de bandenfabriek, Louis Renault. In de tijd dat ze nog etentjes gaf, wisten die mannen haar woning te vinden, de excellente foie gras die ze serveerde en de uitstekende bourgogne die erbij geschonken werd. Op die avonden huurde ze personeel in, om te koken en serveren, en vervulde ze zelf met verve haar rol als gastvrouw. Maar toen had Armand ook nog de leiding over een kleine maar kapitaalkrachtige handelsbank. Toen die ten onder ging, in de nasleep van het Stavisky-schandaal van '34, droogden ook de vriendschappen met de zakelijke elite van het land snel op. Ze wist dat ze zich geen illusies moest maken. Van madame Rohan-

Polduc was ze in de ogen van deze machtige mannen gedegradeerd tot een failliete Jodin, die ze liever niet meer wilden kennen. En toch... zou één van hen niet zoveel fatsoen hebben, zoveel goede herinneringen, dat hij voor haar wilde bemiddelen?

Af en toe wierp ze een blik door het venster. Het gezelschap reed langs de Seineoever. Het water glinsterde in het licht van de maan. In de verte rees dreigend en donker het ijzeren gevaarte van de Eiffeltoren op. Daarna verdween dat uit zicht en ontwaarde ze de omtrekken van het eiland tussen de twee rivierarmen.

Er was geen verkeer op de straten en alle ramen van de huizen en winkels waren verduisterd. Geen streepje licht scheen door de gordijnen. Ondanks de zomerse warmte waren alle terrassen gesloten. De stad leek net zo uitgestorven als in de dagen voorafgaand aan de Duitse intocht in 1940, toen iedereen die de mogelijkheid had, de auto of de trein had genomen naar het zuiden. Waarom hadden ze hen toen niet gevolgd? Waarom waren ze in Parijs gebleven?

Haar keel was droog. Ze bedacht dat ze een fles wijn had moeten meenemen, een boek, misschien zelfs een pondje van de koffiebonen, zodat ze iets in handen had om te ruilen. In feite, besefte ze, had ze al die tijd een koffertje klaar moeten hebben staan, voor het geval dat. Maar wie had ooit gedacht dat dit toch...?

Ze weigerde de zin ten einde te denken. Ze moest hoopvol blijven. Armand zou alles doen om haar uit Drancy te halen. Het zou hem lukken, daar twijfelde ze geen moment aan, maar in de tussentijd moest zij sterk blijven.

Ze ademde heel langzaam in, en vervolgens even langzaam weer uit, sloot haar ogen.

Toen ze die weer opende, spurtte de bus nog altijd voort over de straatstenen, langs een eindeloze reeks van verduisterde gevels en lege pleinen.

2

De drie Franse militairen waren lang vóór de trein het Gare de l'Est binnenreed, de coupé uit gelopen om de hoofden uit het raam te steken. Ze deden alsof ze de Parijse lucht opsnoven, maar Max von Trettlow had de indruk dat ze niks anders inademden dan kolendamp. Hij kon zich hun blijdschap wel indenken: na drie jaar krijgsgevangenschap keerden ze eindelijk terug naar huis. Hopelijk werden ze opgewacht door vrouwen of meisjes op het perron. Ze leken de enige vrijgelaten soldaten te zijn in de hele wagon. Von Trettlow had een wandeling langs alle coupés gemaakt en nergens dezelfde versleten uniformjassen en -broeken gezien. Overal zaten Duitse militairen of Franse burgers. De eersten kwamen overeind en klakten groetend hun hielen tegen elkaar zodra ze hem opmerkten, de laatsten keken angstig of ongeïnteresseerd van hem weg.

De opwinding van de soldaten nam toe toen ze bekende gezichten op het perron opmerkten. Von Trettlow stond op en pakte zijn koffer uit het bagagerek. Hij verbaasde zich er nog dagelijks over hoe sterk de spieren waren en hoe behendig hij was geworden met één arm. De leren koffer oogde versleten, met krassen op het leer. Hoeveel reizen had hij ermee gemaakt? Silezië, Berlijn, Praag, eenmaal Parijs tijdens zijn huwelijksreis. Hij drukte de herinneringen eraan weg, voordat ze hem weemoedig maakten.

Op het perron werden de reizigers gecontroleerd. Von Trettlow zag politieagenten in uniform. Ongetwijfeld stonden er Duitsers bij in burgerkleding, op zoek naar mensen met een vals persoonsbewijs. De soldaten leken de enigen die zich er niets van aantrokken. Hij zag dat twee van hen aan de arm van een vrouw wegliepen. De derde was zonder iemand vertrokken.

Een politieman in burger tikte met de hand tegen zijn hoed en wuifde het persoonsbewijs dat Von Trettlow hem voorhield weg.

'Niet nodig, Herr Major.' En toen in het Frans erachteraan: 'Welkom in Parijs.'

Hij liep het perron af en de grote stationshal in. Het beton onder zijn voeten voelde stabiel na het dagenlange wiebelen van de wagon. De reis had lang geduurd, vooral het stuk van Stuttgart naar Straatsburg, omdat er bruggen en stukken spoorweg waren gebombardeerd en nog slechts provisorisch gerepareerd. Ook vanuit daar via Nancy naar Parijs was het een eindeloze rit gebleken. Tal van keren was de trein gestopt, soms zomaar op een open stuk. De ene keer liepen er spoorwegarbeiders langs de rails, een andere keer werd er geschoten. Von Trettlow was er niet door opgeschrikt. In vergelijking met de explosies en aanvallen aan het Russische front stelden deze incidenten niets voor.

Om hem heen klonk het gefluit van stoom die de lucht in werd geblazen, van conducteurs die het vertrek van een trein aankondigden, het geluid van mensen die naar elkaar riepen en krantenkoppen die venters boven elkaar uit schreeuwden. Aan de wanden hingen aanplakbiljetten die opriepen om in Duitsland te gaan werken, dienst te nemen bij de SS en te strijden tegen het bolsjewisme in Rusland. Hij zag ook verweerde posters met de foto van maarschalk Pétain en de vraag *Êtes-vous plus Français que lui?* Het leek gedateerde propaganda, reclame voor een regime dat acht maanden geleden had moeten accepteren dat het onbezette deel van Frankrijk alsnog door Duitse troepen werd ingelijfd.

Bij de uitgang van de stationshal stond een Duitse *Feldwebel* die een plakkaat voor zich hield met de woorden *Major Von Trettlow.*

De man staarde naar hem alsof hij zich afvroeg hoeveel officieren van die rang er nog meer zijn kant op zouden komen lopen. Toen Von Trettlow vlak voor hem bleef staan, klikte de ander zijn hakken tegen elkaar, nam het plakkaat onder zijn linkerarm en salueerde met de rechter.

'Welkom in Parijs, Herr Major. Ik ben uw chauffeur.'

Hij zag hoe de Feldwebel moeite moest doen om niet naar de lege mouw van zijn uniform te staren. Het stoorde hem niet – niet meer, sinds hij zich had gerealiseerd dat hun heimelijke blikken zijn ontbrekende linkerarm een spookbestaan schonken, alsof het ledemaat nooit werkelijk verdwenen was.

'Wat is je naam, Feldwebel?'

'Fischer, Herr Major, Fritz Fischer, dienst gebouwen en onderkomens van het personeel van het hoofdkwartier van de militaire bevelhebber in Frankrijk.'

Von Trettlow bedacht dat hij zich in het vervolg ook met zo'n mondvol zou moeten voorstellen: dienst gebouwen en onderkomens voor het personeel. Fischer was kleiner maar ook breder en gespierder, alsof hij een beroepsbokser was geweest die ze in een uniform hadden gehesen. Tegelijk had hij een vriendelijk gezicht, dat niet getekend leek door de verschrikkingen van de oorlog.

'Laten we maar meteen vertrekken, Feldwebel. Of moeten we wachten op de rest van mijn bagage?'

'Die wordt door een collega van mij afgehaald en rechtstreeks naar uw huisadres gebracht, majoor.'

Ze liepen naast elkaar naar buiten. Fischer wees op een aantal personenwagens die aan de overkant van het stationsplein geparkeerd stonden. Von Trettlow zag een donkere Citroën Traction Avant, ongetwijfeld afkomstig uit het verbeurd verklaarde bezit van een bedrijf of burger. Ze liepen ernaartoe. De Feldwebel opende het linkerachterportier en liet de majoor plaatsnemen.

Daarna pakte hij zijn koffer en plaatste die in de kofferbak. Von Trettlow merkte dat het leer van de achterbank warm was geworden in de zomerzon en aan zijn kleren plakte.

'Gaan we eerst naar het hoofdkwartier?'

Fischer antwoordde pas nadat hij de motor aan de praat had gekregen. Hij keek in de achteruitkijkspiegel, alsof het een telefoontoestel was waarin hij moest spreken. 'Ik heb opdracht u naar uw woning te brengen, majoor, in de Rue de Vaugirard. U wordt morgenochtend pas in het Majestic verwacht.'

De auto reed weg, de Feldwebel schakelde en sloeg al snel linksaf, de Boulevard de Magenta op. Von Trettlow keek om zich heen. Hij zag weinig auto's, wel veel fietstaxi's en een enkele autobus. De meeste Parijzenaren leken zich te voet door de stad te begeven. Aanvankelijk vond hij dat de vrouwen er slank uitzagen, maar enkele straten verder besefte hij dat ze mager waren.

'Zie ik dat goed, Feldwebel? Hebben sommige vrouwen de naad van een kous getekend op hun blote benen?'

'Als je geen kousen meer kunt kopen, moet je vindingrijk zijn, majoor.'

Toen ze stopten bij een kruispunt, vielen hem de zolen op die een vrouw onder haar schoenen had laten zetten: ze waren van hout. Aan de overkant reed een bus met een houtturbine op het dak. Ook de gevels en daken van veel panden oogden of ze al jaren geen onderhoud meer hadden gekregen. De stad die hem op het eerste gezicht zo intact had geleken, vertoonde barsten en scheuren.

'Is het ver naar die Rue de Vaugi...?' Zijn stem haperde.

'Vaugirard, majoor. We moeten dwars door de stad, over de Seine, dus we zijn wel minstens een half uur onderweg. Ik hoop dat u kunt genieten van het uitzicht.'

'Haast je maar niet', antwoordde Von Trettlow. 'Ik heb alle tijd van de wereld.'

Von Trettlow dacht aan de weken die hij in een ziekenhuisbed had doorgebracht, ijlend van de koorts, de ene dag meer dood, de andere meer levend. Het leek een tijdspanne buiten de oorlog om, maar in feite bestond de oorlog vooral uit wachten en had het tijdsverloop aan het front zich naar zijn ziekenhuiszaal verplaatst. Als officier was hij in afwachting van bevelen van hogerhand, zijn ondergeschikten waren dat van zijn orders. Samen wachtten ze bovendien op een initiatief van de vijand. Meestal gebeurde er lange tijd niets en op een onverwacht moment kwam iedereen tegelijk in actie. In het ziekenhuisbed had hij liggen wachten op verpleegsters en dokters, vrouwen en mannen die hem nu eens vriendelijk, dan weer half mompelend vertelden zich om te draaien, uit bed te komen, zijn mond open te doen of gewoon maar zijn broek te laten zakken.

De torenspitsen van de Notre-Dame doemden op. Langs de oever van de Seine hadden de boekverkopers hun stalletjes geopend. Duitse militairen struinden langs en bladerden in vooroorlogse uitgaven. Als ze naast een Franse burger stonden, leek het even of ze werkelijk toeristen in Parijs waren in plaats van vijanden. Maar de witte bordjes die naar de kantoren van de bezettingsautoriteiten wezen, bevatten een ander verhaal.

'Hoelang ben je al in Parijs, Feldwebel?'

'Sinds september 1941, majoor. Ik raakte ernstig gewond tijdens de invasie van Kreta. Ik werd hiernaartoe overgeplaatst omdat ik niet meer geschikt ben voor actieve frontdienst.'

'Werkelijk?'

Het verbaasde Von Trettlow, omdat hij geen zichtbare invaliditeit had gezien. Maar de woorden waren nog maar net gezegd of hij had er al spijt van.

'Ik was paracommando, majoor. Een van mijn benen is na mijn sprong verbrijzeld. Nu kan ik nog tien minuten normaal lopen, maar daarna begin ik al te strompelen.'

'Het spijt me als ik je beledigd heb. Mijn opmerking was spontaan.'

'U hebt me niet beledigd. Uw eigen verwonding was van een veel ernstiger aard.'

'De zichtbare wonden zijn niet altijd de ergste, Feldwebel.'

De Citroën trok op en reed over de brug het Île de la Cité op. Van de rechteroever naar de linker, wist Von Trettlow, hoewel het aanvoelde als van noord naar zuid. Voor een slagerij stond een lange rij vrouwen. Nog meer vrouwen, dacht Von Trettlow; mannen leken afwezig in deze stad, tenzij ze een uniform droegen. Er zaten er nog bijna twee miljoen in Duitse krijgsgevangenenkampen. Mondjesmaat liet Berlijn er wat vrij, als beloning voor goed gedrag van de Franse regering in Vichy. Hij vroeg zich af wat de drie vrijgelatenen die samen met hem waren uitgestapt, zouden gaan doen.

Ze verlieten het eiland via een tweede brug. In de verte zag Von Trettlow de Eiffeltoren boven de gebouwen uitsteken. Het was hier rustiger op straat. Ze passeerden een metrostation waarvan de ingang was afgesloten, een park en daarna een groot kerkhof. Fischer gaf geen uitleg en Von Trettlow vroeg er niet naar. Hij zou nog tijd genoeg krijgen om deze plekken te ontdekken. Op de Rue de Vaugirard zelf bleef de Citroën nog een paar minuten doorrijden, tot hij stopte voor een vijf verdiepingen hoog appartementsgebouw. Fischer parkeerde langs de stoep voor de deur.

'Het is op de tweede etage, majoor. Hoe lager, hoe voornamer in dit soort panden. De zolderverdieping is traditioneel voor het personeel.'

De binnenplaats achter de metershoge voordeur maakte een haveloze indruk, met roestige vuilnisbakken en een afgebladderde muur. De natuurstenen treden waren op sommige plaatsen gebarsten. De verlichting op de eerste etage flikkerde aan en uit. Het kon erger en Von Trettlow herinnerde zich de zwaar beschadigde fin-de-siècle-herenhuizen in Sebastopol. Sommige appartementen waren tot communistische burelen getransformeerd, met de strijdlustige, roodgekleurde posters nog aan de muur. In andere hadden partijfunctionarissen uit de hoofdstad hun vakantiedagen doorgebracht. De weelde stond in schril contrast met de armoede van de huizen in de volkswijken van Kiev, waar Von Trettlow en zijn mannen ruim een jaar eerder ook door waren getrokken.

De vrouw die hen in de deuropening opwachtte, was zedig gekleed in een hooggesloten donkerblauwe jurk. Haar zwarte haar was in een knot naar achteren gebonden. Ze had iets weg van een treurende weduwe, maar toen Von Trettlow zich aan haar voorstelde, merkte hij dat haar gezicht geen sporen van verdriet vertoonde en dat ze jonger moest zijn dan ze leek. Haar ogen waren helderblauw, haar lippen liepen toe in een tuitmond. Het leek of ze hem wilde berispen en er toch niet toe kon komen dat te doen.

'Aangenaam, monsieur Von Trettlow. Ik ben Elisabeth Nourissier.'

Aan de onderofficier die achter hem in de deuropening stond, schonk ze geen aandacht. Hij hoorde blijkbaar thuis in de categorie huispersoneel.

Ze ging hem voor door de hal naar de woonkamer. De inrichting ervan was niet in één stijl gedaan. Er stonden enkele chesterfields en een zitbank in empirestijl. Een grote asbak op een staander nodigde uit een sigaar te roken. De vazen op de marmeren schoorsteenmantel waren dan weer in art deco en het grote portret boven de schouw leek dat van een vroege negentiende-eeuwer, misschien een voorouder. Enkel een papegaai in een grote ijzeren kooi ontbrak om het eclectische plaatje compleet te maken.

'Dit wordt de eerstkomende tijd uw thuis.'

Ze sprak het uit op een toon waarin niets verwelkomends klonk.

Het getuite mondje werd daarnaast ook nog zuinig. Madame Nourissier hield de handen voor haar schoot gevouwen alsof ze een dienstmeisje was dat wachtte op bevelen, in plaats van dat ze de vrouw des huizes was.

'Ik zal me hier best op mijn gemak voelen, madame.'

Het waren de eerste woorden die hij in het Frans sprak deze dag. Von Trettlow besefte dat hij vanaf nu vaak in die andere taal zou spreken, soms schrijven en uiteindelijk zelfs denken. De woorden zouden spontaan opborrelen, maar het gewenste effect zou lang op zich laten wachten. Er stond heel wat ijs tussen hem en de vrouw die haar woning ter beschikking had moeten stellen.

'Hebt u mij nog nodig, majoor?'

Het Duits van de Feldwebel leek plotseling tot een andere sfeer te behoren. Hij maakte zijn blik met moeite los van de vrouw en verplaatste die naar de militair. Von Trettlow schudde zijn hoofd en glimlachte.

Direct besefte hij dat dit ook zijn eerste glimlach was van deze dag.

3

De eerste ogenblikken na het ontwaken wist Von Trettlow niet waar hij was. De droom spookte nog na in zijn geest, al vervaagde het verhaal ervan snel en bleven er enkel flarden over: een loopgraaf, maar in het zicht van Parijs, en hijzelf even invalide als nu, behalve dat hij zijn rechterarm miste in plaats van zijn linker. Hij droeg een *Pickelhaube* in plaats van een *Stahlhelm*, wat het tafereel in de vorige wereldoorlog plaatste. Von Trettlow sloeg de dekens van zich af en kwam uit bed. Hij liep in zijn onderbroek naar de wastafel die in een hoek van de slaapkamer stond, bedwong de neiging erin te urineren en bekeek zichzelf in de spiegel erboven.

Zoals altijd werd zijn blik eerst getrokken naar de stomp van zijn arm. Deze was rood, een gevolg van de verstoorde bloedsomloop en de slecht geheelde aderen. Dat maakte het dragen van een prothese ongemakkelijk, zodat hij de kunstarm gewoonlijk in de kast liet. Hij moest ook weer op de stomp hebben gelegen in zijn slaap. Een vage pijn begeleidde het kloppende gevoel en leek zich uit te breiden tot onder de stomp. Spookpijn, wist hij. De arm die tijdens een explosie was afgerukt, waardoor hij bijna was doodgebloed, bleef voelbaar aanwezig.

Hij masseerde zijn linkerschouder en daarna de stomp. Geleidelijk trok de rode kleur en daarna ook de pijn eruit weg. Vervolgens draaide hij de warmwaterkraan open, pakte zijn scheerkwast, maakte de haren nat en bewoog ze tegen de zeephouder.

De wandspiegel was intact maar de wastafel vertoonde een

barst. Het behang in de kamer leek al enige tijd aan vervanging toe. Degene die hier vóór hem geslapen had moest een stevige roker zijn geweest, want de verbruining was tot op het plafond zichtbaar. Maar het tweepersoonsbed lag comfortabel en de lakens waren frisgewassen. Von Trettlow vond dat hij geen enkele reden tot klagen had. Zeker niet in tijden van oorlog.

Het aankleden met één arm was, zoals elke dag, een bezigheid van de lange adem. In het revalidatiecentrum had men hem elke handeling met veel geduld aangeleerd, zodat hij er niet meer over na hoefde te denken. Hij controleerde zijn verschijning in de spiegel. Een paar stoppels had hij overgeslagen, maar het mes was ook al bot en hij had geen zin meteen de eerste dag met korstjes op het hoofdkwartier te verschijnen. Op de gang kwam hij madame Nourissier tegen. Ze liep met een kan koffie van de keuken naar de woonkamer, nog altijd eerder in de rol van dienstmeisje dan van gastvrouw.

'Bonjour, Herr Major', klonk het vormelijk.

Hij nam plaats aan de eettafel die ze speciaal voor hem had gedekt. De zon scheen al warm door het venster, hoewel het pas zeven uur in de ochtend was. Zwijgend schonk ze voor hem in, in een brede porseleinen kop. Café au lait.

'Het is heerlijk om te ontbijten zonder frontberichten', probeerde hij een praatje te maken, maar ze negeerde zijn opmerking en liep terug naar de keuken om een mandje met croissants te halen.

'Dit heb ik met moeite kunnen bemachtigen, omdat de Feldwebel uw voedselbonnen al gebracht had, maar eigenlijk zijn die bonnen waardeloos als je niet bijbetaalt.'

Ze keek hem vragend aan maar sprak het niet uit.

'Ik zal wat geld achterlaten en proberen een pond koffie mee te nemen uit het Majestic', beloofde hij.

De koffie smaakte bitter, de jam die hij op de croissant smeerde leek van vóór de oorlog, het brood na de tweede hap eigenlijk ook.

Toen er werd aangebeld, maakte hij daar gebruik van om zijn ontbijt voortijdig te beëindigen en de woning te verlaten.

~

Hij sloeg de waarschuwing van Fischer in de wind en stuurde de Feldwebel in de auto alleen terug naar het Majestic. In plaats daarvan nam hij de metro vanaf station Vaugirard. Op het perron negeerde Von Trettlow de steelse blikken van enkele Duitse militairen. Het waren de enige. Met of zonder ontbrekende arm leken de Fransen dwars door hem heen te kijken. In afwachting van de metro bekeek de majoor de vergeelde reclameaffiches aan de wand, en een poster met het gezicht van maarschalk Pétain. *Venez à moi avec confiance*, luidde de slogan. Het gezicht met de grijze snor onder de officierspet stond ondoorgrondelijk, alsof de maarschalk het hem geschonken vertrouwen niet interesseerde.

Als lid van de bezettingsmacht mocht hij gratis reizen en zelfs plaatsnemen in een speciaal voor Duitsers gereserveerd deel, maar hij koos ervoor bij de Fransen in te stappen. Lijn zes voerde hem grotendeels ondergronds naar de andere oever. Opnieuw viel hem op dat er vooral vrouwen in het metrostel zaten of stonden. De weinige mannen waren op leeftijd, of oorlogsinvaliden zoals hijzelf. Iemand met één been stond halsstarrig met zijn krukken te wiebelen en weigerde de stoel die een vrouw hem aanbood. Een ander had slechts één arm. Hij staarde even verbaasd naar de lege mouw van Von Trettlows uniformjasje maar keek daarna weg, alsof hij hem een spiegel voorhield en de aanblik onverdraaglijk was. Weer een andere man zat met zijn hoofd tegen de ruit geleund. Zijn reutelende ademhaling was op elk station, als de trein stilstond, goed hoorbaar. Het slachtoffer van een gasaanval in de loopgraven, concludeerde de majoor.

Hij stapte uit bij station Kléber, nam de trap naar boven en kwam uit op de gelijknamige avenue. Daar bleef hij staan en nam de tijd een sigaret op te steken, de eerste van die dag. Hij had daarstraks met opzet een Frans merk gekocht en zijn Duitse in het appartement laten liggen. De donkere tabak gaf een branderig gevoel in zijn keel maar net als altijd smaakte deze eerste van de dag het beste. Genietend trok hij de rook diep in zijn longen en blies die daarna door zijn neusgaten uit.

Aan het verre einde van de avenue was de Arc de Triomphe zichtbaar. Na de capitulatie van Frankrijk waren de Duitsers er geregeld met een militaire fanfare onderdoor gemarcheerd. Hij vroeg zich af hoe de bevolking dat had ervaren: indrukwekkend, vernederend of misschien vooral kinderachtig? *Tjing-boem* bij het graf van de onbekende soldaat en de herinnering aan de veldtochten van Napoleon. Tegelijkertijd had Hitler direct na de Franse capitulatie het graf van de keizer bezocht en zes maanden later het stoffelijk overschot van diens zoon vanuit Wenen naar Parijs laten overbrengen. Het was als daad van verzoening bedoeld, maar geen hond was komen kijken, zelfs Pétain niet, en niet alleen wegens het slechte weer. Vernederend dus, oordeelde Von Trettlow, maar nu voor ons.

Hij drukte de peuk uit met de hak van zijn laars en liep langs de statige appartementsgebouwen in de richting van nummer 19. Tientallen meters voor de ingang van het Majestic stond al een militaire controlepost. Nadat hij die gepasseerd was, moest hij zich aan de ingang van het hotel nogmaals identificeren. Terwijl een soldaat zijn papieren bekeek, liet Von Trettlow zijn blik links en rechts langs de gevel glijden. Het Majestic was een indrukwekkend en breed negentiende-eeuws pand, zes verdiepingen hoog en met tientallen kamers op elke etage. Hij stelde zich de mannen en vrouwen voor die in elk van de tot kantoor verbouwde hotelkamers aan bureaus zaten, met veel te harde aanslagen brieven en andere documenten tikten en met veel te luide stem in hoorns van telefoons spraken. De archieven in de kelders, de galakostuums in de garderobekasten, de foto's van echtgenotes en kinderen in de vensterbanken. Dit werd zijn werkplek, zijn eigenlijke nieuwe thuis, zolang de oorlog duurde.

De soldaat gaf de papieren terug, klakte zijn hielen tegen elkaar en zei hem dat hij door mocht lopen. Het automatische geweer aan de riem om zijn schouder sloeg mee tegen zijn heup.

Aan de balie in de hal, wat ooit de receptie was geweest, meldde hij zich bij een vrouwelijke militair. Ze zocht zijn naam op in een getypte lijst en zette een kruisje erachter.

'U mag naar de vierde etage, Herr Major, kamer 424.'

Ze glimlachte toen hij haar bedankte en verlegde onmiddellijk haar aandacht naar de kapitein die achter hem stond. Het hoofdkwartier kon blijkbaar uitsluitend functioneren als geoliede machine. Von Trettlow nam de trap en liep op zijn gemak naar boven. Hij werd al snel gepasseerd door anderen. Als mieren liepen de mannen en vrouwen zwijgend naar boven en beneden, beladen met paperassen. Hij wierp een blik op het tapijt onder zijn schoenen en zag dat het op veel plekken vaal geworden was. De Wehrmacht marcheerde weliswaar niet, maar liep het mooie toch overal vanaf.

Hij klopte op de deur van kamer 424.

'Binnen!' klonk het schel.

De man achter het bureau was kalend en probeerde dat te verbergen door zijn donkere haren in een brede scheiding te kammen. De wat vettige slierten schitterden in de ochtendzon die door het open raam scheen. Toen hij overeind kwam, fonkelde het zonlicht ook in de glazen van zijn ronde, metalen bril. Hij droeg de insignes van een kapitein, maar Von Trettlow zag door het uniform de omtrekken van een schoolmeester.

Ze schudden elkaar vormelijk de hand.

'Welkom in het Majestic, majoor. Mij was verteld dat u vandaag zou komen. Dit is uw bureau.'

Hij wees naar het schrijfmeubel dat tegen dat van hemzelf geplaatst stond. Een asbak, een telefoon en een bureaublad waren de enige objecten die het sierden. Von Trettlow knikte. Een zinloos gebaar – alsof hoofdschudden hem een beter meubel had opgeleverd.

'En wie bent u?'

'Kapitein Emiel Gauss; tijdens de veldtochten in Polen en Frankrijk was ik bij de genie. In het burgerlijke leven ben ik, net als u, architect.' Hij zweeg even en voegde er toen snel aan toe: 'In Ludwigshafen.'

'Ik in Stuttgart', antwoordde Von Trettlow.

'U zult zien dat ons werk hier nogal eenvoudig is, vanuit architectonisch standpunt tenminste.'

Ze namen elk plaats aan hun bureau. Gauss bood een sigaret aan en gaf zichzelf en Von Trettlow vuur.

'Het zal u hier best bevallen, Herr Major. De koffie is de beste van heel Parijs; voor de lunch geldt hetzelfde. Er is natuurlijk altijd werk met de huisvesting van officieren, met ambtenaren uit het *Reich* en met industriëlen die hier tijdelijk verblijven, maar onze taak is slechts het keuren van die huisvestingen, niet het regelen zelf.'

Zweetdruppeltjes parelden op het kale voorhoofd. Von Trettlow vroeg zich af of het enkel door de warme zon kwam of ook door de zenuwen.

'Er komen voortdurend woningen vrij, wanneer er weer eens buitenlanders worden opgepakt en gedeporteerd, maar er zijn ook veel Fransen die op die huizen azen. Eerlijk gezegd wordt er veel verdiend met speculatie tegenwoordig. Dat heeft natuurlijk ook alles te maken met het feit dat bouwen en renoveren op een laag pitje staan.'

De majoor bromde iets instemmends, trok aan zijn sigaret en tikte de eerste as af in de kristallen asbak. Die leek een restant uit de tijd dat het hotel nog echt een hotel was. Al in 1936 was het door het Franse ministerie van Oorlog in bezit genomen, had hij gelezen. Er liepen dus al zeven jaar militairen door de gangen.

'Het inspecteren van de woningen is het leukste deel van ons werk. Er staat altijd een auto met chauffeur tot onze beschikking. U hebt de onze gisteren al ontmoet toen hij u van het station afhaalde, Feldwebel Fritz Fischer.'

Een duif leek rechtstreeks het bureau in te vliegen, bedacht zich op het laatste moment en scheerde vlak langs het raam.

'Uw specialiteit is toch ook woningbouw? Tenzij u zich schuldig hebt gemaakt aan van die modernistische nieuwlichterij zoals Ludwig Mies van der Rohe of Bruno Taut, zult u uw hart kunnen ophalen in Parijs. Allemaal Hausmannstijl, Second Empire, neoclassicisme wat de klok slaat hier.'

'Modernistische nieuwlichterij, ik?'

'U natuurlijk niet, Herr Major', haastte Gauss zich te zeggen. 'We weten toch beiden wat de Führer over het belang van architectuur heeft gezegd en geschreven? Ik ga ervan uit dat u zich vóór de oorlog net als ik strikt aan de nationaalsocialistische visie op bouwen hebt gehouden, en dat na de eindoverwinning opnieuw zult doen.'

Er klonk zowel iets verontschuldigends als iets dreigends in de woorden van de ander, realiseerde Von Trettlow zich. Ondanks zijn lagere rang was Gauss van plan zijn superioriteit te bewijzen door zijn trouw aan de politieke beginselen te benadrukken.

Het zou me niks verbazen als hij partijlid is, dacht de majoor, een hielenlikker en uitslover die dankzij zijn contacten in de NSDAP dit baantje heeft gekregen, veilig achter het front, weg van alle gevaren. Ondanks de zomerse hitte voelde hij zichzelf verkillen. Hij moest hier gelijk duidelijk maken wie de baas was.

'Haal eerst maar eens wat koffie voor mij, kapitein. Daarna zullen we eens bekijken wie wat gaat doen.'

Het leek of het zweet op zijn voorhoofd van de ene op de andere seconde bevroor. Haastig drukte Gauss zijn peuk uit in de asbak op zijn bureau en kwam overeind.

'Zeer zeker, Herr Major.'

~

Hij was met enkele collega's van andere afdelingen mee geweest naar een brasserie op de Champs-Élysées. Het terras zat vol met Duitse militairen die luidop spraken en lachten en de Franse obers om de haverklap vroegen hun glas bij te vullen. De zon scheen fel, af en toe reed er een auto voorbij en geregeld liep er over het trottoir een vrouw langs, nagegaapt door de mannen aan de tafeltjes. Deze dames droegen geen schoenen met houten zolen, wat Von Trettlow de indruk gaf dat ze gesponsord werden door rijke collaborateurs of Duitse officieren. Zijn collega's waren vrolijk en vriendelijk, en toch kon het lawaai om hem heen hem niet bevrijden van een gevoel van eenzaamheid, dat hem de hele dag al beslopen had. Automatisch beantwoordde hij alle vragen die hem vanuit echte of geveinsde belangstelling werden gesteld, maar het was hem aan te zien dat hij er met zijn gedachten niet helemaal bij was en na verloop van tijd lieten de anderen hem met rust. Hij rekende af, groette om zich heen en verliet het café.

Op straat voelde hij zich niet beter. De paar glazen wijn hadden hem licht aangeschoten gemaakt en in een melancholische bui gebracht. Hij stelde zich dezelfde brede straat twintig jaar eerder voor. Het verkeer was drukker, maar naast auto's waren er toen ook nog koetsen geweest. Veel mannen droegen lichte strooien hoedjes, veel vrouwen hadden een kort kapsel, wat toen net in de mode was gekomen. De prijzen van eten en drinken waren veel lager, maar Duitsers waren toen evenmin populair als nu. Die paar jaar na de wereldoorlog was het belangrijk dat je als voormalige vijand goed Frans sprak. Met Marie-Louise had hij voortdurend Frans gesproken, zelfs onder elkaar. Na amper een dag had het al normaal geleken. Hij had haar zelfs in het Frans in het oor gefluisterd dat hij van haar hield. Ze had gegiecheld en '*Moi aussi*' geantwoord.

Hij herinnerde zich de roman die hij had gekocht, *Siegfried et le Limousin*, over een Frans militair die in de loopgraven zijn geheugen was kwijtgeraakt, krijgsgevangen gemaakt en na de oorlog als Duitser door het leven was gegaan. Een komisch en tegelijk diepmenselijk boek, waaruit hij Marie-Louise in het hotelbed had voorgelezen, een verzoenend en daardoor troostend verhaal. De naam van de schrijver wilde hem niet te binnen schieten. Jean nog wat.

Hij wandelde terug naar de Avenue Kléber, van plan de metro te nemen naar de Rue de Vaugirard, maar voor de ingang van het Majestic zag hij Fischer staan, met zijn hand op het portier van de Citroën, alsof hij niet kon beslissen in te stappen of te blijven waar hij was. Von Trettlow stak zijn arm op en riep zijn naam.

Een halve minuut later zat hij achter in de auto en sloeg Fischer het portier aan de bestuurderskant dicht. Weer sprak hij met hem via de achteruitkijkspiegel.

'Is de metrorit u niet bevallen, majoor?'

Von Trettlow grijnsde. 'Het beviel me prima, tussen al die andere oorlogsinvaliden, maar ik ben te moe of te lui om weer per metro dezelfde weg terug af te leggen. Waarom zou ik eigenlijk, als ik een auto met chauffeur heb?'

'Groot gelijk. In een halfuurtje bent u thuis.'

Hij startte, schakelde en reed van de stoeprand weg. Von Trettlow voelde zich onderuitzakken op de bank. Misschien was hij toch een tikje dronken. Hij duwde zichzelf overeind en graaide naar het pakje sigaretten in de zijzak van zijn uniform.

'Ook eentje, Feldwebel?'

Fischer pakte een sigaret aan zonder zijn ogen van de weg te houden en gaf zichzelf vuur. Ze rookten even zwijgend.

'U hebt een pakje Gauloises gekocht, majoor.'

'Ja, en? Is dat verboden? Wij zijn hier toch heer en meester, niet?'

'Niet verboden, maar het heeft een betekenis, majoor. Voor de Fransen staat dit merk symbool voor hun patriottisme. Wie tegen de regering van maarschalk Pétain is, rookt Gauloises en niks anders.'

Von Trettlow lachte. 'Ah, ik zie het. De Gaulle, Gauloises: een woordspelletje, toch? Nou, ik vind het anders verdomd lekkere tabak. Straf, donker – zo heb je tenminste het gevoel dat je echt rookt.'

Ze reden langs het Trocadéro. Fischer nam een andere route, die veel langer langs de Seine voerde. De laaghangende zon glinsterde in het rivierwater. De Eiffeltoren doemde op en leek steeds groter te worden. In de top wapperde een vlag met het hakenkruis.

'Welk merk rookt Gauss?'

'Heeft hij u geen sigaretten aangeboden? Hij is een verstokt R6-roker.'

'Vanwege de patriottische plaatjes, neem ik aan. *Raubstaat England, Sieg über den Bolschewismus.*'

'Dat zijn de wikkels die hij verzamelt, majoor.'

Ze zwegen en trokken aan hun sigaretten. De uitgeademde tabaksrook verwaaide uit de geopende vensters.

'Feldwebel, ik heb een beslissing genomen. Zolang ik in Parijs ben zal ik enkel nog Gauloises kopen.'

'Dan volg ik uw voorbeeld, majoor.'

'Puur vanwege de smaak natuurlijk, hè.'

'Natuurlijk, majoor, puur vanwege de smaak.'

~

Madame Nourissier was op zijn slaapkamer geweest. Von Trettlow merkte het aan de foto's van Marie-Louise en die van zijn zonen, die ze niet op exact dezelfde plek had teruggezet. Wat had ze gedacht toen ze naar zijn vrouw had staan staren? Dat ze mooi is, met haar opgestoken blonde haar, haar scherpe maar kleine neus en haar bleke huid? Zou ze zich hebben afgevraagd hoe hij haar streelde, met zijn ene arm? Welke gevoelens zou ze hebben gekoesterd? Afkeer, onverschilligheid of toch haat?

Het tweede, besloot Von Trettlow. Ze had geen reden hem te haten. Daarvoor had ze de voedingsmiddelen die hij meebracht te hard nodig. Hij was haar weliswaar opgedrongen, maar in zekere zin was hij toch een soort noodzakelijke onderhuurder.

Hij trok zijn jasje uit en knoopte daarna zijn overhemd los. Het ging langzaam, zoals elke avond. Intussen bekeek hij zichzelf in de spiegel boven de wastafel. Zijn haar was een stuk dikker dan dat van Gauss, zodat hij het niet in een brede scheiding hoefde te kammen. Maar het werd grijs aan de slapen en de inhammen aan de voorkant werden dieper. Naast zijn mond en zijn neus waren vouwen gekomen en de wallen onder zijn blauwe ogen werden elk jaar donkerder en dieper. Zijn kin en kaak waren nog krachtig maar zijn tandvlees begon al op te trekken. Onder zijn gouden kroon werd het zwart aangeslagen glazuur van de tandstomp zichtbaar.

Het vorderen van de middelbare leeftijd liet zich niet meer ontkennen.

Zuchtend trok hij zijn laarzen uit, daarna zijn broek. Hij hing alle kledingstukken keurig op knaapjes in de kast, zijn laarzen zette hij kaarsrecht naast elkaar. Morgen zou hij ze weer laten oppoetsen. Al die jaren in het leger hadden een stempel op zijn handelingen gedrukt.

Hij vulde een glas met water en ging op de rand van zijn bed zitten. De alcohol was uitgewerkt. Hij voelde zich slaperig en moe en toch ook op een vreemde manier opgefokt.

Hij dacht aan zijn zonen. De een was krijgsgevangen gemaakt door de Amerikanen, toen het Afrikakorps van Rommel zich in Tunesië overgaf, de ander vocht aan het oostfront. Over de een hoefde hij zich niet veel zorgen meer te maken. Hij zat gevangen maar was veilig. De ander kon elke dag worden neergeschoten, op een mijn trappen, door een bom aan flarden vliegen.

Hij nam een slok van het lauwe water, alsof het al dagen in het glas had gestaan. Een symbool voor zijn huidige leven, ver achter het front maar ook ver van huis. Na de bewegingsoorlog het ziekbed en nu de stilstand achter een houten bureau.

Morgen weer een dag met een afstandelijke hospita en een nazistische collega. Alleen de Feldwebel was een menselijk lichtpuntje in deze ooit zo bruisende en nu versteende stad.

Kreunend liet hij zich achteroverzakken in de kussens en de lakens. De slaap overmande hem zonder overgang, terwijl de zon donkerrood achter de daken aan de overkant verdween.

4

Het geluid van kloppende hamers en roepende mannen wekte Elise uit een onrustige slaap. Ze had amper iets gezien van het kamp toen de autobus er eindelijk arriveerde, had haar naam, geboortedatum en adres moeten opgeven bij een man die aan een tafeltje zat en haar koffer moeten openen. Het weinige geld dat ze bij zich droeg moest ze afgeven, evenals haar polshorloge. Ze kreeg er een reçu voor in de plaats. Daarna was haar een slaapplaats toegewezen in het reusachtige blok aan de overkant. Die plek bestond uit niets meer dan een vieze matras op een betonnen vloer in een kaal en overbevolkt gebouw. De aanwezigen hadden nauwelijks opgekeken toen ze binnentrad. Het gesnurk dat zij had onderbroken, hervatte zich binnen enkele minuten, af en toe afgewisseld door gemompel. Bibberend van ellende was ze op de matras gaan zitten. Na een tijdje had ze haar eigen schouders vastgepakt en begon ze zacht heen en weer te schommelen. Het hielp. Het kinderlijke gebaar kalmeerde haar. Ze haalde een vest uit haar koffer, vouwde dit onder haar hoofd en ging liggen. De verlossende slaap was gekomen, en weer verdwenen door het lawaai.

Wat is er erger? Dat ik niet in mijn eigen bed lig of dat ik op een ouwe matras heb moeten slapen? Ze kon er niet direct antwoord op geven. De viezigheid en het volslagen gebrek aan privacy maakten haar net zo kwetsbaar als de gevangenschap zelf. Ze probeerde zich niet te verroeren, in de hoop dat niemand haar dan zou opmerken. Misschien kan ik zo verdwijnen, dacht ze. Maar een oudere man stootte haar pijnlijk in de rechterzij toen hij langs haar heen liep en verontschuldigde zich niet eens. Een meisje begon te huilen. Toen Elise haar ogen had geopend, leek de helft van de mensen al overeind te zijn gekomen; toen het kind begon te janken, leek dat het sein voor de overigen om hun voorbeeld te volgen. Plotseling was Elise de laatste die nog op de grond lag. Als een dode, sprak ze tot zichzelf, en schrok daar zo hevig van, dat ze alsnog haastig overeind krabbelde.

Elise volgde de mensen de galerij op, de trap af naar beneden. Op de meeste plekken was het beton kaal en grijs, alsof het gebouw kort daarvoor was opgeleverd; op andere plekken stonden steigers en waren arbeiders het aan het schilderen. Op de begane grond schoof ze aan in een lange rij van mannen, vrouwen en kinderen. Er was één kraan en degene die aan de beurt was, waste zich haastig het gezicht en de oksels. Toen een vrouw probeerde ook haar tanden te poetsen, klonk er protest op en werd er zelfs gescholden. Ze droop af. Elise schoof voetje voor voetje in de richting van de kraan en probeerde ondertussen de geuren en geluiden om zich heen te negeren. Er werd gerocheld en gesnoven. Op de betonnen vloer vormden zich vieze plekken van het speeksel en snot. Ze probeerde eromheen te lopen maar kreeg een duw van de vrouw achter haar. Het ergerde haar dat ze zozeer in beslag werd genomen door futiliteiten als geuren en vlekken, maar ze kon het niet onderdrukken.

Ook nadat ze haar gezicht had verfrist bleef ze meeschuifelen in een rij, eerst voor het ochtendappel, daarna voor de bedeling van het ontbijt. Het appel vond op een groot veld tussen twee flatgebouwen plaats. Een eindeloze lijst van namen werd opgedreund. Terwijl de stem monotoon doorklonk, spiedde Elise om zich heen. Rechts van zich zag ze een derde flatgebouw, links een hoog hek en rollen prikkeldraad. Het kamp leek een onafgewerkt wooncomplex, een nederzetting die ooit bedoeld was geweest voor arbeidersgezinnen uit deze voorstad. Buiten het hek patrouilleerden Franse agenten, binnen zag ze mannen in burger, die zich enkel onderscheidden van de gevangenen door een band die ze om hun arm droegen.

Toen er een eind was gekomen aan het opsommen van namen, riep een van de banddragers dat het ontbijt werd geserveerd. Het woord leek een hongergevoel in haar los te maken en met een maag die automatisch ging knorren nam ze plaats in een nieuwe rij. De teleurstelling was des te groter. De koffie die in een metalen kroes werd uitgeschonken, was de slapste die ze ooit in haar leven had geproefd, de croissant zo klef dat ze die vóór de oorlog in de vuilnisbak zou hebben gemieterd. Ze dwong zichzelf alles op te drinken en te eten, ook omdat ze anderen hetzelfde zag doen, maar dan alsof hun een godenmaaltijd was geserveerd. Een oudere vrouw hapte zo gretig in de croissant dat haar kunstgebit ervan losraakte. Toen Elise de laatste hap had weggespoeld, wilde ze teruggaan naar de flat, maar een man van middelbare leeftijd liep naar haar toe en wees met zijn duim achter zich. 'Gisteren aangekomen? Meekomen met mij naar het bureau van de commandant.'

Op de armband las ze de woorden JOODSE POLITIE. Het laatste woord boezemde haar schrik in, het eerste stelde haar gerust. Ze volgde hem, dwars over de binnenplaats.

'Het is goed dat u mij aansprak, want ik was al van plan me bij de commandant te melden. Er is namelijk sprake van een vergissing', zei ze.

'Er is altijd sprake van een vergissing, madame. Leg het maar uit in het kantoor en valt u mij er niet mee lastig.'

Het kantoor bleek tot haar teleurstelling niet dat van de Duitse maar van de Joodse commandant. Een militair uitziende man, met kortgeknipte haren en een snorretje, zat achter een bureau te schrijven. Het naamplaatje vermeldde LT. COLONEL BLUM. Vanuit de aanpalende kamer weerklonk het driftig tikken van typmachines.

'Madame Calmann,' begon de kolonel, zonder van zijn schrijfwerk op te kijken, 'beschikt u over arbeidskwaliteiten?'

'Arbeid? Ik ben kunsthistorica en ik heb voor veilinghuizen gewerkt, maar commandant, er is hier sprake van...'

'Kunst', onderbrak de kolonel haar. 'Dan weet u dus iets van verf. In dat geval kunt u zich melden bij een van de drie schilderploegen die actief zijn.'

'Schilderen?' reageerde Elise verbaasd. 'Maar commandant, ik heb schilderijen beoordeeld, niet vervaardigd. En bovendien: ik hoor hier niet te zijn. Ik heb de Franse nationaliteit en ik ben getrouwd met markies Armand Rohan-Polduc, gemengd gehuwd dus.'

Blum stopte met schrijven en keek naar haar op, kort maar indringend. Daarna weerklonk het gekras van de vulpen op papier opnieuw.

'U behoort dus tot de gevangenen van categorie C2. Dat biedt helaas geen garantie tegen deportatie. Daarvoor moet u tot C1 behoren en dat betekent dat u werk moet hebben. Vandaar mijn vraag of u kunt schilderen.'

Elise schrok van de letters en cijfers. Een C impliceerde dat er ook een A en een B moesten zijn en dat leken belangrijkere letters. De A van adel, dacht ze, maar ze besefte onmiddellijk dat de gevangenen zo niet zouden zijn ingedeeld. Dus moest ze voorlopig aan werk zien te komen en dan proberen alsnog de echte commandant te spreken te krijgen.

'Ik kan schilderen', antwoordde ze bedeesd.

'Mooi.' Het klonk oprecht tevreden. 'U meldt u bij de ploegleider van trap 15. Daar zijn ze vanochtend al vroeg begonnen en kunnen ze nog iemand gebruiken.'

Elise knikte, aarzelde echter om te vertrekken. 'Kolonel, ik zou toch met klem willen verzoeken om...'

'Om wat?' beet hij haar toe. 'Ik heb mij begin deze maand opgegeven om de bewoners van dit kamp discipline bij te brengen. Hoe meer Joden hier lopen te lanterfanten, hoe meer de Duitsers geneigd zijn er naar het oosten te deporteren. Daar hebben ze werkkampen voor hen opgericht. Wel, werken kunnen we hier ook. Met steun van de nieuwe commandant Brunner heb ik besloten deze armoedige flatgebouwen op te laten kalefateren en de levensomstandigheden te verbeteren. Doet u me dus een lol: stop met klagen en steek de handen uit de mouwen.'

Ze voelde zich overdonderd door de uitval, mompelde iets instemmends en verliet het kantoor. De Joodse agent die haar er had gebracht en die was blijven staan wachten, liep met haar mee. Halverwege de binnenplaats zei hij: 'Blum is een ouwe ijzervreter maar hij pakt de zaken voortvarend aan. Hoofdzaak is dat we het vertrek naar Polen zo lang mogelijk voor zoveel mogelijk mensen kunnen uitstellen.'

'Maar ik wil helemaal niet naar Polen en ik hóéf ook niet', zei Elise, nu ineens wel met stemverheffing. 'Ik móét die Brunner spreken om mijn zaak uit te leggen.'

De man pakte haar schouder en hield haar staande: 'U weet niet wat u vraagt. Er zijn hier slechts zes ss'ers en Brunner is er een van.'

'Slechts zes?' herhaalde ze verbaasd.

'Zes, maar in hemelsnaam: blijf uit hun buurt. Ze zijn meestal slechtgehumeurd en ze slaan of straffen voor het minste of geringste. Ze laten het reilen en zeilen zoveel mogelijk aan ons over.'

'Een vrouw slaan... welke militair doet dat nu?'

'Ik heb u gewaarschuwd', zei de ander op teleurgestelde toon.

~

Elise zat op het vergeelde gras en staarde naar de overkant. Ook daar zaten mensen nietsdoend op de grond of liepen doelloos heen en weer. De werktijd was voorbij en de avondsoep was nog niet uitgedeeld. Er was niets te lezen en er viel niet te sporten. Zelfs een pak speelkaarten leek een luxe die niemand zich kon veroorloven. Bewegen was verstandiger dan zitten, wist ze. Straks zou iedereen weer de flats in worden gedreven, om de rest van de avond met te veel mensen boven op elkaar door te brengen, met stro op de grond en met de wind die door de glasloze ramen blies. Het enige voordeel daarvan was dat de zweet- en andere lichaamsluchten niet te lang bleven hangen in de benauwde ruimtes.

Men wachtte, besefte Elise. Soms wachtten ze op iets aangenaams, zoals de volgende maaltijd of het moment dat ze konden gaan slapen, de rest van de tijd op iets onaangenaams. Het doorgangskamp was een stuk niemandsland, tussen het vertrouwde leven waar ze bruut uit waren weggeplukt en het onbekende in het oosten. Het transport naar Polen was de week tevoren vertrokken, had ze gehoord. Hoeveel tijd gaf haar dat om uit dit doorgangskamp te ontkomen? Een van de arbeiders op de steiger had haar verteld dat het aantal opgepakte Joden de voorbije maanden veel lager lag dan in 1942 en dat het weken duurde eer er voldoende arrestanten waren om een konvooi samen te stellen. Dat frustreerde de SS, met als gevolg dat de categorieën C1 en C2 minder bescherming boden dan voorheen. Ook Joden met een paspoort van een neutraal land werden tegenwoordig soms al opgepakt.

Ze wreef over haar knieën en trok de zoom van haar jurk eroverheen. Waarom had ze dezelfde aangetrokken als gisteren? Ze inspecteerde de stof en constateerde twee vlekken. De neiging met een hand onder haar oksels te gaan onderdrukte ze. Ze hoefde er niet aan te twijfelen dat ze een zweetgeur verspreidde. Niemand in dit kamp was fris en schoon, maar Elise had tenminste nog geen last van luizen en vlooien. Ze zag anderen krabben, in hun haren, op hun benen, overal. Het gebeurde meestal achteloos omdat de jeuk vierentwintig uur per dag aanhield, maar het gekrab leidde bij iedereen vroeg of laat tot wondjes en infecties, die er soms allerminst fris uitzagen. De andere gevangenen hoefden echter geen gesprek aan te vragen met de kampcommandant. Ze moest op haar best kunnen voorkomen, zonder vlekken, zweet of ongedierte.

Twee mannen liepen voorbij zonder haar een blik waardig te keuren. Ze droegen werkkleding, inclusief petten. Elise vroeg zich af of dat niet te warm was in deze vroege avondhitte en keek hen na.

Wat wist zij nou van werklieden, in haar comfortabele ivoren toren in het deftige deel van Parijs? Als er vroeger, in de ouderlijke woning aan het Parc Monceau, werkvolk over de vloer kwam, zag dat er verzorgder uit dan deze mannen. Beschaamd herinnerde ze zich hoe ze arbeiders hun schoenen had laten uittrekken voor ze haar appartement mochten betreden en hoe ze na hun vertrek het toilet, waarvan ze gebruik hadden gemaakt, extra schoonmaakte. Toen ze een kleine verbouwing lieten doen, had ze Armand zien twijfelen tussen enkele firma's. Er zat er een tussen met een Joodse naam maar ze had resoluut op een andere gewezen. Nu ze eraan terugdacht voelde ze haar wangen alsnog rood worden.

Samuel Calmann – haar vader – was er trots op geweest verwant te zijn aan de familie Cahen d'Anvers. Het laatste deel van de naam wees op de stad waar de bankiers vandaan kwamen, Antwerpen. Ze waren net zo goed nieuwkomers in de wijk geweest als de sinaasappeljoden uit Oost-Europa in hun buurt. En toch voelde zij zich altijd beter dan die andere. Zij niet alleen, besefte ze. Het was haar met de paplepel ingegoten dat de Rothschilds, de Camondo's en de Cahen d'Anvers een elitepositie bekleedden, beter waren geïntegreerd in de Franse katholieke samenleving dan al die armere immigranten. Om dat te onderstrepen huwelijkten ze hun zonen en dochters uit aan adellijke families, al waren het vooral de markiezen, graven en burggraven die de bodem van hun familiekapitaal bereikt hadden, die voor zo'n gemengde verbintenis openstonden. Wij leveren de titel, jullie het geld, was de stilzwijgende afspraak. Ze was verliefd geworden op Armand, maar ze waren niet toevallig aan elkaar voorgesteld op de tribune van de renbaan van Longchamp. Haar moeder had de vrijerij nadrukkelijk gestimuleerd.

Er waren andere Joden geweest in haar jeugd, maar altijd vorname, en ze waren niet joods geweest. Op een bijna nadrukkelijke manier werd er niet joods gesproken, gegeten of gebeden, door niemand. Een paar keer per jaar nam haar vader het gezin mee naar de synagoge, maar dan zoals ze naar een kerstdiner of een tuinfeest op de nationale feestdagen gingen, omdat het erbij hoorde. Midden in de vorige oorlog, tijdens een diner bij een of andere graaf – de naam wilde haar niet te binnen schieten – werd er varkensvlees opgediend. Ze herinnerde zich de uitdagende blik van de gastvrouw toen het dienstmeisje de filet op het bord van haar vader deponeerde, maar hij glimlachte terug, sneed een stuk af en stak dat in zijn mond alsof hij er dagen naar uit had gekeken, niet alsof hij een gebod overtrad. Maar inmiddels kende ze de politieke betekenis van het gebaar. Joodse gebruiken konden worden geïnterpreteerd als 'onvaderlandslievend', als Duits en dus vijandig. Een collega van haar vader, een zekere Frank, had kort na elkaar twee zonen verloren aan het front. Toch werd hij door de autoriteiten als onvaderlandslievend beschouwd en voortdurend bedreigd en dwarsgezeten. Op een dag was het te veel geworden. Hij sprong van driehoog door het raam. Vanaf toen begon haar vader nijdig uit te vallen naar haar grootvader als hij zijn zinnen met Jiddische uitdrukkingen doorspekte. Het klonk veel te Duits.

Elise was agnostisch opgevoed, burgerlijk, vaderlandslievend, als een Française die moest vergeten dat ze van Joodse afkomst was en dat vooral nooit moest laten doorschemeren. En nu zat ze hier toch, tussen al die andere, echte Joden.

Voor en achter haar verrees een groot flatgebouw. Het kamp was inderdaad een woningbouwcomplex, bedoeld voor gezinnen uit de arbeidersklasse. Cité de la Muette, heette het, wist ze inmiddels, maar de flats waren nooit afgewerkt. Buizen en elektriciteitsdraden staken uit de muren, al deels vergaan nadat er bijna vier jaar geen druppel water en geen ampère stroom doorheen was gegaan. Het was of de loodgieters, stukadoors en elektriciens het complex op een dag plotseling hadden verlaten. De half afgebouwde flats hadden vanaf 1940 geen andere bewoners gekend dan gevangenen, eerst communisten en Spaanse vluchtelingen die door de Franse regering waren opgesloten, daarna Joden die door de Franse politie waren opgepakt. Elise had over de gangen gedwaald en in de woningen gekeken. Ze hoorde Pools, Russisch, Duits, Roemeens maar vooral Frans. Ze zag jonge kinderen, hoogbejaarden, mensen die duidelijk ziek waren, mannen en vrouwen met afgedragen kleding, maar ook vrouwen die volgens de laatste vooroorlogse mode gekleed waren. De aanblik van die laatsten had haar nog het meest geschokt. Ons soort mensen zit hier ook, had ze beseft, en in dezelfde smerigheid. Want elke flat leek compleet uitgewoond en uitgeleefd. De geur van angst en dood hing in elk portaal.

Inmiddels had ze ook gemerkt dat er in Drancy gebrek was aan voeding en water. Er was een gaarkeuken die een waterige soep uitschonk en brood uitdeelde, maar er was niet elke dag fruit of groente en het geheel was niet genoeg om het hongergevoel te verdrijven. Er waren te weinig kranen die werkten, niet alleen in haar blok. Met spijt dacht ze aan de pakjes en flessen in haar keuken thuis. En wat had ze aan al die kleding als ze toch steeds dezelfde jurk aandeed?

Een jonge vrouw hield Elise staande door een hand op haar schouder te leggen. Ze stopte met ijsberen en staarde haar vragend aan.

'Neem me niet kwalijk, bent u niet werkzaam voor veilinghuis Christensen?'

'Christensen? Nee, ik denk dat u...'

'Christensen naast warenhuis Les Samaritains', onderbrak de vrouw haar. 'Ze hebben in '40 de deuren moeten sluiten, maar in september '39 was er een grote veiling van kleinere napoleontische beeldhouwkunst. U deed een deel van de schattingen.'

Ze herinnerde zich de veiling en zag ook de sculpturen weer voor zich, kleinere bronzen vooral, die over het algemeen minder hadden opgebracht dan verwacht was. Het smalle gezicht met het zwarte pagekapsel van de vrouw zei haar echter niets.

'Rachel', probeerde de vrouw. 'Rachel Epstein. Ik was een van de verkopende partijen.'

Elise schudde haar hoofd, geërgerd door de vasthoudendheid van de ander. Ze had wel wat beters te doen dan met onbekenden over vroeger te kletsen.

'U bent later nog bij ons thuis geweest, in de Rue Ferrou.'

Ineens schoot het haar te binnen, zowel de smalle straat tussen de Jardin du Luxembourg en de Place Saint-Sulpice als het mooie huis van de Epsteins. Ze was er ontvangen door een nerveus echtpaar met onrustige kinderen. Ze hadden haar schilderijen, tekeningen en zeefdrukken laten beoordelen. Niets ervan was werkelijk bijzonder, herinnerde ze zich, tweede kwaliteit, zoals ze het zelf altijd noemde, maar bij elkaar vertegenwoordigde het een leuk kapitaaltje, als ze het tenminste verkocht zouden krijgen.

'Ik weet het weer', antwoordde Elise. 'Jullie wilden alles van de hand doen en dan naar de Verenigde Staten vertrekken.'

Rachel Epstein knikte. Het was niet nodig eraan toe te voegen dat het hun niet gelukt was.

'We hebben ondergedoken gezeten, een jaar lang. Aanvankelijk stond mijn man wegens zijn beroep op een *Sperrliste*, maar op een dag bleek die lijst die hem vrijwaarde voor deportatie, te zijn opgeheven.'

Elise wist wat een Sperrliste was, maar haar eigen beroep was niet waardevol genoeg voor de Duitsers om haar te vrijwaren voor deportatie.

Ze bekeek de vrouw tegenover haar. Ze was iets langer en jonger, maar haar rok en schoenen leken een maat goedkoper dan de hare. Er zat ook een ladder in haar rechterkous. Haar linkerooglid trilde en ze pulkte aan een gescheurde vingernagel.

'Bent u hier alleen of…?'

Rachel knikte, drie keer achter elkaar, alsof ze het zelf niet kon geloven, en staarde naar de grond. Toen ze weer opkeek was ook haar onderlip gaan trillen.

'Ik liep op straat. We waren onderweg naar een nieuw onderduikadres en ineens herinnerde ik me dat ik onze foto's had achtergelaten. Ik ging dus terug, want die foto's… We waren nog maar twee straten ver. Ik sloeg de hoek om en…'

Haar gezicht vertrok. De woorden werden vervangen door gesnik, de handen grepen in elkaar en begonnen een wrijvende beweging. Elise voelde dat er niets meer zou komen als ze niet aanvulde en aandrong, maar wilde ze de rest wel horen? Aarzelend legde ze een hand op Rachels schouder. Daarna trok ze haar tegen zich aan. Het leek voor de vrouw het sein om onbedaarlijk te gaan snikken.

Nog meer vlekken op mijn jurk, was het enige wat Elise kon denken.

~

De tweede nacht sliep ze langer en dieper, misschien omdat ze het gevoel had dankzij Rachel niet meer alleen te zijn. Ook de volgende ochtend zochten de twee vrouwen elkaar direct weer op, hoewel Rachel in een flat bij een andere trap sliep. De ochtendkoffie smaakte minder slap dan de dag ervoor, de mannelijke arbeiders waren vriendelijker en de verf liet zich makkelijker op de muren smeren. Maar misschien leek dat alleen maar zo. Hoe dan ook sloeg 's avonds de wanhoop weer ongenadig toe.

'Ik had gehoopt dat Armand zou opdagen, of een advocaat, maar er is niemand gekomen', zei ze tegen Rachel.

'Ik ben blij dat mijn man juist niet is komen binnenlopen.'

Ze aten de soep, die even waterig was als de dag ervoor maar wel een stuk aardappel bevatte. Het leek erop of de kolonel nu al resultaat boekte met zijn aanpak.

'Ik heb gehoord dat ze leden van onvolledige gezinnen eropuit sturen om de ontbrekende hierheen te halen', zei Rachel, nadat ze over de soep geblazen had.

'Alleen als er achterblijvers zijn die ze als gijzelaar kunnen gebruiken', antwoordde Elise. 'Categorie C4.'

'Dan kunnen ze mij niet laten gaan. Ik zou nooit meer terugkeren.'

'"Missionarissen" is hun bijnaam. Wat een cynisme', zuchtte Elise.

'Een van de vrouwen in de dactylo-afdeling vertelde me dat er ook gevangenen zijn die geregeld de stad in gaan en daar Joods uitziende mannen aanspreken door ze in het Jiddisch om een vuurtje te vragen. Wie op het verzoek ingaat, wordt onmiddellijk opgepakt.'

Rachel beschikte over een typdiploma en had zo werk gekregen in de kamer naast kolonel Blum. Ook zij leek kalmer dan de dag tevoren. Elise glimlachte toen ze naar haar keek en beschouwde hen beiden ineens als sterke vrouwen.

Zwijgend aten ze verder. Toen ze klaar waren wees Rachel op hun tanden. 'Het is niet erg damesachtig maar we zullen in ons gebit moeten pulken, want poetsen zit er hier niet in.'

'En douchen?'

Rachel haalde haar schouders op: 'Eens in de week, eens in de maand, wie zal het zeggen?'

Ze kwamen overeind van het stuk beton waarop ze hadden gezeten en fatsoeneerden hun kleding. Daarna liepen ze onder de balustrade door naar de binnenplaats. Stukken zand met hier en daar wat verdroogd gras lichtten op in de avondzon. Wat ooit een grasveld was geweest, was vertrapt tot een zandbak door de duizenden schoenen en laarzen die erop gelopen hadden.

Elise dacht aan haar appartement, aan de koffie die ze nu zou zetten, aan het avondritueel waaraan ze zo lang had vastgehouden en dat ze hier hevig miste.

'Pas op, een ss'er', fluisterde Rachel.

Elise zag hem naderbij komen. Waar was die ineens vandaan gekomen? Ze voelde paniek opkomen, wist niet wat ze moest doen: blijven staan of doorlopen. Ze koos voor het laatste. Zwijgend en met de blik naar de grond gekeerd passeerden ze de Duitsers.

'*He, ihr beiden!*'

Ze bleven staan. Elise voelde zweetdruppels op haar voorhoofd parelen en haar hart bonken in haar keel. Ze besloot spontaan in het Duits te antwoorden:

'*Jawohl, Herr...*'

Herr wat? Ze wist niet of ze 'officier' moest zeggen of 'soldaat' of 'ss-man' en zei dus niets. Maar hij kwam al dichterbij. Zijn schouders waren breed, zijn nek was dik. Hij leek veel te oud om nog soldaat te zijn.

De klap kwam hard aan. Vlak tegen haar wang. De schrik was groter dan de pijn. Haar hart leek spontaan enkele slagen over te slaan.

'*Herr Sturmscharführer*. En in het vervolg zul je groeten.'

Hij draaide zich om en liep verder. Enkele seconden later was hij door een deur verdwenen. Even leek het of ze het incident gefantaseerd had, maar toen voelde ze de pijn in haar kaak en wist ze dat het echt gebeurd was.

'Oh!' was het enige wat Rachel wist uit te brengen. Ze sloeg haar handen voor haar gezicht. Daarna betastte ze de kant van Elises gezicht waar de Duitser haar had geslagen.

Het gebaar maakte de klap reëler. Elise voelde hoe ze begon te trillen over haar hele lichaam. Nog nooit had iemand haar geslagen, haar vader niet, haar moeder niet, Armand natuurlijk ook niet, zelfs geen van de onderwijzeressen op school. En nu dit – vanuit het niets.

'Kan dat zomaar?'

Ze had de vraag willen uitschreeuwen, maar die verliet piepend haar keel.

Rachel gaf geen antwoord, bleef haar met opengesperde ogen aankijken en streelde ondertussen over haar wang, alsof ze zo de pijn, de vernedering en de herinnering aan de klap kon uitwissen.

'Kan dat zomaar?' herhaalde ze, nu op fluistertoon.

'Hier kan alles, ben ik bang', antwoordde Rachel. Haar hand stopte met strelen.

'Kom', sprak ze, en nam Elise bij de arm als een onwillig kind. 'Kom, doorlopen, vóór hij zich bedenkt en terugkeert.'

5

Het was een rit van een kwartier naar de Rue du Général-Niox in het zestiende arrondissement. Von Trettlow zat achterin en Fischer zat achter het stuur. Het voelde inmiddels al vertrouwd. De majoor draaide het raampje naar beneden en snoof de frisse lucht op. Met zo weinig autoverkeer en zoveel fabrieken die op halve kracht draaiden, was er weinig ronddwarrelend roet. Je zou bijna geneigd zijn de tuberculosepatiënten en hun sanatoria uit de bergen naar Parijs te verplaatsen.

Ze sloegen af naar de Quai Louis Blériot en de bestuurder gaf gas. Links, aan de overkant van de Seine, zag hij eerst de Eiffeltoren en daarna de fabrieken van Citroën. De Joodse naamgever was enkele jaren vóór de oorlog aan maagkanker bezweken, had hij gehoord. Misschien maar gelukkig voor hem, want zo had hij niet hoeven meemaken dat zijn bedrijf onteigend werd. Dat had de familie Michelin trouwens al direct na de dood van André Citroën gedaan. De autofabriek produceerde sindsdien voor de Wehrmacht, maar de bommen die de geallieerde vliegtuigen erop wierpen en de sabotagepogingen van de arbeiders legden de productie sterk aan banden, had de majoor gehoord. Op de rivier voer een rijnaak met stukken metaal stroomafwaarts. Versterkingen voor de Atlantikwall.

Von Trettlow dacht aan zijn enige verblijf aan de Franse kust. Twaalfenhalf jaar getrouwd waren ze en in plaats van terug te gaan naar Parijs waren ze doorgereisd naar Dieppe. Het had eindeloos geregend. Tijdens elke strandwandeling was het water met bakken uit de lucht gevallen, zodat het leek of de golven zowel van boven als van opzij op de kust beukten. De meeste tijd hadden ze in restaurants en bars doorgebracht. Hij herinnerde zich vooral de geur van natte regenjassen en dampende koffie, het zicht van mannen die iedereen een hand gaven en vrouwen die bloemetjesjurken droegen. Onaangenaam was het geen minuut geweest. De vrolijkheid en het gelach hadden hen omhuld als het vuur van een houtkachel.

Vorig jaar was datzelfde strand het toneel geweest van een mislukte landingspoging door Canadese troepen. Het zand besmeurd met bloed, de branding vol met lijken. Hij had gehuiverd toen het bericht op de radio kwam, alsof de Canadezen zijn gelukkige herinnering waren komen bezoedelen.

De Citroën minderde vaart en sloeg af naar rechts, een keurige rechte straat in, die aan het begin van de jaren dertig was aangelegd. De majoor had de plattegrond en de plannen van de appartementsblokken in zijn hoofd.

'Nummer 12', zei hij zonder zich naar voren te buigen.

De Feldwebel parkeerde voor de deur. Hij stapte als eerste uit en liep om de auto heen om het achterportier te openen. Von Trettlow gaf hem de dossiermap die naast hem op de achterbank had gelegen en liep naar de voordeur. Het naamplaatje dat CAHEN had moeten vermelden, droeg de naam BERLIET. De inkt leek nog maar net droog. Hij belde aan.

De vrouw die op de tweede verdieping in de deuropening stond, schrok zichtbaar toen ze twee Duitsers de trap op zag komen. Ze had iemand anders verwacht en zonder aarzelen van bovenaf met een koord de straatdeur geopend.

'Wat kan ik u voor u doen?'

Het omhooggestoken donkere haar was doorschoten met grijs. De groene jurk omhulde een slank lichaam dat echter aan de heupen wat begon uit te zetten. Onder normale omstandigheden zou ze ook een buikje hebben en dikkere borsten, dacht Von Trettlow. Toch leek ze minder mager dan de doorsnee Française. Ook haar schoenen met hoge hakken waren van een vooroorlogse kwaliteit.

'Madame Berliet? Mijn naam is Von Trettlow, majoor Von Trettlow. Ik kom namens de *Dienststelle Gebäude für Militärisches und Kriegswichtiges Personal* in het hoofdkwartier van de Militaire Bezettingsautoriteit van Frankrijk.'

De woordenreeks was bedoeld om te intimideren en dat deed hij ook. Het gezicht van de vrouw trok wit weg. Ze deed twee stappen achteruit en greep naar haar halssnoer, alsof het een amulet was waar ze kracht uit kon putten.

'Hebben wij iets misdaan?'

'Dat valt te bezien', wreef hij het er nog eens in. 'Wilt u ons eerst eens binnenlaten?'

Ze opende de deur volledig en stapte opzij. De majoor keek achterom en knikte naar Fischer, een aanmoediging om het toneelspel voort te zetten. Ze gingen naar binnen.

Het parket was onlangs opgeschuurd, de muren opnieuw behangen. De meubels en gordijnen getuigden van een wat kleinburgerlijke smaak en het schilderij boven de schouw was ook al doorsnee. Een landschap van een of andere negentiende-eeuwse zondagsschilder. Von Trettlow liep ongegeneerd door het appartement en keek in elke kamer. Overal hetzelfde beeld van bewoners die er juist waren ingetrokken. Er was slechts één slaapkamer, die als zodanig in gebruik was genomen. Een andere kamer diende als kantoor, een derde als rommelkamer. Het beddengoed was kraakwit en grondig rechtgetrokken, als om te zeggen dat ook onder de lakens niks onbehoorlijks gebeurde.

Toen hij terugkeerde in de woonkamer stond madame Berliet

tegen Fischer te praten. Die haalde zijn schouders op en deed of hij geen woord Frans verstond.

'Ik zei net tegen uw assistent dat ik het niet begrijp. Wij hebben alles netjes volgens de regels gedaan, de gevraagde som betaald en...'

'Van wie hebt u de woning gekocht?' onderbrak hij haar.

'Van de *Dienststelle Westen*.'

'En aasde u er al langer op?'

Dat haar wangen rood werden vertelde hem genoeg. De vorige bewoners waren nog maar onlangs weggevoerd en in één moeite door onteigend. Hij besloot door te vragen zolang ze in verwarring was: 'Hebt u de familie Cahen gekend? Kunt u me beschrijven hoe de woning was ingericht toen de dames er nog woonden?'

Ze werd zo mogelijk nog roder. 'Ik ben hier nooit binnen geweest maar mijn man wel. Hij zei dat de gezusters Cahen al op leeftijd waren maar niet wilden verkopen. Toen ze waren vertrokken, kreeg hij een bericht van de conciërge dat de woning te koop kwam.'

'Dus u wist dat het Joden zijn?'

Ze haalde haar schouders op. 'Iedereen weet toch dat de meeste Joden uit Parijs moeten vertrekken? Daar hebben mijn man en ik niets mee te maken. Wij zijn zelf onze woning kwijtgeraakt in Boulogne, toen de Wehrmacht de Atlantikwall ging uitbreiden. Mijn man heeft daar een aannemersbedrijf en...'

'En hij werkt voor ons?' onderbrak de majoor haar.

'Natuurlijk', antwoordde ze, en uit haar blik sprak oprechte verbazing.

Von Trettlow knikte naar de Feldwebel, waarop deze hem de dossiermap overhandigde. Hij opende de map en bladerde zuchtend door de brieven en contracten die hij bevatte. De Dienststelle Westen had de woning niet alleen laten ontruimen, maar ook doorverkocht aan het echtpaar Berliet. Er was geen enkele juridische basis voor die transactie, maar de Dienststelle beweerde dat de gezusters Cahen geen erfgenamen hadden en dat het appartement daardoor verbeurd kon worden verklaard. Dat werd aangevochten door een ambtenaar van de regering-Vichy, die beweerde dat de woning bij gebrek aan familieleden aan de Franse staat verviel. De militaire autoriteiten waren op hun beurt helemaal niet ingenomen met het eigenmachtig optreden van de Dienststelle Westen, maar evenmin van plan het appartement aan de Franse collaboratieregering over te laten. Alle betrokkenen staafden hun eisen met wetteksten, waarvan ze voor alle zekerheid kopieën aan de brieven hadden geniet. Het was zo in korte tijd een lijvig dossier geworden. De correspondentie-oorlog was al na enkele weken vastgelopen en dreigde nu een slepende zaak te worden.

Hij sloot de map, zuchtte nogmaals nadrukkelijk en vroeg madame Berliet te gaan zitten, zodat hij de zaak kon uitleggen. Toen hij klaar was, leek de laatste druppel bloed uit haar gezicht te zijn weggetrokken.

'Dus wij zijn opgelicht', concludeerde ze.

'Opgelicht?' herhaalde Von Trettlow. Hij vroeg zich af wie de werkelijke slachtoffers waren van deze zwendel. Waren dat niet de gezusters Cahen, wier woning achter hun rug was ingepikt en doorverkocht, en niet eens aan nietsvermoedende nieuwe eigenaren? Maar iets weerhield hem ervan zijn gedachten uit te spreken. In plaats daarvan zei hij iets wat tegelijk als geruststellend en verontrustend kon worden geïnterpreteerd.

'De koop is omstreden. Zowel de Dienststelle Westen, de Franse staat als het militair gezag maken aanspraak op deze woning, los van uzelf natuurlijk. Ik weet niet wie in het bezit zal blijken te zijn van de beste papieren. Daar ga ik niet over. Ik kom hier enkel de bouwkundige staat inspecteren.'

'Maar u kunt ons toch helpen onze claim te onderbouwen?'

Hij antwoordde niet, gaf de map weer terug aan Fischer en maakte een gebaar dat hij hem moest volgen. In elke kamer tikte hij op de muren, hurkte om het parket van dichtbij te bekijken, boog zich over vensterbanken. Soms mompelde hij iets, dat de Feldwebel vertaalde in een aantekening in een opschrijfboekje. De vrouw volgde hen van kamer naar kamer.

'Een grondige renovatie, moet ik zeggen, maar uw man weet natuurlijk ook hoe hij nog aan materialen moet komen', merkte hij ten slotte op.

'U had moeten zien hoe uitgewoond het was. Het huis is nog helemaal niet zo oud, maar die vrouwen hadden het al jaren niet meer geschilderd of behangen, zei mijn man. En luchten deden ze vast ook nauwelijks. Het rook overal even muf.'

Wat wil ze me nu vertellen, vroeg Von Trettlow zich af; dat ze het recht niet hebben hier ooit terug te komen, omdat ze dan hun mufheid weer meebrengen? Hij probeerde zich voor te stellen hoe de ruimtes werden uitgewoond door Duitse soldaten en onderofficieren, door ingenieurs en opzichters van de *Organisation Todt*, die overal hun bunkers bouwden. Het beeld werd vertroebeld door dat van de twee zusters, hoe die achter hun draperieën zaten, elk met een glaasje advocaat in de hand.

'Ik heb u helemaal niets aangeboden', zei madame Berliet, alsof ze zijn gedachten had gelezen. 'Waar zijn mijn manieren? Maar ik ben ook zo van de kook...'

'Laat u maar, madame. Wij hebben genoeg gezien en zijn hier klaar. U hoort nog van ons.'

Hij liep naar de hal en de voordeur. Daar draaide hij zich in een impuls naar haar om.

'Hebben de gezusters Cahen niets achtergelaten?'

'Achtergelaten?' vroeg ze niet-begrijpend. 'De woning werd volkomen leeg opgeleverd.'

'Alles eruit? Elk meubel, elk kastje, elk papiertje, elke foto?'

Haar blik ging vlug van de lege uniformmouw naar zijn gezicht, alsof in die leegte de verklaring moest worden gezocht voor de vreemde belangstelling voor oude Joodse vrouwen.

'Het was hier zó leeg en zó grondig schoongemaakt alsof er nooit iemand gewoond had', antwoordde ze. 'Als mijn man hier niet zelf was geweest, hadden we geen flauw idee gehad wie de vorige bewoners waren geweest.'

'Alsof er nooit iemand gewoond had...' herhaalde de majoor, voor zich uit starend. 'Dank u, madame Berliet. 'Op een griezelige manier is uw beschrijving van die volkomen leegte erg veelzeggend.'

~

Hij bezocht die dag nog drie woningen, in drie verschillende arrondissementen. Een ervan was een huurappartement op een derde etage. De eigenaar had er geen gras over laten groeien en twee dagen na de arrestatie van de bewoners een plakkaat met TE HUUR aan het venster gehangen. Toen Von Trettlow bij de conciërge langsging, zag hij in diens woning een *king's chair*-stoel staan die veel te rijkelijk oogde voor het doorsnee interieur. De majoor liet de Feldwebel noteren dat de woning niet geschikt was voor gebruik door hun dienst. De twee andere waren dat wel. Ze lagen in het zestiende en het achtste arrondissement en hadden aan een huisarts en een advocaat toebehoord. Behoren toe, verbeterde Von Trettlow zichzelf en na enige aarzeling liet hij Fischer dat ook opschrijven. Het mooiste, dat van de Joodse advocaat, werd betwist. Dezelfde Vichy-ambtenaar die de woning van de Cahens opeiste, had ook hier zijn blik op laten vallen. Von Trettlow beklopte muren, stampte op vloeren, hing uit ramen en tuurde door een toneelkijker naar dakgoten en dakspanten. Zolang hij zich met bouwtechnische zaken kon bezighouden, had hij geen last van ongemakkelijke gedachten en gevoelens. Ze kwamen pas terug toen hij op de bodem van een gangkast, in het huis van de dokter, vergeten en over het hoofd gezien als een dode vlieg, een briefje vond, geschreven door Benjamin en gericht aan Rebecca. De inhoud was banaal – een pak dat moest worden opgehaald van de stomerij – en de datum was vooroorlogs, maar het bewees dat de woning in meer dan één opzicht was schoongemaakt. Alles wat herinnerde aan de vorige bewoners – de rechtmatige bewoners, corrigeerde Von Trettlow zichzelf met tegenzin – was weggewist, als de sporen van een misdaad.

En misschien was het dat ook wel, dacht hij, toen hij het briefje nogmaals las.

In een opwelling vouwde hij het op en stopte het in zijn portefeuille.

Terug in zijn werkkamer in het Majestic zette hij zijn bevindingen op papier. Zolang hij over de staat van de woningen kon uitweiden, kwamen de woorden en cijfers vanzelf. Hij had nooit een typdiploma gehaald, maar zelfs met één vinger wist hij de juiste toetsen feilloos te vinden. Pas toen hij over de bewoners moest rapporteren, vertraagde het staccato tempo waarin de metalen staafjes op het machinelint sloegen. Gauss, die tegenover hem zat, viel het ook op.

'Zo'n eerste rapport is nooit eenvoudig om op te stellen', zei hij glimlachend. 'Kan ik u ermee helpen, majoor? Ik heb ervaring en ik weet wat ze hierboven willen lezen.'

Wat ze willen lezen, dacht Von Trettlow; dat zal wel, ja. Maar dat is nu net het probleem: ik moet me inhouden niet te schrijven wat ze juist níét willen horen.

Hij haalde zijn schouders op. 'Dan duurt het maar wat langer. Ik moet het toch leren.'

Pas na kantoortijd, toen Gauss zijn laatste sigaret in de asbak had uitgedrukt en 'prettige avond' had gezegd, begon het schrijfritme terug te komen. *Ongetwijfeld is het politiek wenselijk dat de Dienststelle Westen bakzeil haalt en het Franse departement wordt teruggefloten. De Franse hoofdstad valt nu eenmaal onder het gezag van de Wehrmacht. Maar in een ander kader dan dat van oorlog en bezetting zou er voor geen van de betrokken Duitse partijen een wettelijke basis bestaan voor hun confiscatiegedrag. En zelfs binnen dat bezettingskader valt het optreden van de Dienststelle Westen buiten de bepalingen van het wapenstilstandsverdrag en is er sprake van een grote mate van eigenmachtig handelen.*

Hij leunde achterover en herlas vol verbazing wat er stond. Had hij dat werkelijk geschreven? Niet alleen waren de bewoordingen weinig ambtelijk, de toon was ook zo opstandig, bijna subversief. Zijn hand pakte de bovenkant van het vel, maar het leek of zijn spieren daarna weigerden zijn zenuwen te gehoorzamen. Hij kon er zichzelf niet toe brengen het blad uit de machine te rukken en te verscheuren.

Von Trettlow stond op, diepte het halflege pakje Gauloises uit zijn vestzak en stak een sigaret op. Inhalerend liep hij naar het venster en staarde over de halfopen binnenplaats. Soldaten hielden loom de wacht. Vogels zongen in de struiken en bomen. Op een van de banken zaten twee vrouwelijke medewerkers, van wie er een zo luid lachte dat hij het tot in zijn kamer kon horen. Een vredig beeld maar een bedrieglijk, dacht hij. Anderen zitten bang in hun huis, hongerig omdat ze geen werk en geld meer hebben, wachtend op de klop op de deur. Buren wachten ook, tot ze hun slag kunnen slaan. Juwelen en zilverbestek verberg je makkelijker voor nieuwsgierige blikken dan een metershoge king's chair.

Hij kon doen of hij het niet gezien had. Zijn enige opdracht was de concurrentie aan te gaan met de collega's van de SS en die van de collaboratieregering. Maar was dat wegkijken nou niet precies wat hij gedaan had toen die dronken *Sturmbannführer* had gebrald over de Joden die hij had gefusilleerd achter het Oekraïense front? Toen zijn broer Joachim hem had gezegd dat de familie Weiss was verdwenen en niet langer op het Silezische landgoed woonde dat hij namens de familie beheerde? 'Verdwenen', had Joachim gezegd en hem daarbij recht in de ogen gekeken. Max had de blik van zijn broer niet beantwoord maar weggekeken. Later op de avond, toen Joachim er nog een keer over wilde beginnen, had hij hem zelfs afgekapt.

De verkeerde conclusies, de verkeerde woorden konden hem in moeilijkheden brengen. Zijn rapport kon ook genegeerd worden, in een lade verdwijnen. Het Majestic zat misschien vol andere wegkijkers en afkappers. Dat was zelfs het meest waarschijnlijke, concludeerde hij. Maar dan had hij het tenminste van zich af geschreven, was zijn geweten ontlast.

Wegkijken – hij had het in Rusland voortdurend gedaan. Van de rijen Russische krijgsgevangenen die langs de stoffige wegen sjokten, tijdens die eerste zomer vol snelle overwinningen. Toen een collega zei dat de communistische officieren en de Joden eruit werden gehaald en in greppels en bossen gefusilleerd, had hij vol ongeloof zijn hoofd geschud. Tot zulke barbaarse daden waren Pruisen niet in staat. Later, in de Oekraïne, was hij langs haastig opgetrokken galgen gereden waaraan de lijken van dorpsbewoners hingen. Hij had de blik strak voor zich uit gericht. Nog later, op de Krim, had hij met eigen ogen gezien hoeveel dood en vernieling de houwitsers van zijn eenheid in Sebastopol hadden aangericht. Soldaten maar ook kinderen die uiteen waren gerukt. Paarden zonder hoofd, zelfs honden die niet aan de explosies waren ontkomen. De ingewanden tegen de muren gekleefd, een hand in een dakgoot, een voet in een bloederige laars. Hoeveel beelden kon je uit je geheugen bannen? Wanneer vonden ze hun eigen weg naar je bewustzijn? Het hoofd schudden lukte niet meer. Het was of zijn nekspieren weigerden de bevelen van zijn hersenen te gehoorzamen. De afgerukte ledematen waren zijn dromen beginnen te bevolken; daarna veranderden ze steeds vaker in nachtmerries, en later, later...

Later, dacht hij, toen zijn eigen linkerarm op het slagveld was achtergebleven, was het schuldgevoel gekomen, en de stille overtuiging dat hij gestraft was voor zijn onverschilligheid voor het leed van anderen. Ook om die reden wilde hij niet meer terug naar het front. Zijn invaliditeit was evengoed een excuus als een letterlijk voor de hand liggende reden.

Wat had hij nog te verliezen? Wat kon hem overkomen als hij voor één keer zijn nek uitstak en de waarheid schreef in een rapport? Als hij voor eenmaal niet langer wegkeek? Ze zouden hem er niet voor onthoofden.

De vrouwen stopten met lachen, stonden op en liepen weg. Het gebouw liep langzaam leeg, al zaten er ongetwijfeld nog hier en daar dienstkloppers over dossiers gebogen. Hij liep terug naar zijn bureau en tikte zijn as af in de asbak die Gauss had gebruikt. Franse as boven Duitse as, verzets- boven nazi-as.

Hij grijnsde en trok het vel uit de machine, niet om het te verscheuren maar om het aan het stapeltje ernaast toe te voegen.

6

De geallieerden waren op Sicilië geland. Volgens de *Pariser Zeitung* was het een kwestie van tijd voor ze terug de zee in werden gedreven, volgens *Je suis partout* onderschatten de Britten en Amerikanen de vaste wil van de Italianen hun vaderland te verdedigen. Het zelfvertrouwen blaakte van het papier. Maar binnen het Majestic keken opvallend veel gezichten eerder zorgelijk. Von Trettlow wist niet of het aan de omslag van het weer lag of aan het oorlogsnieuws. Hij had de bladen opgepikt van een bank in de metro en bij binnenkomst op een leestafeltje gedeponeerd. Zijn hoofd stond niet naar frontberichten, al helemaal niet toen hij in zijn postvak een ander bericht vond: het bevel zich te melden bij majoor Walter Bargatzky, juridisch adviseur bij de afdeling Militair Beheer. Met lood in de schoenen liep hij naar diens verdieping en kamer en klopte discreet aan.

'Komt u binnen', klonk het gedempt achter de deur.

Bargatzky oogde opvallend jong voor een majoor. Hij was een knappe man met donker, bijna zwart haar. Zijn gezicht was open en hij glimlachte vriendelijk toen hij Von Trettlow de hand schudde. Maar op zijn revers prijkte een speldje met een hakenkruis.

'Neemt u plaats, majoor. Mag ik u koffie inschenken? Ik heb de hand weten te leggen op een heerlijke arabica uit Ethiopië, vers gebrand bij een bedrijfje in het tweede arrondissement. U zult niet weten wat u proeft.'

'Ethiopië – dat klinkt vooroorlogs', merkte Von Trettlow op. 'Zo lang zijn koffiebonen toch niet te bewaren?'

Bargatzky schonk twee kopjes in uit een porseleinen kan. 'Gelooft u mij, er is nog altijd handel, maar dan met de neutrale Turken als tussenhandelaren. Wij betalen ons blauw en zij verdienen er goed aan.'

De koffie smaakte inderdaad voortreffelijk – veel zachter dan de wat bittere robusta die zijn hospita hem als exquise drank voorzette. Von Trettlow vroeg zich af of het een soort galgendrank was. De cafeïne maakte hem alert voor de vragen die ongetwijfeld zouden komen.

'Ik heb met toenemende belangstelling uw rapport gelezen over de diverse Joodse appartementen die u hebt geïnspecteerd.'

Von Trettlow leek het verstandig enkel te knikken en niets te zeggen.

'De Dienststelle Westen staat echter veel sterker dan u suggereert. Ze probeert in eerste instantie woningen simpelweg te confisqueren en als het moet is er kapitaal beschikbaar om ze te kopen.'

Ditmaal waagde Von Trettlow zich aan een neutraal 'Hmmm.'

'Dat kunnen wij echter ook. De Franse regering betaalt vierhonderd miljoen frank per dag om de kosten van onze bezetting te dekken. Naast ons als bezettingsautoriteit mogen ook de ss, de *Kriegsmarine* en de *Luftwaffe* in die goudpot graaien.'

Von Trettlow dacht dat hij het verkeerd gehoord had. 'U zei vierhonderd miljoen "per dag"?'

'Dat is inderdaad wat er tijdens de wapenstilstandsonderhandelingen in 1940 is afgesproken', antwoordde Bargatzky. Er kwam een glimlach om zijn mond, alsof hij er plezier in had de ander te choqueren. 'Het is een enorm bedrag, exorbitant en op termijn niet op te brengen door de Fransen. Ze bloeden financieel langzaam leeg, maar tot nog toe is Vichy er slechts in geslaagd miljoentjes van het totaal af te onderhandelen.'

'En dat geld wordt door ons weer uitgegeven in Frankrijk?'

vroeg Von Trettlow. 'Dan vloeit het toch simpelweg terug in de Franse economie?'

'Nee, zo simpel is het niet. Wij gebruiken het om alles op te kopen wat we kunnen gebruiken, van auto's en treinwagons tot damesschoenen en parfumflessen. We betalen hoge prijzen en zo drijven we de geldontwaarding op. De Franse burger of ondernemer kan niks krijgen en de Duitse economie krijgt een massa consumptiegoederen in wezen voor niets.'

Von Trettlow dronk zijn kopje leeg en liet het verhaal bezinken. Als je damesschoenen kon kopen, kon je in principe ook op appartementen bieden – en die dan weer met winst aan vermogende Fransen doorverkopen. Dat was de macht van de overwinnaar en de pech van de verliezer, besefte hij.

'Geef toe dat het slim is', ging Bargatzky verder. 'Als je niet betaalt, worden veel van die goederen verborgen en moet je ze gaan zoeken en in beslag nemen; nu bieden de Fransen ze uit zichzelf aan.'

'Slim zeker,' gaf Von Trettlow toe, 'maar is het ook moreel te verdedigen?'

'Dat vraagt u mij. U geeft in uw rapport zelf aan dat dit een vorm van afpersing is,' antwoordde Bargatzky, 'op nationale schaal tegenover de Fransen en op individuele tegenover de Joden.'

Von Trettlow staarde naar het speldje, het partij-insigne. In zijn rapport had hij zijn woorden niet gewikt en gewogen, nu zou hij dat alsnog moeten doen. Misschien als hij eerst een sigaret mocht opsteken om zijn reactie te kunnen uitstellen. Hij tastte naar zijn pakje, bedacht toen dat hij dit beter niet kon doen vanwege het merk.

'Mag ik u een sigaret aanbieden?' vroeg Bargatzky.

Het blauw verbaasde hem, evenals de vleugels aan de rand van de helm. Vast die van Vercingetorix, de Gallische leider die het opnam tegen Julius Caesar, die zijn land had bezet. Hij nam er een aan en accepteerde ook het vuur van de benzineaansteker. De Gauloises tegenover het partij-insigne. Hij moest het erop wagen.

'Ja, we maken misbruik van de situatie, in ieder geval doet de Dienststelle Westen dat.'

Bargatzky nam een diepe haal en keek hem aan. Hij had plaatsgenomen op de rand van zijn bureau, zodat hij hoger zat dan zijn gast.

'Dat hebt u goed gezien', was zijn bondige antwoord.

Von Trettlow voelde hoe zijn schouders zich ontspanden – en toen weer aanspanden. Het kon evengoed een val zijn, een antwoord bedoeld om hem verder uit zijn tent te lokken.

'De Dienststelle Westen staat onder leiding van Rosenberg, zoals u misschien weet, de ideoloog van de partij en tegelijk de rijksminister voor de nieuwe gebieden in het oosten', vervolgde Bargatzky. 'Het begon allemaal toen hij meubels nodig had voor zijn ambtelijke gebouwen in Rusland. Daarom doopte hij de actie om huizen van Joden leeg te halen tot *Möbel-Aktion*. Wist u dat?'

'Hoe zou ik dat kunnen weten?'

'Nee, dat kon u niet. Het verloopt allemaal in het diepste geheim – en door de enorme schaal waarop het plaatsvindt toch ook weer niet. Duizenden appartementen zijn al leeggehaald. Telkens gaan eerst de bewoners en daarna de inboedels eruit. En alle grote verhuisfirma's in Parijs doen eraan mee.'

Von Trettlow wist niet hoe hij moest reageren, dus rookte hij maar. De damp die naar het plafond steeg, symboliseerde de verwarring in zijn geest.

'De meest waardevolle voorwerpen behoudt de partijleiding natuurlijk zelf', ging Bargatzky onverstoorbaar door. '*Reichsmarschall* Göring is al diverse malen in Parijs opgedoken om kunstvoorwerpen uit te zoeken voor zijn privécollectie. Vleugelpiano's, antieke meubelen, dure garderobes – het is allemaal bestemd voor Berlijn. De doorsnee spullen zijn bedoeld voor de gewone Duitsers, degenen die hun woning en huisraad hebben verloren tijdens een geallieerd bombardement.'

'En wat kunnen wij daaraan doen, majoor?'

Het klonk kribbig, besefte Von Trettlow. Hij had zijn twijfels aan het papier toevertrouwd, maar met de bedoeling om ze vervolgens in een archief te kunnen begraven, besefte hij nu. Deze collega sprak er echter over alsof ze persoonlijk iets tegen de misstanden moesten ondernemen.

'Weinig,' antwoordde Bargatzky, 'en tegelijk misschien meer dan we denken. Ik laat het er in ieder geval niet bij zitten.'

'Hoe probeert u dat dan?'

'Ik heb al eens een aanklacht ingediend tegen de Dienststelle Westen. Die zaak heb ik verloren, maar ik bereid een nieuwe voor, uitgebreider en grondiger dan de vorige.'

Von Trettlow wist niet wat hij hoorde. Een rechtszaak tegen een onderdeel van de ss, en dat nog wel in volle oorlogstijd! Wie had zich dat ooit kunnen voorstellen? Het was waanzin. En toch, realiseerde hij zich, terwijl de bijna opgebrande sigaret zijn vingers brandde, was dit wat hij zelf had gesuggereerd in zijn rapport. Juridisch was er geen enkele basis voor wat de nazi's deden en onderhuids bestond de rechtsstaat nog altijd.

Bargatzky boog zich naar voren. De lach was even plotseling uit zijn stem verdwenen als hij erin had doorgeklonken. 'Maar dat wij *Möbel-Aktion* immoreel en onwettig vinden, maakt van ons nog geen landverraders, majoor, integendeel zelfs. Bedenk eens het volgende: hoe kan er ooit een duurzame vrede met Frankrijk tot stand komen als wij het land zo uitzuigen, of ontdoen van al zijn waarde?'

Von Trettlow wist weer niet hoe hij moest reageren, of hij zich op de vlakte moest houden of zich juist moest uitspreken, en de verwarring snoerde zijn keel. De ander leek het aan te voelen en praatte verder:

'U bent, net als ik, in dienst van de Wehrmacht. Wij vertegenwoordigen het wettelijk gezag, wij voeren de afspraken uit die samen met de Fransen zijn gemaakt. De basis voor ons handelen is het wapenstilstandsakkoord. In mijn visie komen andere diensten, direct gelieerd aan de NSDAP, ons handelen dwarsbomen. Bepaalde individuen doen zelfs aan zelfverrijking. Dat bestrijden is de basis van mijn verzet.'

Von Trettlow wees op het partij-insigne. 'Ik had u heel anders ingeschat.'

Bargatzky lachte. 'Dat? Er is geen betere bescherming dan een partijlidmaatschap. In een menigte val je als enkeling niet op.'

'Ik deel een kamer met een partijlid. Ik kan u zeggen dat hij heilig gelooft in alle beginselen.'

'Er zijn vele gradaties in de manier waarop je het lidmaatschap kunt invullen', klonk het cryptisch.

Bargatzky helpen, zijn nek uitsteken – was dat de remedie tegen de geestelijke stilstand waar hij in wegzonk? Het voorstel overviel hem. Hij moest eerst de voors en tegens afwegen. Tegelijk besefte hij dat de ander zijn eigen nek reeds had uitgestoken, door een rechtszaak te beginnen en door hier zo openlijk met hem over de volgende te praten.

Ik heb de eigenlijke beslissing gisteren al genomen, besloot hij, aan het eind van de middag, toen ik dat vel niet verscheurde maar op de stapel legde. Hij stak zijn hand uit. Bargatzky drukte hem, stevig en beslist.

'Er zijn er in dit gebouw meer die denken als wij', verzekerde de jurist hem.

Von Trettlow wees op zijn rapport, dat op het bureaublad lag. 'Wat gebeurt daarmee?'

'Dat maakt vanaf nu deel uit van het omvangrijke dossier dat ik aan het samenstellen ben. Maar we zijn nog lang niet klaar. U dus ook niet. In het vervolg gaat u alleen gerichter te werk.'

'Meer Joodse woningen?'

'En ook depots van verhuisfirma's. We hebben de voorbije maanden allerlei geruchten opgevangen en ik zocht al langer iemand die ze, met de geschikte dekmantel, kon onderzoeken.'

Von Trettlow wees op het pakje en vroeg woordloos om een nieuwe sigaret. Het klonk spannend wat Bargatzky voorstelde en tegelijkertijd gevaarlijk, een ander soort gevaar dat hij gewend was geweest in de frontlinie.

Ze staken beiden een tweede sigaret op. Al snel stond de kamer blauw van de rook. De jurist liep naar het venster en zette het op een kier. Regenwater drupte van de vensterbank op de vloer.

'U denkt nu misschien dat u overhaast een beslissing neemt, maar de twijfels die eraan ten grondslag liggen, had u al veel langer. We zijn alleen meesters geworden in het onderdrukken daarvan.'

Von Trettlow dacht aan de kolonel die hem had verteld over de executies van Poolse intellectuelen en officieren, vlak na het beëindigen van de veldtocht in '39. Hoe die had gehuiverd; hoe hij naar de bevelvoerende generaal van zijn legeronderdeel was gestapt en hoe deze hem uit het hoofd had gepraat een schriftelijk protest in te dienen; hoe de kolonel zich twee jaar later daar nog voor schaamde en de beelden soms 's nachts voor zich zag. Ze hadden ze allemaal gehoord, de geruchten, de verhalen, soms zelfs als grap, omdat ze dan makkelijker te ontkennen vielen. En niemand had ooit actie ondernomen.

Hij schudde het hoofd: 'De vraag is of het allemaal wat uitmaakt als we protesteren.'

'Protesteren heeft geen zin', gaf Bargatzky toe. 'Maar de wantoestanden aanpakken via het rechtssysteem heeft dat wel. De nazi's mogen dan veel veranderd hebben, de meeste oude wetten zijn nog steeds van kracht, dezelfde rechters zetelen nog, dezelfde advocaten houden dezelfde pleidooien. Ik ben jurist. Ik geloof in het recht, onvoorwaardelijk.'

Hij sloot het raam, draaide zich om en glimlachte. Von Trettlow wist niet of hij de man naïef of geslepen moest vinden. De tijd zou het wel uitwijzen.

Ze zouden hooggeplaatste nazi's voor schut zetten in hun eigen Duitse rechtbanken of hun rang verliezen en als straf naar het Russische front worden verplaatst. Misschien konden ze zelfs veroordeeld worden tot het concentratiekamp. Hij huiverde bij die laatste gedachte en onderdrukte die vlug.

7

'Bent u Elise Calmann?'

De Duitser die het haar vroeg, was een militair maar geen ss'er. Elise knikte en zei er toen snel 'Ja, dat ben ik' achteraan, in het Duits nog wel. In minder dan een week was ze veel van haar hooghartigheid kwijtgeraakt. Het stoorde haar allang niet meer dat ze geen gebruik kon maken van parfum, dat haar haren alle kanten uit stonden, dat ze stonk uit haar mond en over haar hele lijf, of zelfs dat de vlooienbeten in haar hals in de spiegel zichtbaar waren. Jeuk was wat haar bezighield, dorst en vooral honger. Het hongergevoel was geleidelijk zo overweldigend geworden dat haar gedachten steeds vaker afdwaalden naar eten, terwijl ze haar aandacht zo nodig had om te bedenken hoe ze uit Drancy kon komen.

'Komt u met mij mee.'

Zonder haar reactie af te wachten draaide de man zich om. Elise haastte zich de flat uit, het stinkende onderkomen voor meer dan een dozijn mensen. Ze had moeite de Duitser bij te houden op de trappen, omdat een van haar hakken gebroken was. Zo goed en zo kwaad als het ging negeerde ze het ongemak en volgde de militair naar de binnenplaats. Daar stond een officier, ogenschijnlijk op haar te wachten.

'Elise Calmann?'

Ze knikte weer en bevestigde onmiddellijk in het Duits.

De man was van middelbare leeftijd, met een terugwijkende haarlijn en donkere wenkbrauwen, die de ogen daaronder iets spiedends gaven, alsof hij uit patrijspoorten keek. Zijn oren waren aan de grote kant. Elise wist niet hoe ze hem moest inschatten of welke rang hij had. Het uniform dat hij droeg, leek meer bedoeld voor een dansavond dan voor dienst aan het front. En wat wilde hij van haar?

'U hebt jarenlang gewerkt bij een veilinghuis, klopt dat? U bent bevoegd en ervaren in het beoordelen van kunstwerken en kunstnijverheid?'

Ze maakte een knikkende hoofdbeweging, direct gevolgd door een 'Ja, dat ben ik, *Herr Offizier*.'

De ander glimlachte tevreden. Elise wist niet of die tevredenheid haar woorden of haar onderdanigheid gold, maar blijkbaar had ze het juiste antwoord gegeven.

'Dan kan ik uw diensten gebruiken in de dependance die ik leid. Bent u bereid vanhier te vertrekken?'

'Bedoelt u dat ik hier weg kan?'

'Uiteraard, maar op voorwaarde dat u voor mij wilt werken; zo niet, dan blijft u hier en vertrekt u met het volgende transport naar Polen.'

'Ik ben bereid!' Ze knikte snel enkele malen achter elkaar, bang dat de ander haar woorden niet zou horen. 'Ik ben bereid, Herr Offizier!'

Ze riep het nog net niet.

De glimlach verbreedde zich. Hij zette een pet op en gaf de militair die haar had gehaald, bevel zich naast haar op te stellen. 'Dat is dan geregeld. We vertrekken onmiddellijk. De auto staat voor het hek.'

Ze wilde voorstellen haar koffer te halen maar zag daarvan af. De drang buiten te komen, desnoods zonder kleren aan, was onbedwingbaar. Ze ervoer de soldaat naast haar niet eens als een bewaker. Toen ze door het geopende hek liepen, moest ze zich bedwingen om niet achterom te kijken. Ze voelde de blikken van mensen die ze de voorbije week had leren kennen, maar de vrouw die haar vriendin geworden was, bevond zich aan de andere kant van het kamp. Even ging er een steek van spijt en schaamte door haar heen, dat ze er zomaar tussenuit piepte en Rachel achterliet, maar de opluchting over haar eigen ontsnapping overspoelde dat snel.

'Overigens is mijn naam Von Behr, kolonel Kurt von Behr', sprak de officier terwijl hij het portier van de Chevrolet voor haar openhield. Ze nam plaats op de achterbank en voelde zich wegzinken in het leer terwijl om haar heen alle portieren dichtsloegen.

'Ik vind het prettig dat u Duits verstaat en spreekt', klonk het vanaf de passagiersstoel naast de chauffeur. 'Maar ik spreek zelf vaak Frans met de arbeidsters in het depot. Overigens, als u dorst hebt: er staat een fles water naast u.'

Ze zag hem tussen de achterbank en de voorstoelen staan, pakte hem aarzelend op, schroefde de dop los en nam een slok. Het smaakte als de beste champagne. In korte tijd had ze het grootste deel van de fles naar binnen geklokt.

'Dank u', zei ze, en onderdrukte met moeite een boer.

'Ik zal doen wat u van me verlangt', merkte ze direct daarna ongevraagd op.

'Daar twijfel ik niet aan', antwoordde Von Behr.

De Chevrolet zette zich schokkend in beweging en reed weg van het kamp, in de richting van Parijs zelf. De overgang was zo abrupt dat het leek of Drancy zich niet aan de rand van de beschaafde wereld had bevonden maar in een totaal andere dimensie.

~

De poort die toegang gaf tot de straat ging open en de auto reed naar binnen. Onmiddellijk daarna werd hij achter hen gesloten. Ze bevonden zich op een grote binnenplaats, waar de stralen van de late namiddagzon lange schaduwen wierpen op de kasseien en de gevels. Ditmaal deed niemand hoffelijk het achterportier voor haar open. Het enige wat ze hoorde was een bars bevel om uit te stappen. Tegelijk met het dichtslaan van de toegangsdeuren leek ze het beetje respect dat ze vandaag verworven had, alweer te zijn kwijtgeraakt.

Von Behr gebaarde haar hem te volgen. De chauffeur en de begeleider bleven achter op de binnenplaats. Ze stapten een hoge hal binnen, vanwaar een brede trap naar de bovenverdiepingen leidde. Elise keek om zich heen en probeerde de herinneringen aan eerdere bezoeken scherp te stellen, want ze kende dit gebouw. Zodra ze de Rue de Bassano in gereden waren, vermoedde ze al welk pand de Duitsers hadden geconfisqueerd voor hun dependance: nummer 2. Het had aan verre familie van haar toebehoord, maar het stempel dat de bankierstak Cahen d'Anvers op het gebouw had gedrukt, leek te zijn uitgewist. Vanbinnen was het pand smakeloos geworden, bijna saai. Ze zag sporen van zware voorwerpen waarmee over de vloer was gesleept, vermoedelijk kisten. Ze rook een vage geur van oud papier en mottenballen, alsof er honderden bontjassen uit kasten waren gehaald en hier tijdelijk ondergebracht.

Moest ze Von Behr vertellen dat ze eerder in dit pand geweest was? Dat ze zijdelings gelieerd was aan de vorige eigenaren? Ze kon zich niet voorstellen dat ze er iets bij te winnen had. Maar als hij de voorgeschiedenis ervan kende en haar naam wist, kon het idee bij hem opgekomen zijn.

'Hier komt u te werken', hoorde ze de kolonel zeggen.

Ze liepen een ruimte in waar diverse vrouwen bezig waren met porseleinen serviezen, zilveren bestekken en kleinere beelden. De een was brons aan het afstoffen, een ander lepels aan het oppoetsen. Iedereen keek even op toen ze binnenkwam, maar niemand onderbrak haar werk.

'Dit is Rebecca Goldschmeding; zij zal u wegwijs maken in uw bezigheden. Wat het arbeidsschema betreft: we werken hier van acht tot acht, met één uur pauze tussen de middag. Daarna is het avondeten en de rest van de avond hebt u vrij. We werken in principe alle dagen, dus ook op zondag en ook op sabbat. Wie betrapt wordt op lijntrekken, diefstal of sabotage wordt onherroepelijk teruggestuurd naar Drancy.'

Hij keek haar recht in de ogen om te zien of ze begrepen had wat hij zei. Daarna wendde hij zich tot de vrouw die hij Rebecca Goldschmeding had genoemd. Elise knikte haastig en zei, nog vóór Rebecca: 'Begrepen, kolonel.'

Von Behr leek opnieuw tevredengesteld. 'De eerstvolgende levering van goederen verwachten we morgen.'

Pas toen de kolonel de ruimte verlaten had en de andere vrouwen weer aan het werk waren, durfde Elise Rebecca aan te kijken. Ze leek jonger maar ook ongezonder. Haar gezicht was ingevallen, haar huid bleek en haar handen waren pezig, roodachtig ook, alsof ze te vaak en te lang met giftige reinigingsmiddelen had gewerkt. De vrouw glimlachte toen ze de blik van Elise volgde. 'Ik kan ze niet om de haverklap wassen. Dat spul bijt soms in mijn huid.'

'Is het leven hier zó zwaar?'

'Minder zwaar dan in Drancy. Het sanitair en het eten zijn beter en er is niet die constante angst dat je op transport wordt gezet.'

'Zolang je je werk goed doet', zei Elise op half vragende toon.

'Natuurlijk, maar wees niet bang. Ze hebben ons hard nodig vanwege onze expertise. Daarom schelden ze wel, maar slaan ze zelden. Ik zal je wel vertellen wat je moet doen. Denk er vooral aan dat het altijd moet lijken of je bezig bent. Soms komt er een Duitser binnen en wie staat te niksen, krijgt ongenadig op zijn donder. Geen eten, dat soort straffen.'

Elise wees om zich heen. 'Zijn hier alleen maar vrouwelijke gevangenen?'

'Nee, er zijn ook mannen, maar die gebruiken ze vooral voor het laden en lossen en voor technische reparaties. Meubelmakers, timmerlieden, juweliers, horlogemakers. In een van de andere kampen schijnt zelfs een heel stel pianostemmers te werken.'

Elise trok verbaasd haar wenkbrauwen omhoog: 'Een van de andere kampen?'

'Er zijn er drie. Dit gaat om heel veel goederen', zei Rebecca.

Ze zweeg toen een van de andere vrouwen floot. Onmiddellijk duwde Rebecca Elise een porseleinen beeldje in haar handen, een smakeloos prul dat een herderinnetje voorstelde. Een paar seconden later kwam een gezette man binnen. Hij droeg blauwe werkkleding en zweette hevig op zijn kale voorhoofd.

'Ben jij de nieuwe? Mooi. We hebben gisteren een tiental schilderijen binnengekregen en ik wil dat jij ernaar kijkt om te beoordelen of het amateurdoeken of echte kunstwerken zijn. Ik laat ze zo dadelijk brengen.'

Hij verdween weer even snel als hij binnengekomen was. Rebecca gebaarde Elise dat ze het beeldje mocht terugzetten.

'Dat is Charles Ducasse, de opzichter. Hij werkt hier vrijwillig. Pas op voor zijn handen. Ze kunnen niet alleen slaan, als je begrijpt wat ik bedoel.'

Elise trok haar jurk naar beneden, een veel te duur maar misschien ook te uitdagend kledingstuk voor deze omgeving. Het was of ze de grijpgrage kolenschoppen van de opzichter nu al over haar billen voelde gaan.

~

Ze sliepen met zes mensen op één kamer, onder het dak, op de vloer en op een rij. De hitte die zich er in de loop van de zomerdag had opgestapeld, hing nog onder de spanten en het raam dat ze op een kier konden openen, liet er te weinig van ontsnappen naar de nachtelijke buitenlucht. Een blik uit het raam maakte haar in één keer duidelijk dat ontsnappen via het dak geen optie was. Meer dan een dodelijke val op de binnenplaats kon het niet opleveren, want daar waar het dak dat van het buurpand raakte stond een metershoog hek, dat bovendien onder stroom was gezet. De matras waarop ze lag, leek rijp voor het grofvuil; het laken en onderlaken roken weliswaar gewassen maar vertoonden toch urine- en bloedvlekken van een voorgangster. Het was allemaal minder erg dan in Drancy en toch voelde Elise zich nu pas doodongelukkig. Al die dagen had de hoop op de komst van een advocaat, een imposante Franse zakenman of Armand zelf haar overeind gehouden. Nu was ze weliswaar voorlopig gered van deportatie naar Polen, maar besefte ze ook niet meer vrij te zullen komen. Wie wist dat ze in de Rue de Bassano dwangarbeid moest verrichten? Wanneer zou ze een brief mogen schrijven aan haar echtgenoot?

Ze draaide en zuchtte, liet een onderdrukte snik ontsnappen, draaide weer en zuchtte opnieuw.

'Lig nu eindelijk stil!' fluisterde Rebecca, die amper een meter van haar af lag.

Ze probeerde het, hield haar adem in, telde tot tien. De onrust verdween niet uit haar lijf. Dwangmatig kwamen vluchtplannen in haar op, hoewel ze wist dat de binnenplaats bewaakt werd en de poort grondig was afgesloten. Bovendien was haar gezegd dat er in het geval van een ontsnapping sancties zouden worden genomen tegen de anderen. Ze vroeg zich af of ze egoïstisch genoeg was om zich daar niets van aan te trekken.

Uiteindelijk probeerde ze haar gedachten op iets anders te concentreren.

'Rebecca,' fluisterde ze op haar beurt, 'hoe heeft Von Behr jou eigenlijk geselecteerd?'

'Hij heeft met tientallen gevangenen gepraat in Drancy en steeds dezelfde vragen gesteld. Ik was een van de drie die het juiste antwoord gaven.'

'Vragen? Waarover dan?'

'Over mijn beroep', klonk het van de andere matras. 'Hij zocht mannen en vrouwen die iets wisten over bestekken en borden. Ik had bij Puiforcat gewerkt. Zo'n chic merk was net wat hij zocht.'

Elise liet dat bezinken. Toen zei ze: 'Mij heeft hij niets gevraagd. Hij heeft me bij zich laten komen.'

'Dus hij kende je al?'

'Kende? Ik had hem nog nooit ontmoet. Hij zal navraag hebben gedaan bij de kampcommandant.'

De ander zweeg even, antwoordde toen: 'Elise, de kampcommandant weet niets over jouw verleden. Je bent slechts een naam op een lijst. Von Behr moet jou dus hebben gekend.'

Ze herinnerde zich dat de eerste vraag die hij had gesteld, betrekking had op haar laatste werkgever, het veilinghuis. Zij kende hem misschien niet, maar hij haar wel.

'En wat betekent dat?' vroeg ze zich nu hardop af.

Rebecca bleef op fluistertoon spreken, maar wat ze zei knalde in Elises oren: 'Dat je op zijn verzoek bent gearresteerd en dat hij je doelbewust een week in dat kamp heeft laten wanhopen.'

8

Mussolini was afgezet en gearresteerd. Het bericht verbaasde Max von Trettlow niet toen hij het in de *Pariser Zeitung* las. Vanaf het moment dat de Italiaanse leider zijn lot met dat van Duitsland had verbonden, hadden de militaire nederlagen zich opgestapeld. Het Italiaanse leger had een spoor van krijgsgevangenen achtergelaten in Noord-Afrika, de Italiaanse marine een van gezonken oorlogsschepen in de Middellandse Zee. De geallieerde landing op Sicilië was het begin van het einde geweest. Von Trettlow vermoedde dat Italië nu snel zou capituleren.

Zijn gedachten gingen automatisch naar zijn zoon, die krijgsgevangen was gemaakt tijdens het voorspel tot de landing op Sicilië, toen Rommels Afrikakorps de genadeslag kreeg toebedeeld, het legerkorps dat door Hitler was gevormd om de Italiaanse dictator te helpen bij zijn desastreuze veldtocht in Egypte. Hij wist dat hij geacht werd die krijgsgevangenschap te betreuren, maar hij kon slechts blijdschap voelen. Tenminste één zoon die veilig was. En direct daarna schaamde hij zich over zijn 'onvaderlandse' houding. Sinds enkele weken voelde hij zich in de ban van een tweestrijd: de militair en Pruis in hem wilde nog steeds geloven dat de politiek van de *Führer* de enige juiste was, de burger en vader zag steeds meer wat er verzwegen en verborgen werd. Hij benijdde Bargatzky, die deze periode van twijfel blijkbaar al achter zich had gelaten. Hij droeg het partij-insigne bij wijze van camouflage, niet uit overtuiging. Maar hij voelde ook dat hij nooit meer terug kon naar de periode daarvoor. Je kon het doorzien van leugens niet 'ongezien' maken.

Hij had opnieuw de metro genomen naar huis, ondanks de waarschuwingen van Fischer. 'Het is al bijna drie jaar geleden dat de eerste Duitse officier door een communist is doodgeschoten, op de trappen van de metro nog wel', zei hij. Von Trettlow had geglimlacht en Fischer een schouderklopje gegeven. Hij was gesteld geraakt op zijn chauffeur en assistent. Onder andere omstandigheden zou hij hem misschien zelfs hebben voorgesteld te tutoyeren, maar vanzelfsprekend was dat voor een officier en een man van adel uitgesloten tegenover een onderofficier uit het gewone volk. Met Bargatzky was hij wel op dat niveau aanbeland. Drie dagen terug had hij hem een nieuw rapport overhandigd en toen de jurist alweer enthousiast op de lezing ervan had gereageerd, had hij hem spontaan voorgesteld elkaar voortaan te *duzen*, uiteraard alleen als er geen vreemden bij aanwezig waren. De vriendschappelijke aanspreekvorm leek daardoor net zo'n symbool van hun samenzweerderige gedrag als het Franse sigarettenmerk.

De majoor liep langs de apotheek, die gesloten was, wegens gebrek aan medicijnen. Langs een bakker, een slager en een kruidenier die verlaten oogden. Langs een schoenenwinkel met een halflege etalage. Hij dacht aan de ladingen werkmanlaarzen, pumps en bordeelsluipers die onlangs door het *Bureau d'Achat* van de SS waren aangekocht en in treinwagons geladen, klaar om naar Duitsland te worden gestuurd. Zijn tweede rapport wond er geen doekjes om: het land werd systematisch leeggezogen. Hij wist dat het Bargatzky enkel ging om kunstwerken, maar tijdens zijn bezoeken aan verhuisfirma's was hem steeds meer de enorme schaal van de roof- en opkoopactiviteiten opgevallen. Alles was bruikbaar voor Duitsland, een container oud ijzer evengoed als een schilderij van Rembrandt. Waar moest dat eindigen? Op een bepaald moment zou Frankrijk beroofd zijn van al zijn kunstschatten, al zijn luxegoederen, al zijn goud en sieraden. Het land zou zijn gedegradeerd tot een armoedige kolonie van Duitsland. Van een duurzame vrede kon dan inderdaad nooit sprake zijn, alleen maar van een eindeloze bezetting.

Hij arriveerde bij zijn appartementsgebouw. Von Trettlow keek in de tas die hij bij zich droeg, voor hij hem op de grond zette, zijn huissleutels tevoorschijn haalde en de deur die toegang gaf tot de binnenplaats ontsloot. Camembert, brood, olijven en een fles cognac van het merk Godet. Hij had het zonder blikken of blozen ingeladen toen hij in de keuken van het Majestic was. Als een nazi als Gauss dit kon, waarom moest hij dan roomser zijn dan de paus? Geen hond die er aanstoot aan had genomen. Alles was immers gestolen van de Fransen, dat wist hij inmiddels ook wel. Onder dieven kon men genereus zijn.

Hij liep de trappen op naar de verdieping waar hij woonde. Daar aangekomen belde hij toch netjes aan, uit angst madame Nourissier te overvallen. De vrouw die opendeed zag er niet meer zo verkrampt uit als in het begin. Het zuinige mondje was verdwenen, net als de neiging in korte zinnen tegen hem te spreken. Ze droeg ook geen hooggesloten jurken meer. Minder een halve weduwe op leeftijd, meer een vrouw halverwege haar leven, besloot Von Trettlow. Hij nam aan dat zijn consequente wellevendheid haar wantrouwen had doen afnemen.

'U bent vroeg thuis vandaag, majoor.'

Hij toonde haar de inhoud van de tas. 'Voor u, madame. Ik dacht dat u vandaag weleens trek zou hebben in vooroorlogs eten.'

Ze ging hem voor naar de keuken, waar hij inmiddels zijn weg kende. Hij haalde alle spullen met zijn ene hand in snel tempo eruit. Sinds enige tijd bood ze gelukkig niet langer aan hem met zulke handelingen te helpen.

'Ik had geen plannen voor vanavond', zei ze, alsof de kaas en de olijven en de cognac anders niet welkom zouden zijn.

Von Trettlow liep naar de woonkamer en haalde twee cognacglazen uit de drankkast. De buitenkant was wat stoffig. Ze zagen eruit of ze al heel lang niet meer gebruikt waren.

'Een aperitief, madame? Zolang de alcohol ons niet naar het hoofd stijgt...'

Hij schonk in, twee flinke bellen, overhandigde haar een van de glazen, hief het zijne en riep: '*Santé!*'

Ze herhaalde zijn gebaar en uitroep, maar minder luid, en nam net als hij een flinke slok.

'Wat is de aanleiding, majoor?'

'Noemt u me toch gewoon Max', antwoordde hij, en nam direct nog een slok. 'Er is geen aanleiding. Misschien de val van Mussolini. Ik heb de man altijd een ordinaire schreeuwlelijk gevonden.'

Ze gaf hem een bevreemdende blik, alsof ze niet zeker wist of hij het meende. 'Hij heeft anders altijd aan uw kant gestaan.'

'Mijn kant, jullie kant... wij zijn simpelweg twee mensen die hetzelfde dak delen, madame Nourissier. U bent mijn vijand niet, de Fransen zijn mijn vijanden niet. Ik heb gezien hoe jullie lijden onder de bezetting. Deze oorlog kent veel te veel verliezers.'

Een stemmetje in zijn achterhoofd waarschuwde hem dat dit defaitistische praat was en dat ze naar de Gestapo kon stappen om hem aan te geven. Hij had geen enkele reden haar te vertrouwen.

Ze zette haar glas op de schoorsteenmantel en pakte een enveloppe die daar tegen het glas van de spiegel had gestaan.

'Een brief uit Stuttgart, ik neem aan van uw vrouw. Vanmorgen bezorgd.'

Hij nam de enveloppe van haar aan en haalde de beschreven vellen eruit met behulp van de brievenopener die ze hem erbij had gegeven. Hij schaamde zich niet voor zijn gretigheid. Geschreven woorden vormden de enige bron van contact tussen hem en Marie-Louise. Hij koesterde haar brieven, die weliswaar veel zakelijker waren dan de zweverige liefdesbrieven die ze vroeger aan hem stuurde, maar nog altijd vol warme bewoordingen stonden.

Ditmaal was daar nauwelijks ruimte voor. Op klinische toon beschreef ze wat Karl was overkomen tijdens de laatste dagen van de Slag om Koersk. Zijn eenheid was terechtgekomen in hevig Russisch spervuur en hun zoon was door twee kogels getroffen, een in zijn rechterarm en een in zijn linkerheup. De wonden hadden fors bloedverlies opgeleverd en waren later in het veldhospitaal ook nog geïnfecteerd geraakt. De verzwakte Karl had een tijdje tussen leven en dood gezweefd, maar de infecties overleefd. Inmiddels was hij naar Duitsland overgebracht om in een hospitaal in Freiburg te revalideren. Ze had gewacht met het hem te melden tot hij aan de beterende hand was geraakt. Marie-Louise had hem bezocht. Karl was blij geweest, optimistisch en ervan overtuigd dat hij er weer helemaal bovenop zou komen. Over een maand kon hij misschien al terugkeren in actieve dienst.

Bij dat zinnetje hield Von Trettlow op met lezen. *Terugkeren in actieve dienst.* Hoe kon zijn zoon dat overwegen, hoe kon zijn moeder dat goedvinden? Was dit wonderlijke overleven niet genoeg als waarschuwing? Hij wist heel goed wat een spervuur betekende. Tijdens de vorige oorlog was hij er zelf door gelopen en had de kogels links en rechts van hem horen inslaan. In beweging blijven, nooit in één rechte lijn lopen en ondertussen bidden dat de man in de verte die het machinegeweer bedient, scheelziet en op de denkbeeldige soldaat naast je mikt.

'Slecht nieuws?' vroeg madame Nourissier.

Hij keek op en realiseerde zich dat zijn gezicht asgrauw moest zijn geworden. Hij knikte, schudde toen zijn hoofd, slikte speeksel weg.

'Ja en nee', antwoordde hij. 'Mijn zoon Karl is gewond geraakt in Rusland. Hij heeft het overleefd maar ligt in een revalidatiecentrum.' Hij zweeg, vouwde de brief dicht zonder tot het einde door te lezen. Hij zou dat bewaren tot straks, maar in werkelijkheid was hij bang voor nog meer slecht nieuws.

'Ik ken dat gevoel van onzekerheid', hoorde hij haar zeggen. 'Van mijn man verneem ik zelden iets. Ik neem maar aan dat hij nog leeft, achter prikkeldraad, en dat het hem goed gaat.'

Hij staarde haar aan. In een opwelling stopte hij de brief terug in de enveloppe en legde hem weer op de schoorsteenmantel. Zijn hand wees naar de bijna lege glazen.

'Nu hebben we onze aanleiding om te drinken. Niet om iets te vieren maar om iets te vergeten. Het gevaar waarin onze geliefden zich constant bevinden.'

'Moet de fles leeg?' vroeg ze ongelovig.

'Ik zie geen reden voor iets anders te kiezen', antwoordde hij grimmig.

~

'... Voor mijn broer stond van jongs af aan vast dat hij boer zou worden, dat hij het beheer van het landgoed zou overnemen van vader. Joachim was altijd bezig met de runderen, meer nog dan met de paarden, die hij beschouwde als dieren die voor niets anders dienden dan om op te rijden. Koeien, en vooral stieren, fascineerden hem bovenmatig. Hij kon met die gespierde beesten lezen en schrijven. Ik... ik geloofde het wel, dat melken en hoeden. Ik deed het uit plichtsbesef, maar als puber droomde ik er al van te ontsnappen van dat landgoed. Weg van die boeren met hun pet in de hand, die plattelandsvrouwen met bedekte haren, het zingen van psalmen op zondagmorgen. Ik wilde naar de stad, ik wilde bouwen, niet hoeden. En zo kwam mijn belangstelling voor architectuur tot stand...'

Het moest de cognac zijn, dacht hij, en de schok van het nieuws over Karl. Hij was nooit zo spraakzaam over zichzelf. En interesseerde het madame Nourissier eigenlijk wel? Hij verplaatste zijn blik van zijn eigen schoenpunten naar haar gezicht. Ze keek wat lodderig uit haar ogen en een pluk haar was uit haar strak naar achteren getrokken kapsel ontsnapt. Hij kwam overeind en schonk haar glas nog eens bij. Ze protesteerde halfslachtig.

'Ik weet niet of ik er nog wel een zou moeten drinken...'

'Morgen hebben we hoofdpijn en zullen we het betreuren, maar morgen is nog ver weg', antwoordde Von Trettlow en grinnikte. Ze keek ervan op.

'Dit is de eerste keer dat ik u hoor lachen.'

'En u zegt dat glimlachend, madame. Ja, er valt weinig te lachen voor ons. Weet u dat de villa waar ik het meest trots op ben, vorige maand tot puin is gereduceerd? Zelfs sommige buitenwijken blijven niet gespaard van de bombardementen.'

Hij zeeg weer neer op de stoel, onelegant met gespreide benen.

'Waar ontwerpen we dan voor? Onze kinderen worden aan flarden geschoten, onze gebouwen storten in.'

Madame Nourissier opende haar lippen om iets te zeggen, deed het toen toch niet. Von Trettlow maakte een wegwerpend gebaar.

'Ja, ik weet het: klaag niet, jullie zijn de oorlog zelf begonnen.'

'U zegt het', klonk het afgemeten antwoord.

'Ik klaag wel,' vervolgde hij, 'en ik beklaag mezelf dat ik deel uitmaak van heel die oorlogsmachine. Ik hoop dat deze ellende stopt, al heb ik geen flauw idee hoe dat dan moet.'

In plaats van op zijn woorden in te gaan, vroeg ze hem om een sigaret. Verbaasd hield hij haar het pakje voor en gaf haar vuur.

'Ik wist niet dat u rookte?'

'U weet wel meer niet van mij', zei ze en inhaleerde diep en gretig.

‘Ik weet dat uw man bedrijfsleider is bij Citroën en ik weet dat u daar ook hebt gewerkt, als assistente op de tandheelkundige afdeling.’

Ze lachte breeduit. Het leek de majoor dat ze dat deed vanwege de herinnering. Haar blik leek even op het verleden gericht en toen weer op hem.

‘André Citroën zorgde goed voor zijn arbeiders. Er was een kinderdagverblijf, voor getrouwde én ongetrouwde arbeidsters met jonge kinderen; er was een supermarkt waar je goedkoop kon inkopen en er was zelfs een eigen tandheelkundige dienst.’

‘Allemaal om te voorkomen dat arbeiders wegliepen of uitvielen’, onderbrak Von Trettlow haar.

‘Nou en? Iedereen had er profijt van. Op een dag kwam mijn toekomstige echtgenoot binnen. Hij verging van de pijn door een abces. De tandarts heeft die kies getrokken en intussen heb ik zijn hand vastgehouden.’

‘Zijn hand vastgehouden? Van een wildvreemde? Wat een intimiteit op het eerste gezicht.’

‘Hij was knap maar hij had ook een schitterend gebit’, antwoordde ze dromerig. ‘U moest eens weten hoeveel mannen uit hun mond stinken, gele tanden hebben. U moest eens weten hoeveel etensresten en tandplak ik heb gezien bij mannen die er voor de rest uitzagen als filmsterren. Ze droegen de chicste pakken, maar een keer vaker hun tanden poetsen was er niet bij.’

De open mond als verleider, dacht Von Trettlow, of liever als afknapper.

‘Hij moet u toch ook mooi hebben gevonden, of was het uw hand in de zijne die hem verleidde?’

Haar blik werd weer wazig, alsof ze dat eerste moment haarscherp voor zich zag. ‘Misschien had hij in eerste instantie gewoon het gevoel dat ík het was die hem van die pijn had afgeholpen in plaats van de tandarts. Hoe dan ook vroeg hij me na afloop mee uit. Zo zijn we begonnen.'

Von Trettlow dacht aan zijn eerste ontmoeting met Marie-Louise, een bal op het familielandgoed, georganiseerd door zijn moeder, met de heimelijke bedoeling dat hij en Joachim 'meisjes van stand' zouden ontmoeten. Maar goed dat hij in ieder geval in dat opzicht niet rebels was geweest.

'En jullie leefden nog lang en gelukkig?'

'Niet altijd', antwoordde de vrouw tegenover hem, en het dromerige verdween prompt uit haar ogen.

Geen kinderen, dacht de majoor, vreemdgaan misschien en als gevolg daarvan een geslachtsziekte die onvruchtbaar maakte. Het kwam zo vaak voor. Er leek een drama schuil te gaan achter die twee woorden van Elisabeth Nourissier, maar voor nog meer ontboezemingen waren ze nog niet dronken genoeg – en misschien moesten ze dat ook niet worden.

Wat moeizaam kwam hij overeind en bezag zichzelf zijdelings in een spiegel aan een van de wanden: het uniformjasje stond open, de koppelriem hing aan de kapstok, zijn haren waren een beetje verwaaid doordat hij er te vaak met zijn vingers doorheen was gegaan, maar tóch een Duitse officier. Uit zijn ooghoeken loerde hij naar zijn gastvrouw en hij merkte dat zij hetzelfde zag, waardoor ze er direct wat netter bij ging zitten, haar benen strak tegen elkaar gedrukt, haar lippen even strak gesloten.

Hij zuchtte en liep naar het toilet. Ook na een halve fles cognac was het blijkbaar niet mogelijk van huisvijand in huisvriend te veranderen.

DEEL TWEE
EILANDEN IN DE TIJD

Mei-juli 1944

'Het verbergen van persoonlijke documenten en familiefoto's,
gevonden in de meubelen die werden binnengebracht,
kan als een subtiele vorm van verzet worden beschouwd.'

Jean-Marc Dreyfus & Sarah Gensburger:
*Des Camps dans Paris – Austerlitz, Lévitan,
Bassano, juillet 1943 – août 1944.*

9

In eerste instantie zei het haar niks: een bronzen sculptuur van een man op een paard. Hij was kalend en had een snor met dikke bakkebaarden. Ook de naam op de sokkel maakte haar niets wijzer: *Le comte de Chambord*. Toen Rebecca haar peinzende blik opmerkte, zei ze: 'Dat was de geboortetitel van Henri V', en op dat moment kwamen de herinneringen als een waterval haar bewustzijn binnen.

Elise Calmann pakte een poetsdoekje van het stapeltje en begon het beeld op te wrijven. Het was niet groot, bedoeld voor een dressoir of bijzettafeltje, voor een speciale plek in een hal. Ze herinnerde zich van haar kunstonderwijs dat er veel van waren gemaakt, in de jaren zeventig van de vorige eeuw. Wie voorstander was van het herstel van de monarchie, na de afschaffing van het keizerrijk, liet dat blijken door zo'n beeld te kopen, of een schilderij waarop de troonpretendent werd afgebeeld, of anders een juwelendoosje, of desnoods een koekjestrommel. Het was een vorm van politieke propaganda geweest, zoals Frankrijk de eerste jaren van de huidige bezetting overspoeld was geweest met posters en ansichtkaarten van Pétain, net als met gebakstaven in de vorm van een maarschalksstaf en postzegels met diens beeltenis.

Een nicht van haar moeder, Constance de Chevigny, was meer dan eens op bezoek geweest bij de troonpretendent. De kleinzoon van de laatste koning uit het huis Bourbon was vanaf zijn tiende persona non grata in Frankrijk. Hij woonde in ballingschap op kasteel Frohdorf in Oostenrijk of in een palazzo in Venetië, maar altijd ver van het vaderland. Noch de 'burger-koning' Louis Philippe, noch de prins-president van de Tweede Republiek, Louis Bonaparte, stond hem toe naar Frankrijk terug te keren. Hij moest wachten tot de Pruisen in 1870 het Franse keizerrijk verpletterend hadden verslagen tot hij weer welkom was in Parijs. Al die jaren had hij zijn volgelingen bestookt met brieven en pamfletten, waarin hij zijn aartsconservatieve en kwezelig katholieke visie uit de doeken deed. Geen enkele toegeving wilde Henri doen aan de moderniteit. Toen in 1873 de monarchisten een grote overwinning behaalden bij de parlementsverkiezingen, was er in één klap een meerderheid voor het herstel van het koningschap. De onderhandelingen tussen de volksvertegenwoordigers en Henri liepen echter stuk op diens hardnekkige weigering de Franse driekleur te handhaven. Er moest en zou worden teruggekeerd naar de witte vlag van vóór de Franse Revolutie. Zo miste hij zijn enige kans. Frankrijk werd een republiek en de man die zichzelf al tot Henri V gekroond had, raakte uit beeld met overgewicht en leverkwalen. Tien jaar later was hij dood, zonder nakomelingen.

Ze poetste zo grondig mogelijk, in de hoop dat op die manier niet opviel hoezeer ze treuzelde. Ze was er trots op dat haar geheugen nog zo feilloos werkte en dat ze kunstgeschiedenis en politieke geschiedenis met gemak kon combineren. Toen er even geen toezicht was, ging ze op haar hurken zitten en opende de kast waar het beeld op had gestaan. Het was allemaal tegelijk binnengebracht; het zou dus ook wel tot dezelfde inboedel behoren. Haastig gingen haar handen langs de planken en door de laden. Aanvankelijk voelde ze niets dan hout, maar daarna troffen haar vingertoppen papier, achteraan, op de plek waar het bij een snelle en vluchtige inspectie vaak onopgemerkt bleef. Ze haalde het stapeltje tevoorschijn. Vergeelde kranten, folders maar ook handgeschreven brieven. Het bedrukte papier liet ze liggen, de brieven moffelde ze onder haar kleren, in haar onderbroek. Het voelde erg ongemakkelijk, alsof ze een kilo watten tussen haar benen had gepropt om een hevige bloeding te stoppen, maar het enige waar het om ging was dat het niet zichtbaar was.

Toen ze klaar was met haar poetswerk, blonk het bronzen beeld alsof het net van de gieterij kwam. De dikke opzichter kwam ernaar kijken en vroeg haar naar de waarde ervan.

'Zulke sculpturen zijn er veel gemaakt in de jaren zeventig en er zijn geen monarchisten tegenwoordig', antwoordde ze naar waarheid. 'Ik zou zeggen dat het brons meer waard is dan het beeld zelf.'

Hij haalde de schouders op en negeerde haar verder, zoals meestal. Rebecca Goldschmeding daarentegen had veel meer last van zijn bemoeizucht en van zijn handtastelijkheden. Elise vroeg zich af of dat kwam omdat ze aantrekkelijker was voor de man of omdat ze toegaf aan zijn aandringen. Ze had de twee al enkele keren naar een andere ruimte zien verdwijnen, maar 's avonds had ze Rebecca nooit gevraagd wat daar was gebeurd.

Pas toen ze ging slapen, haalde ze de brieven vanonder haar kleding vandaan en verborg ze onder de matras. Op het moment dat ze ook de laatste kamergenote hoorde snurken, durfde ze het pakje tevoorschijn te halen. Bij het licht van de maan tuurde ze met toegeknepen ogen naar de vervaagde inkt en de zwierige letters. Moeizaam en gestaag las ze:

... Het is niet lief van me om dit te schrijven, maar mijn God, wat is de comtesse de Chambord toch lelijk! Ik wist uit de confidenties van de hertog van Aumale al dat de leden van ons koningshuis het moeilijk hadden om geschikte huwelijkskandidaten te vinden onder de vrouwen van de hogere Italiaanse adel, maar zij moet toch wel het dieptepunt zijn geweest. De hertog schreef dat in de jaren veertig elke troonopvolger zich ging presenteren bij het koningshuis van de Beide Siciliën in Napels, bij de hertog in Milaan, de koning in Turijn

of de hertog in Parma. Keuze genoeg, zou je zeggen, maar er was veel concurrentie uit Oostenrijk en Duitsland en hun troonopvolgers wisten steevast de mooiste meisjes te strikken. Wat er voor onze Franse prinsen overbleef, was toch werkelijk het staartje van de zalm, en niet langer het neusje. De hertog van Aumale moest genoegen nemen met een heel klein vrouwtje, met een heel slecht gebit. Als Henri d'Orléans ooit zijn vader, Louis Philippe, had opgevolgd, hadden we een dwerg als koningin van Frankrijk gehad. De dochter van de hertog van Parma, met wie de comte de Chambord in het huwelijksbootje stapte, is echter zo mogelijk nóg afzichtelijker. Men zegt dat ze van meet af aan enkel van opzij mocht worden geportretteerd, omdat haar gezicht zo asymmetrisch is. Ze heeft geen noemenswaard figuur. Haar heupen zijn te smal, haar borsten te vormloos, haar benen te kort. Alles aan haar is even onopvallend. Geen wonder dat er geen kinderen zijn gekomen, denk ik dan. En dan ze is nog net zo diepgelovig als haar echtgenoot. Bidden, bidden, bidden, dat is al wat de klok slaat in Frohdorf. Mijn lieve zuster, als je eens wist hoe sáái het is aan dit Oostenrijkse kopietje van het Franse hof! De conversatie aan tafel is gespeend van elke humor, van elke frivoliteit. De wijnen zijn te zwaar, het eten is te vet en alles wordt dan nog eens overdekt met smakeloze sauzen. Everzwijn is wat ze hier het liefst opdienen, zonder kruiden dan nog, uiteraard zelf geschoten door onze toekomstige vorst. Grappen en grollen zijn hier al even ondenkbaar als verfijning. Het is of de tijd hier stilstaat, niet honderd maar driehonderd jaar, want tijdens het ancien régime in Versailles wisten ze tenminste wat feesten was...

Ze stopte met lezen omdat het haar ogen te veel inspanning begon te kosten, vouwde het vel dicht en stopte het terug in de enveloppe waaruit ze het had gehaald. Daarna probeerde ze de geadresseerde en de afzender te achterhalen. *Adelaide Auerbach, Rue de Monceau*, zag ze, en degene die de brief geschreven had was

E. De Armagnac. Het klonk haar allemaal vertrouwd in de oren. De afzender kende ze weliswaar niet, maar haar naam was die van oude Franse adel. De geadresseerde moest een ver familielid van haar zijn, die in dezelfde buurt had gewoond als waar zij was opgegroeid, een wijk die nu blijkbaar stelselmatig werd ontdaan van zijn Joodse bewoners. Het centrum van de wijk was de Rue de Monceau en eind vorige eeuw woonden er vooral rijke Joden, zoals de Rothschilds en de Camondo's. Ze hadden bedongen dat er geen enkel gebouw een commerciële functie mocht krijgen en dat elke villa minstens vijftien meter van de straat moest staan. Een halve eeuw eerder was het een park geweest, aangelegd door prins Philippe Egalité, de vader van burgerkoning Louis Philippe. Na diens val werd het door Napoleon III onteigend en overgelaten aan de gieren van de projectontwikkeling.

De brief was geschreven in de jaren dat Frankrijk zichzelf opnieuw probeerde uit te vinden – na het verlies van de provincies Elzas en Lotharingen aan het nieuw gevormde Duitse keizerrijk, na het betalen van een immense herstelbetaling van vijf miljard frank, na het neerslaan van de communistische Commune van Parijs. Elise herinnerde zich de verhalen van haar grootouders. Talloze Joodse families kozen na de aanhechting van Elzas en Lotharingen aan Duitsland resoluut voor Frankrijk. Ze verhuisden vanuit Straatsburg of Colmar naar Parijs en begonnen daar een nieuw leven. Wie geld had kocht zich in bij de betere kringen, door zonen of dochters aan de Franse adel uit te huwelijken. Het Duits en zelfs het Jiddisch werd afgezworen en vervangen door het Frans. Velen maakten carrière in het zakenleven, sommigen in het leger.

En toen kwam ineens de Dreyfus-affaire, die absurde beschuldiging van spionage voor Duitsland tegen de Joodse kapitein Alfred Dreyfus. Wie Joods was, was per definitie 'vaderlandsloos' en onbetrouwbaar, bereid de militaire geheimen van Frankrijk te verkopen aan zijn vijanden. Ook al was de veroordeling ongedaan gemaakt door een grootschalige campagne van liberalen en socialisten, Frankrijk was sinds het begin van de eeuw voorgoed gesplitst tussen 'dreyfusards' en 'anti-dreyfusards', tussen vooruitstrevende filosemieten en conservatieve antisemieten.

Elise drukte haar hoofd in het kussen en probeerde het gesnurk om zich heen buiten te sluiten. Ze dook diep in haar herinneringen. De Dreyfus-affaire was al een echo uit het verleden toen ze er voor het eerst van hoorde. Ze was met haar ouders op vakantie aan de kust, in Deauville. De oorlogsdreiging was zó groot dat zelfs een meisje van tien die niet meer kon negeren. In Marokko speelden de Britten en Fransen met het idee van een oorlog tegen het Duitse keizerrijk. Elise begreep er niets van. Marokko lag in Afrika, Duitsland in Europa. Hoe kon het aanmeren van een Duits schip in de haven van Agadir dan tot oorlog leiden? Haar vader probeerde het haar uit te leggen. Hij zat volledig gekleed, met sokophouders om zijn hielen en een hoed op zijn kalende hoofd, in zijn strandstoel. De krant waaruit hij had voorgelezen, hield hij met twee handen opengevouwen. Op zijn neus stond een *pince-nez* en zijn snorpunten waren grijs. Het was de eerste keer dat Elise besefte dat ze een oude vader had en een jonge moeder. Het strand om haar heen leek verdeeld in jongere mannen in zwempak en oudere die gekleed waren alsof ze naar kantoor moesten of – nog erger – naar een begrafenis. De jongeren holden het water in en uit, speelden badminton of probeerden indruk te maken op de vrouwen. De ouderen lazen de krant, staarden voor zich uit of liepen, tikkend met een wandelstok naar denkbeeldige of echte zandhoopjes, het strand op en af, ongeduldig om weer naar huis te gaan, bang voor de concurrentie van jongere mannen.

'Waarom is een oorlog slecht, papa?'

Hij vouwde zijn krant dicht en staarde naar haar door toegeknepen ogen, alsof de pince-nez een brandglas was waardoor hij haar verscherpt kon waarnemen.

'Omdat ze ons, de Joden, weer de schuld gaan geven van het heulen met de Duitsers, meisje.'

'Maar u bent beurshandelaar en geen officier. Dan kunnen ze u toch niet beschuldigen?'

'Ze zullen wel iets verzinnen, liefje, wees daar maar gerust op.'

Hij wendde zich van haar af en tuurde om zich heen, op zoek naar haar moeder. Die was tientallen meters verder, met een paar vriendinnen en vrienden. Elise kon van een afstand zien dat haar moeder lachte en de aandacht van het gezelschap op zich wist gericht. Haar vader stak zijn arm op en wuifde. Ze leek het niet te zien. Haar vriendinnen en vrienden waren de zijne niet, dat wist Elise wel, maar dat mama zó ver van hem weg ging zitten, viel haar ook nu pas op. Tijdens vorige vakanties leek ze dichter bij papa te zijn geweest, en ook bij haar.

Ze draaide zich op haar zij, om de houten vloer niet te voelen die onder de matras lag. Ze wist niet wie er te dun was: de matras of zijzelf, maar als ze te lang in één houding bleef liggen leek het of ze geen gram zitvlees en ligvlees meer had. Was haar vader monarchist geweest? Of bonapartist? Ze kon het hem niet meer vragen. Hij was plotseling overleden tijdens de Grote Oorlog, in 1917, toen de *spionnitis* in Frankrijk hysterische proporties begon aan te nemen en het wantrouwen tegen 'onvaderlandse' elementen steeds sterker werd. Was het hartinfarct enkel een gevolg geweest van zijn overgewicht en leeftijd of ook van de stress waar hij in die jaren zoveel last van had gehad?

Wat zou er met zijn brieven zijn gebeurd? Pas vijf jaar na zijn dood kon haar moeder zich ertoe zetten zijn werkkamer leeg te ruimen. Elise bood aan haar te helpen. De meeste mappen hadden slechts cijfermateriaal bevat: balansen, begrotingen, berekeningen.

Ze hadden er geen enkel probleem mee die te verscheuren. De obligaties aan de Russische staatsspoorwegen hadden ze bewaard. De nieuwe communistische machthebbers hadden geen aflossingen meer gedaan, maar je wist nooit of ze dat niet ooit alsnog zouden doen. Het was anders met de brieven van zijn ouders, broers en ooms die hij in een aparte lade had bewaard. Het papier was zo broos geworden dat het in hun handen leek te versnipperen; de inkt twijfelde tussen lees- en onleesbaarheid. Krachtig aangezette letters die soms een vijfde van het vel besloegen, vormden de aanzet. Meestal waren de epistels in het Frans geschreven maar de oudste waren in het Duits, met veel Jiddische woorden ertussen. Haar moeder had ze overgeheveld in aparte mappen. Elise had nooit geweten wat ze ermee gedaan had. Toen ze met haar nieuwe man in 1934 naar Buenos Aires was geëmigreerd, moest ze de mappen hebben meegenomen of alsnog weggegooid.

Elise probeerde zich de epistels voor de geest te halen. De meeste namen van de briefschrijvers hadden haar toen al niets gezegd, nu kon ze helemaal niemand meer vragen wie er achter de namen schuilgingen. Verdwenen en vergeten waren deze mensen, terwijl zij toch met stukjes en beetjes aan haar eigen geschiedenis hadden bijgedragen. Doorschijnend papier en verbleekte inkt waren het enige wat nog tussen herinneren en vergeten stond.

Ze besloot de brieven aan Adelaide Auerbach te verbergen en stuk voor stuk te lezen, ook al zou dat zeker grote risico's met zich meebrengen.

10

Als hij achter zich keek, naar de Feuerbacher Heide, met al zijn groene bomen, hoge gras en bloeiende struiken, had hij het gevoel nooit weg te zijn geweest. Het Russische front, met zijn artillerieontploffingen, het gekreun van gewonden in de veldhospitalen, het gevloek van dokters die er weer niet in slaagden een patiënt te redden, leek geen eigen herinnering maar een nachtmerrie die iemand anders hem had naverteld. Max von Trettlow floot naar zijn honden. De twee teckels kwamen aangelopen op hun korte poten en negeerden hem alweer snel, in de ban van een of ander jachtspoor.

Als hij voor zich keek, zag hij beneden in de verte de stad liggen. Stuttgart was gehavend door de geallieerde bombardementen. Hij kon fabrieken onderscheiden waar brandbommen waren ingeslagen, rijen beschadigde woonhuizen en gaten in wegen en straten. De noordkant, waar hij woonde, was ongehavend. Hij hoefde slechts zijn hoofd naar achteren te bewegen om de oorlog te vergeten. Alleen als hij de lege linkermouw van zijn jas beetpakte, wist hij dat dit een illusie was. En dus probeerde hij tijdelijk ook zijn handicap te negeren en te genieten van de illusie van vrede.

In tegenstelling tot Max, die bijna altijd zijn uniform droeg, had Joachim zich in burgerkleding gestoken. Hij floot op zijn beurt naar de twee honden en gooide een stok weg, waar ze blaffend achteraan gingen. Joachim lachte om het kolderieke loopje van de dieren op hun korte pootjes en kwam naast Max lopen.

Ze hadden dezelfde rang, deelden dezelfde familiegeschiedenis maar waren de oorlog anders doorgekomen. Joachim had carrière gemaakt in de luchtlandingstroepen. Hij had in Noorwegen gevochten, in België en op Kreta. Daarna had hij ruim twee jaar bij de Duitse troepen in Lapland gediend, onder generaal Waldemar Erfurth. Na een herstelperiode van een schotwond, die hem voorgoed ongeschikt had gemaakt voor parachutespringen, wachtte hij op zijn overplaatsing naar het westen. Het zou Frankrijk of Italië worden.

'Het is echt lente', zei hij, in het Silezische dialect dat ze onder elkaar nog altijd spraken.

'Misschien onze laatste', antwoordde Max.

'Niet voor jou. Jij zit veilig achter het front. Misschien voor mij, maar ik sla me er wel weer doorheen.'

'Fijn dat je zo blaakt van zelfvertrouwen. Ik zou willen dat we ook zoveel vertrouwen konden hebben in het militaire opperbevel.'

Automatisch wierp Joachim een blik om zich heen om te zien of ze niet werden gevolgd. Daarna floot hij nogmaals naar de honden. Het klonk schril en vals, alsof wat hij ging zeggen dat ook was.

'Als je de berichten leest, krijg je de indruk dat we met tientallen divisies tegelijk in de aanval gaan. Maar als je, zoals ik, geregeld in het hoofdkwartier van een legergroep komt, weet je dat die divisies nooit op volledige sterkte zijn.'

Max mompelde iets instemmends. Hij had van Bargatzky hetzelfde gehoord. Er waren onvoldoende nieuwe manschappen om de vele gesneuvelden te vervangen; zelfs als er tanks, vliegtuigen en kanonnen voorhanden waren, ontbrak de expertise om ze te bemannen. Veel materieel werd bovendien niet gerepareerd. Op sommige verdedigingspunten beschikten ze daardoor over te weinig van alles.

'Steeds meer groentjes, steeds meer soldaten die nooit volledig zijn hersteld van hun verwondingen... en met elke ouwe rot die sneuvelt, verdwijnt er weer een stuk ervaring', vervolgde Joachim.

De teckels zetten het weer op een lopen. De eekhoorn die ze probeerden te grijpen, haalde het ruim vóór zijn belagers naar de dichtstbijzijnde boom.

'Wij gaan deze oorlog niet meer winnen', hoorde Max zijn broer naast zich zeggen.

Ze naderden het einde van het pad en het begin van de Feuerbacher Weg. Of het begin van het pad en het einde van de Feuerbacher Weg, dacht Max. Het is maar van welke kant je het bekijkt. Hij wist al veel langer dat zijn broer dezelfde kijk had op het nationaal-socialistisch bewind. Eigenlijk stond Joachim er van meet af aan kritisch tegenover, maar na 1933 had hij geleerd zijn bedenkingen voor zich te houden, zoals bijna iedereen. Het moest hem werkelijk heel hoog zitten, dat hij nu steeds minder een blad voor de mond begon te nemen.

'Ik zou dat soort uitspraken toch een beetje temperen als ik jou was', zei Max.

'Toch niet tegenover jou? Weet je wie van de Silezische adel heel uitgesproken is met zijn mening? Paul York. Als jij hem zou bezoeken op landgoed Klein Oels, zouden je oren van je kop vliegen, zozeer flapt hij alles eruit. Wist je trouwens dat hij de eed van trouw aan Hitler nooit heeft afgelegd?'

Het leek Max onwaarschijnlijk dat een officier geweigerd had de eed af te leggen en toch in dienst kon blijven. Hij zei dat ook.

'Toch is het zo', hield Joachim vol. 'Weet je nog hoe het ging in '34? Bij de eerste lichting die de eed werd afgenomen? Niemand had de tekst tevoren gelezen. We waren allemaal verbaasd dat hij niet op Duitsland maar op de Führer persoonlijk moest worden afgelegd. Al die beroepsmilitairen werden voor het blok gezet, en daarna wij, de reservisten, ook nog eens. En toch riepen we de woorden na.'

Max herinnerde zich de ceremonie, de verbazing eerst, de gehoorzaamheid daarna en ten slotte de verontwaardiging achteraf, tenminste bij sommigen, toen ze aan de bar stonden in de officiersruimte. Het had heel vreemd en on-Pruisisch aangevoeld, alsof je vader, die ook officier was geweest, nog een eed op het vaderland en de koning had kunnen zweren en jij dat op een lakei van het paleis had moeten doen. De pas gestorven rijkspresident, wiens functie Hitler met de zijne van kanselier had samengevoegd, had hem niet voor niets spottend 'de korporaal uit Bohemen' genoemd.

'Die eed is niet wettelijk, zegt Paul York, en dus hoeven we er ons ook niet aan te houden.'

Max keek verbaasd naar zijn broer. Ze bleven gelijktijdig stilstaan, zwijgend maar met de ogen op elkaar gericht. Een paar seconden later volgden de honden, die netjes gingen zitten op twee tegels waartussen onkruid groeide en meededen met het staren.

'Je bedoelt dat we in moreel opzocht niet aan onze eed gebonden zijn?'

'In geen enkel opzicht', antwoordde Joachim. 'Maar wil jij dan moreel gelieerd zijn aan een regime dat in Rusland massa-executies heeft laten uitvoeren tegen Joden?'

'Begin je daar weer over? Ik heb die geruchten ook gehoord, maar ik kan ze niet geloven. Ik weet van individuele executies maar niet van massale.'

Zijn broer maakte een schuine beweging met zijn hoofd, in de richting van de Feuerbacher Weg.

'Denk aan de eigenaren van de Villa Levi, de schoenfabrikanten.'

'Die zijn vóór de oorlog geëmigreerd, dus die leven nog – ergens.'

'Zij konden nog wegkomen, maar al die anderen, die niet het geld ervoor hadden?'

Max voelde irritatie opkomen. Hij zuchtte hoorbaar, in de hoop dat dit voortijdig een einde zou maken aan de discussie, niet omdat hij vond dat zijn broer geen gelijk had, maar juist omdat hij vreesde dat hij het wel had. Zelfs na alles wat hij in Parijs had gezien en gehoord, voelde hij een enorme en onverklaarbare weerzin om toe te geven dat er iets grondig mis was op dit vlak.

Met zijn wandelstok wees hij in de richting van zijn huis en hij zette zich weer in beweging. Eens te meer besefte hij dat de ivoren stok met de zilveren knop geen enkel nut had. Hij miste een arm, geen been. Maar de stok leek een teken van zijn sociale status. Als Pruis en protestant voelde hij zich altijd wat slecht op zijn plaats in het katholieke Baden-Württemberg, ook al had hij al jaren veel vrienden en opdrachtgevers in de stad.

Zwijgend volgden ze het voetpad naar beneden. Aan de overkant stond een oude Mercedes, maar Max had de indruk dat die nauwelijks nog gebruikt werd, omdat de eigenaar geen benzine meer kon krijgen. In sommige tuinen stonden de fruitbomen nog in bloei, terwijl in andere er de voorbije seizoenen bomen gerooid of gesnoeid waren om de krappe voorraad steenkool met brandhout aan te vullen. Ook in een rijke villabuurt lieten de oorlogsomstandigheden armoedige vlekken verschijnen.

'Marie-Louise heeft ons al van ver zien aankomen', zei Joachim, en hij wees naar de veranda aan de voorkant van het huis. Ze hield twee glazen omhoog en lachte breeduit. Altijd de perfecte gastvrouw, dacht Max, maar hij wist dat ze deze keer ook extra blij was met het bezoek. Ze was altijd erg gesteld geweest op haar zwager.

Hij opende het tuinhek en liet eerst zijn broer en de honden passeren. Daarna sloot hij het zorgvuldig, alsof hij daarmee ongewenst bezoek op magische wijze kon buitensluiten. Hij liep de houten treden naar de veranda op en kuste zijn vrouw, vóór hij het glas rode wijn van haar aannam. De geopende fles stond op de tafel, een mâcon uit '38, een geschenk van een van zijn laatste opdrachtgevers voor het leger hem had ingelijfd. Geleidelijk liquideerden ze hun wijnvoorraad. Met elke lege fles leek weer een stuk vooroorlogs geluk weggespoeld.

'Mag ik een van je Franse sigaretten opsteken, Max?'

Hij had hem al gepakt en in zijn mond gestoken toen hij het vroeg – tussen zijn tanden, alsof hij er een krijgshaftig gebaar mee wilde maken. Ze zagen er wat vergeeld uit en zijn tandvlees oogde te rood. Ontstekingen, oordeelde Max, misschien als gevolg van te weinig vitamines en te eenzijdig soldateneten. En de meeste tandartsen droegen tegenwoordig ook een uniform.

Ons tandvlees trekt zich terug, geheel in lijn met het Duitse leger, dacht hij wrang.

Marie-Louise zag er beter uit. Haar blonde, halflange haar krulde, de huid van haar gezicht en armen was al zomers gebruind. Haar blauwe ogen lachten mee met haar voor de gelegenheid roodgestifte lippen.

'Jullie zien elkaar nog zo zelden, dat elk moment ervan gevierd moet worden. Ik heb iets speciaals voor jullie. De wijn is Frans, de kaas die Max heeft meegebracht ook, en zelfs de sigaretten zijn Frans, hoor ik net.'

Max voelde de neiging de waren te zegenen, maar hield zich in, bang dat zijn spot boze geesten wakker zou maken. Stoelen werden aangeschoven, de glazen, tot de randen volgeschonken, naar elkaar opgestoken. Hoewel dat een tikje ordinair was leek het voor één keer toegestaan.

'Het is prettig enkel het gebrom van insecten te horen en niet dat van vijandelijke vliegtuigen', zei Joachim.

'Wij zijn hier tot nog toe gespaard gebleven van bombardementen', merkte Marie-Louise op. 'Het klinkt oneerlijk maar eigenlijk zijn het vooral de armeren die worden getroffen. De mensen die vlak bij de fabrieken wonen waar ze werken.'

'Er is nooit iets eerlijks aan een oorlog', antwoordde Max.

Ze dronken. Als ze af en toe zwegen en voldoende alcohol binnenkregen, zou de tijd langzamer verlopen, dacht hij. Die mocht zelfs stil blijven staan, alleen wist hij dat hij verder zou tikken en dat ook het drama waarin Europa verkeerde, zich verder zou voltrekken. Volgend jaar om deze tijd kon een van hen dood zijn, of ieder van hen. Hij had zich als kind nooit kunnen indenken dat het zijden draadje waaraan het leven hing, zo dun zou worden.

'Als ik op ons landgoed ben, kan ik alle ellende vergeten', sprak Joachim. 'Zet mij tussen mijn koeien en ik heb mijn roeping weer gevonden. Ik haat het om officier te zijn.'

'Dat is weleens anders geweest', zei Marie-Louise.

'Alleen tijdens de vorige oorlog, toen ik nog jong en onnozel was. Toen ik dat had overleefd, nam ik me voor nooit meer te zullen vechten. Nou ja, je ziet hoe loos die belofte was.'

Aan het eind van die oorlog waren ze beiden luitenant geweest. Max vond het toen al een weinig benijdenswaardige rang. Je had het voorrecht je mannen aan te voeren en als eerste uit de loopgraaf te kruipen. Het eerste rake schot was dan ook vaak voor de bevelvoerend officier. En als je de kogelregen overleefde, was het je taak de soldaten aan te vuren of simpelweg vooruit te schelden, alsof je zelf nooit doodsangst voelde.

Maar deze middag was er alleen maar zon, wijn en gezelschap. De honden lagen aan hun voeten. Een van de twee snurkte licht, de andere rekte zich behaaglijk uit. Max strekte zijn rug en voelde de zon op zijn gezicht schijnen. Hij sloot even behaaglijk zijn ogen.

'... wat de Russen zullen doen als ze de oostelijke provincies bereiken. Waarschijnlijk alle landerijen nationaliseren en veranderen in kolchozen', hoorde hij Joachim zeggen.

'Heb ik iets gemist?' vroeg Max verbaasd.

'Je doezelde even weg', antwoordde Marie-Louise. Ze keek naar hem zoals je naar een vermoeid kind zou doen. 'Joachim maakt zich zorgen over de snelle opmars van de Russen.'

'En vooral over de gevolgen daarvan voor ons bedrijf', vulde zijn broer aan.

Het familiale landgoed als communistische coöperatie? Na de vorige oorlog had het er even op geleken, toen het nieuwgevormde Rode Leger tot in Polen oprukte en er overal in Duitsland opstanden uitbraken. Daarna was de dreiging nooit meer reëel geweest. Tot nu, besefte Max. Ze konden alles kwijtraken: hun huizen, hun landerijen, hun spaargeld. Hij probeerde het denkbeeld van zich af te schudden.

'Het is erger voor onze zonen', merkte hij op. 'Het is een wonder dat ze alle vier nog leven.'

'Max, je moet het gevaar niet oproepen!'

Hij had moeten bedenken dat zijn vrouw bijgelovig was. Een gedegen middelbare school en toch net zo angstig voor voortekenen en kwade geesten als een ongeletterde boerin. Het ergerde hem. 'Is het dan niet waar? Ik ben blij dat tenminste een van de vier al krijgsgevangen is. Voor de anderen kan ik alleen maar hopen dat ze én in leven blijven én uit handen van de Russen.'

'Karl komt toch naar het westen?' vroeg zijn broer.

Max knikte. 'Het westen' betekende in zijn geval een van de forten aan de Atlantikwall. In het Majestic had Max gehoord dat de troepen daar in een schamele staat van paraatheid verkeerden. Ze hadden weinig gevechtservaring en geen enkel regiment was op volle sterkte. De tankeenheden waren dicht bij het Nauw van Calais gestationeerd. De Führer was er vast van overtuigd dat de invasie daar zou plaatsvinden, maar maarschalk Rommel had zijn bedenkingen. Normandië leek hem minstens even geschikt. Hij vertelde de anderen wat hij had opgevangen.

'En als ze komen, dan worden ze op het strand tegengehouden?' vroeg Marie-Louise.

'Niet áls ze komen, wannéér ze komen', corrigeerde Joachim haar.

'Dus wanneer ze komen,' begon ze opnieuw, 'moeten ze het element van de verrassing hebben om te slagen?'

'Dat kan nu elke dag zijn', zei Max. 'Het hangt volgens mij gewoon van het weer af.'

Ze keken gelijktijdig de tuin in, waar het zonlicht de plantengroei stimuleerde. Ineens leek het onheilspellend dat er géén donkere wolken aan de horizon te zien waren.

Marie-Louise stond op en ging naar de keuken. De teckels werden met een schok wakker en volgden haar, in de verwachting eten te krijgen. Toen ze terugkwam, bleven de honden inderdaad in de keuken achter en droeg ze een plateau met kaasblokjes en twee sigaren.

'Ik heb deze nog in een van onze kasten gevonden. Vooroorlogs én Cubaans. Het zijn de laatste.'

Max herinnerde zich de klant die de doos aan hem geschonken had. Het was zes jaar geleden geweest, na het opleveren van een bedrijfspand waaraan Max Taut had meegewerkt. De broer van de beroemde en door de nazi's verbannen architect Bruno Taut, die ook in Stuttgart een bureau leidde, hield zich toen braaf op de vlakte om vooral niet de achterdocht van de autoriteiten te wekken. Maar had hij dat zelf niet ook steeds gedaan? Zijn eigenlijke visie op architectuur was vrijer dan de traditionele die hij zich de laatste tien jaar eigen had gemaakt. Aanpassen, zwijgen, wegkijken – dat was ook in zijn werk zijn leidraad geweest.

Hij streek een lucifer af en gaf zijn broer en zichzelf vuur. Het leek bijna een feestmaal, wat Marie-Louise aan het aanrichten was. Ze stond erbij terwijl de broers in hun schommelstoelen genietend zaten te roken.

En ineens besefte Max dat ze uit allerlei verborgen voorraadjes eten en drinken had gehaald. Dat ze rantsoeneringsbonnen had bewaard en misschien zelfs geruild, om van deze dag inderdaad een feestje te maken, een glansrijke middag die hen de ellende van bombardementen, krijgsgevangenschap en littekens kon doen vergeten.

'Heb je straks ook nog koffie, lief?'

'Ja', antwoordde ze verrast. 'Toevallig kregen we onlangs een extra portie uitgekeerd.'

Hij knikte, met de sigaar tussen zijn tanden, alsof hij voor enkele uren kon poseren als een geslaagd zakenman. 'Ik heb gehoord dat ze na elk bombardement de onvrede sussen met een paar honderd gram bonenkoffie, en dat de bevolking even opzettelijk als cynisch spreekt van "bommenkoffie".'

'Ja', klonk ze betrapt. 'Dat is inderdaad de portie die ik bedoel.'

'Het zal ons toch veel beter smaken dan al die cichoreikoffie. En weet je, zelfs in Frankrijk is de koffie die ik krijg voorgezet, vaak bitter en de meeste van zijn aroma's al kwijt.'

Hij probeerde recht in haar ogen te kijken. Ze stonden plotseling vermoeid, maar toch slaagde ze erin te glimlachen.

'We moeten van alles wat we te pakken kunnen krijgen, genieten. Van elk kopje, van elk moment, alsof het ons laatste is.'

De mannen knikten gelijktijdig, bliezen blauwe rook naar het plafond van de veranda, in de hoop dat hun zorgen daarin konden verwaaien.

~

De zon was al onder, de teckels lagen in hun manden te slapen en te snurken en in de open haard verdreef een klein vuurtje de kilte. Marie-Louise was naar bed gegaan en de twee mannen zaten onderuitgezakt in hun stoelen. De wijn was vervangen door cognac, de sigaren opnieuw door sigaretten. Max bekeek zijn broer en vermoedde dat de aanblik die hij bood een spiegelbeeld was van zijn eigen houding: één been vooruitgeschoven en twee ogen op halfzeven. Het begin van dronkenschap vertroebelde hun geesten, maar maakte hun gevoelens en gedachten tegelijk extra scherp. Het was zo'n kantelmoment, besefte hij, tussen helder formuleren en lallen. Elk glas na dit kon de balans doen omslaan.

'Heb je er al eens aan gedacht wie er allemaal dood zijn?' vroeg Joachim.

Max knikte. 'Vader in 1926, moeder in 1929, Elsbeth in 1931. Jij hebt de kist van onze vader nog begeleid naar Letland.'

'Wat een stomme laatste wilsbeschikking was dat: begraven willen worden op een landgoed dat je niet meer bezit. Ik ben blij dat we moeder in de familiekapel hebben kunnen bijzetten.'

'Heb je het landgoed nog kunnen bezoeken tijdens de veldtocht?' vroeg Max.

'Bezoeken?' De ander keek oprecht verbaasd. 'Denk je nou echt dat ik even de Baltische Zee mocht oversteken om een graf te bezoeken? Trouwens, het bestaat niet meer.'

Max kwam overeind in zijn leren stoel, niet zonder moeite en niet zonder as en drank te morsen.

'Hoe bedoel je: het bestaat niet meer?'

'Tijdens een Russisch bombardement zijn alle gebouwen met de grond gelijkgemaakt. Er zijn nu dagelijks luchtaanvallen. Ze verwachten een groot offensief tegen onze Heeresgruppe Mitte. Ik dacht dat je dat wel wist.'

Max schudde langzaam het hoofd. Het landgoed waar hij in zijn jeugd zoveel zomers had doorgebracht, bestond niet meer. Goed, hij was er al twintig jaar niet meer geweest. Meer dan een herinnering was het sowieso niet. Het kleinere landgoed dat hun moeder had geërfd, was sindsdien het enige familiebezit. Dat was ook het goed waarvoor zijn ouders hadden gekozen en waaraan ze hun nieuwe nationaliteit hadden gekoppeld. Van *Baltdeutscher* en vazal van de Russische keizer naar onderdaan van het Duitse keizerrijk. Gelukkig voor zijn zonen, anders hadden ze tijdens de vorige oorlog in een ander leger moeten dienen. Maar het had na het uitroepen van de onafhankelijkheid door Letland ook tot het verlies van het Letse landgoed geleid. En toch: het idee dat hij er nooit meer naar zou kunnen terugkeren en dat het graf van hun vader, dat hij nooit had gezien, ook niet meer gezien kon worden, gaf hem het gevoel iets wat hij al niet meer had definitief te zijn kwijtgeraakt.

'Hoe hebben je zonen erop gereageerd?'

Joachim haalde de schouders op. 'Ze kennen het enkel uit verhalen en van foto's. Waarom zou het ze raken?'

Ze gooiden hun peuken in de open haard en staken nieuwe sigaretten aan. Max stelde zich hun zonen voor, hoe die aan kampvuren aan het front hetzelfde deden, met één oor luisterend naar verhalen van kameraden en met het andere naar ontploffingen in de verte.

'De generatie vóór ons is dood, die na ons heeft nog niet de kans gehad te trouwen en kinderen te krijgen', sprak Max voor zich uit.

'Achim heeft een verloofde', corrigeerde zijn broer hem.

'Dat betekent dat het verleden en de toekomst van onze familie tegelijk kunnen verdwijnen', vervolgde Max. 'Als elk van ons zijn twee zonen verliest, wat blijft er dan nog over, Joachim?'

Hij keek zijn broer recht in de ogen. De ander zweeg, liet het schrikbeeld bezinken.

‘Er moeten overal in Duitsland vaders zijn die zoiets al is overkomen’, antwoordde hij ten slotte.

Max dronk de laatste slok cognac. Het kantelmoment zou nu snel voorbij zijn. De sentimentaliteit van de echte dronkenschap kon beginnen. Tijd om naar bed te gaan, voor het gelal aan zou vangen.

‘Er is geen dwingender reden om de waanzin van deze verloren oorlog te stoppen’, zei hij.

‘Maar dat gaan wij niet bepalen’, merkte zijn broer op, en probeerde moeizaam uit de stoel overeind te komen. Even leek het hem te lukken, toen viel hij toch terug, en daarna stond hij alsnog overeind. Max volgde zijn voorbeeld, met één arm. Even stonden ze recht tegenover elkaar, even vlogen hun blikken over de lichaamsdelen waar ze de wonden van de ander wisten. Daarna liepen ze naast elkaar de kamer uit.

~

Op verzoek van een bevriende zakenrelatie ging Max op inspectie in de Ostmarkstrasse, in zijn eigen stadsdeel Feuerbach. De man had zijn dochter voor haar huwelijk, twee jaar vóór het uitbreken van de oorlog, een vakwerkhuis geschonken en Max had de plannen getekend voor de renovatie. Twee maanden terug was een aantal woningen in de straat beschadigd geraakt door bommen die door de wind waren afgedreven. De bewoners hadden de luchtaanval overleefd en waren onmiddellijk erna begonnen met herstelwerkzaamheden. Haar vader betwijfelde of het allemaal even grondig was gebeurd. ‘Ik ben eerlijk gezegd heel bang dat vroeg of laat een muur of plafond instort’, vertrouwde hij Max toe. Daarbij had hij zo zenuwachtig met zijn ogen geknipperd, dat het leek of hij nu al voortdurend voor zijn geestesoog zag hoe het puin zich opstapelde. Max had beloofd een ochtend langs te gaan en het herstelwerk te beoordelen. Hij had echter niet de illusie veel meer te kunnen doen dan de meest risicovolle plekken te laten stutten. De ander wimpelde dat weg. 'We doen wat we kunnen in deze rottijd. Het is sowieso water naar de zee dragen. Vandaag of morgen komt er een massale luchtaanval, zoals eerder op Keulen of Hamburg, en bestaat de hele straat of wijk niet meer. Ik zou willen dat Bertina en mijn kleindochter tijdelijk naar het platteland verhuisden, maar ze wil de woning niet verlaten.'

Aan de buitenkant leek het huis redelijk intact, maar eenmaal binnen zag hij al direct de scheur in de zijmuur. Die was zichtbaar in de entree, langs de trap, in de echtelijke slaapkamer op de eerste verdieping en zelfs op de zolder. Dakspanten waren vernieuwd, net als vensterbanken en balken, maar Max twijfelde er niet aan dat de komende herfst de wind niet alleen langs maar ook door het huis zou gieren. Een gebroken dakgoot hing naar beneden als een lamme arm langs een lichaam. Beschadigde dakpannen waren vervangen door tweedehands exemplaren waar al barsten in zaten. Hij probeerde geen enkele maal afkeurend gebrom te produceren of te zuchten, maar de vrouw die hem als een schaduw door het huis was gevolgd, leek zijn gedachten aan zijn gezichtsuitdrukking te kunnen aflezen.

'Is het heel erg, Herr Von Trettlow?'

Hij zocht naar de juiste woorden. 'Laat ik het zo zeggen: het huis zal zeker niet instorten, maar alle herstelwerk is provisorisch. In de winter gaat u het koud krijgen, en nat. Ik voorzie vochtproblemen, schimmels. Weest u daar alert op. En als de oorlog voorbij is, moet als eerste die zijmuur aangepakt worden.'

Ze keken elkaar aan. Haar vader had geld, dat zou het probleem niet zijn, maar bouwmaterialen werden steeds schaarser. Op de zwarte markt kon je boter en sigaretten kopen, maar geen bakstenen of dakpannen.

De zoldertrap kraakte toen ze die afdaalden, maar dat leek hij altijd te hebben gedaan. Toen ze langs de geopende slaapkamerdeur kwamen, wees de vrouw op een commodekastje tegen de muur. Het was Max bij zijn inspectie daarstraks niet opgevallen.

'Dat kastje hebben we gekregen van de stad, met een briefje erbij, ondertekend door burgemeester Strölin zelf.'

Max bedacht dat haar vader partijlid was en dat de partijafdeling altijd iets extra's trachtte te doen voor haar leden.

Ze bleef ernaast staan en aaide het gladde oppervlak. Haar dunne lippen plooiden tot een glimlach.

'Strikt genomen zijn we geen *Ausgebombten*. Verderop in de straat zijn hele huizen ingestort en mensen onder het puin bedolven. Het is meer een vorm van troost.'

Max bekeek het commodekastje van dichtbij. Het zag er oud uit. De dunne poten en het messingbeslag duidden op de empirestijl, zoals die onder de Franse keizer Napoleon III gangbaar was geworden. Het oogde absoluut niet Duits. Het zag er ook uit of het onlangs grondig was opgepoetst.

'Mooi, inderdaad. Uit de bezette gebieden, neem ik aan?'

De glimlach verdween. 'Dat weet ik niet. Daar heb ik eerlijk gezegd niet bij stilgestaan. Het heeft een mooi plaatsje gekregen bij ons. Daar gaat het toch maar om, nietwaar?'

Max forceerde een glimlach. 'Daar gaat het maar om', herhaalde hij. 'Wie kan de oorsprong ervan wat schelen? De oorspronkelijke eigenaren konden het waarschijnlijk best missen.'

Ze verlieten de slaapkamer en daalden de trap af naar beneden. In de huiskamer maakten twee kleuters met elkaar ruzie. Sloeg er iets van hun boze stemming op hun moeder over of had hij daarnet iets verkeerds gezegd? Was zijn cynisme te duidelijk geweest? De hartelijkheid waarmee ze hem had ontvangen, had plaatsgemaakt voor een zekere kilheid toen ze afscheid van hem nam.

Pas op straat bedacht hij dat het kastje ook stilistisch helemaal niet in de kamer paste. De zware, eiken meubelen, de donkere balken en het lelijke boerentafereel dat boven het bed had gehangen, gaven de slaapkamer een bijna middeleeuwse sfeer. Het kastje daarentegen herinnerde aan het mondaine Parijs, met zijn salons, decolletés en gepunte snorren.

Voor het eerst in tien dagen voelde hij een vleugje heimwee naar de Franse hoofdstad.

~

Ze lagen in bed, onder een dekbed dat al te zwaar voor de tijd van het jaar begon te voelen, maar dat niet verantwoordelijk was voor hun zwetende lijven. Marie-Louise streelde zijn stomp, alsof ze hem wilde laten voelen dat het niet erg was dat de arm verdwenen was, dat hij nog even compleet was als vroeger. Ook al had hij haar al meer dan eens gezegd dat hij de amputatie verwerkt had, ze bleef hem geruststellen. Zijn enige overgebleven hand lag om haar linkerborst. Hij streelde de tepel, die nog overeind stond, alsof ze gereed was opnieuw te beginnen.

'Vanavond ben je weg', zei ze. 'Voor hoelang dit keer weer?'

'Het heeft geen zin daarover te piekeren', antwoordde hij. 'Overal dreigt gevaar. Voor mij vanaf de kust en voor jou...'

Hij liet haar borst los en wees met een vinger naar het plafond.

'Kan ik nooit naar Parijs komen?'

'De eerste jaren stonden ze dat nog wel toe, maar nu weet ik het niet meer. Parijs is nog steeds een uitje voor de soldaten en matrozen. Je moet ze zien rondlopen, in groepjes, net toeristen.'

Ze verschoof haar hoofd van het kussen naar zijn schouder. 'Ik heb gehoord dat er bijna geen Franse mannen zijn en dat de stad volloopt met Parisiennes – én Duitse mannen.'

Hij grinnikte. 'Dat zijn de fantasieën van het thuisfront. In werkelijkheid kijken al die vrouwen dwars door ons heen. Ze willen ons niet zien. Zelfs op het perron van een metrostation is het net of er twee groepen passagiers in twee verschillende dimensies staan. De Fransen hebben geleerd ons te negeren. Het lijkt wel of de stad bezet wordt door een spookleger.'

'Maar er zijn toch liefdesverhoudingen tussen Françaises en Duitsers?'

Hij probeerde zijn schouders op te halen, wat niet lukte. 'Ze bestaan, maar dan zijn het vaak vrouwen die op materieel voordeel uit zijn.'

'Een soort hoeren?'

'Nee, een soort maîtresses. Ik denk dat het in Parijs altijd zo is geweest. Ik heb gehoord over getrouwde officieren die er een bijzit op na houden, maar ze lopen er niet mee te koop.'

'En het vrouwelijk personeel van de Wehrmacht?'

'O, dat is wat anders', gaf hij toe. 'Er wordt wat afgerommeld. Ik heb al eens een stelletje betrapt in een van de archiefkelders, en een ander in de voorraadkamers van de keuken. De dienbladen rammelden van de stellingen af, zo hevig gingen ze tekeer.'

'Heb je ze streng toegesproken? Op rapport gegooid?'

'Ik heb snel de deur weer achter me dichtgetrokken.'

Ze lachten. Hij rekte zijn benen en liet zijn hand over Marie-Louises lichaam dwalen maar ze glipte uit bed. Voor hij er erg in had streelde hij het onderlaken.

'Ik ga een lange tijd van onthouding tegemoet', klaagde hij.

Zijn vrouw trok een ochtendjas aan, rood en van zijde, een geschenk van hem uit tijden dat ze het financieel beter hadden. Alles wat daarnet nog voor het grijpen lag, verdween uit het zicht.

'Ze zien je toch niet staan, die Parijse vrouwen, dus je moet wel terugkomen.'

Het klonk meer als een verzekeringspolis dan als een grap. Max kwam op één arm overeind en keek door het slaapkamerraam naar buiten. Het regende uit een zwaarbewolkte hemel. Geen weer voor een invasie. Zolang het met bakken uit de lucht bleef vallen, zaten ze goed.

11

Madame Von Behr kwam niet vaak, maar wel steeds als er bijzondere stukken waren binnengekomen. Vooral kleding of juwelen hadden haar voorkeur; ook een collectie parfumflessen die door de handlangers van haar man was buitgemaakt, mocht op haar belangstelling rekenen. Ze stond erop een keus te kunnen maken uit de bontjassen, broches en oorbellen die de dag voordien waren binnengebracht. De kolonel presenteerde haar telkens de buit alsof het een geschenk was dat hij hoogstpersoonlijk voor haar had gekocht. Daarna liet hij haar alleen met enkele van de gevangenen. Al na enkele bezoeken had Elise zich in een bevoorrechte positie gemanoeuvreerd. Ze deed dat door gebruik te maken van haar talenkennis. De als Joy Clarcke geboren mevrouw de barones was Engelse, en hoewel ze vloeiend Duits sprak, bleek ze niet ongevoelig te zijn voor het horen van haar moedertaal, toen Elise voorzichtig wat zinnetjes op haar uitprobeerde.

'Maar je moet wel weten dat ik een grondige hekel heb aan de Britten. Ik ben in de koloniën geboren en opgegroeid. Ik weet hoe achterbaks ze zijn.'

Hoe ze dat wist durfde Elise niet te vragen. Na bijna een jaar opsluiting in kamp Bassano was ze erg timide geworden en wantrouwde ze elke vriendelijke bui van de antisemieten die haar bewaakten. Hun humeur kon in een handomdraai omslaan. Soms vroeg ze zich af of dit wantrouwen haar karakter had aangevreten en of ze ooit nog tot normale omgangsvormen in staat zou zijn.

'Deze halsketting ziet er werkelijk beeldig uit', sprak de barones bewonderend. Ze nam het gouden juweel in haar dooraderde handen en bekeek het van alle kanten. 'Het lijkt antiek. Kan het van iemand als Marie Antoinette zijn geweest?'

Elise negeerde de banaliteit van de opmerking en antwoordde waarheidsgetrouw: 'Het is door een Parijse juwelier met de naam Ernest Chemovan gemaakt, mevrouw de barones, hoogstwaarschijnlijk ten tijde van de restauratie, dus tussen 1815 en 1830.'

De bewonderende blik verplaatste zich van het juweel naar Elise. 'Dat is knap gedateerd. Ik ben blij dat we iemand in huis hebben die juwelen alleen al op hun uiterlijk kan identificeren.'

Elise antwoordde niet, knikte slechts en verzweeg wijselijk dat er een papier bij het juweel had gezeten waarop ze de informatie had kunnen aflezen. Het papier had ze verscheurd. Het kon geen kwaad je eigen ontbrekende kennis wat op te kloppen.

De halsketting werd op het stapeltje gelegd dat de barones had geselecteerd. Er lagen al enkele ringen, een stel oorbellen en twee haute-couturejurken. Straks zou ze een van de naaisters opdracht geven die volledig naar haar maat te verstellen, wist Elise. De barones begon bij de heupen al wat uit te dijen. De blonde krulletjes van haar kapsel konden de grijze uitgroei aan de wortels onvoldoende camoufleren en de afstanden tussen haar uitgroeiende tanden leken ook bij elk bezoek groter te worden. Dat laatste begreep Elise niet. Als je over onbeperkte financiële middelen beschikte, kon een bezoek aan de tandarts toch geen probleem zijn? Ze keek echter wel uit er een opmerking over te maken. Haar eigen gebit begon na een jaar vol eenzijdige voeding en nauwelijks poetsen genoeg problemen op te leveren.

De baron kwam de zaal in lopen. Gewoonlijk was dat voor Elise reden genoeg te proberen zichzelf onzichtbaar te maken, maar nu voelde ze zich ter plekke verstijven. Na de kolonel kwam er een andere Duitse officier door de deur, geen man in een operette-uniform, zoals Von Behr, maar een rijzige ss'er, inclusief de pet met het teken met het doodshoofd. Gelukkig had hij meer oog voor de kleding en juwelen dan voor de vrouw die dicht bij de barones stond. Ook Von Behr negeerde Elise volkomen en stelde de gast voor aan zijn echtgenote.

'Joanna, dit is *Obersturmbannführer* Erbetz. Ik leid hem rond en daarna gaan wij naar mijn kabinet op de eerste verdieping. Wil jij je bij ons voegen?'

De barones nam verheugd de handkus van de Obersturmbannführer in ontvangst en beloofde dat ze spoedig zou volgen. Ze wees naar Elise: 'En ik laat haar hier in de tussentijd de juwelen inpakken en dan bij ons boven bezorgen.'

'Haar-hier', dat was steevast de benaming die ze van mevrouw Von Behr kreeg. Ook aan kleine dingen herken je een Jodenhaatster, dacht ze, terwijl het drietal zich al pratend naar een ander deel van de ruimte begaf. Waarom zou je de naam van een minderwaardig wezen onthouden? Waarom zou je die überhaupt een naam geven?

Maar het verwarrende van het leven in dit kamp was dat het er niet altijd even slecht was. De kwaliteit van de maaltijden varieerde. Ze aten altijd te weinig, maar soms was er extra kaas, een stuk fruit en zelfs cichoreikoffie. Kerstmis en Nieuwjaar werden gevierd, met extra vlees, met muziek, een opgetuigde kerstboom die ergens vandaan was gehaald en Duitsers die voor hun doen ineens opvallend vriendelijk waren. Op sommige dagen was er weinig te doen en lieten de bewakers hen rondlummelen en uitslapen, op andere was er ineens zeep beschikbaar, kreeg iemand sigaretten of een postkaart. Dat stak Elise nog het meest. Er waren gevangenen die in contact stonden met familie, maar haar werd dit privilege niet toegekend. Ze wist dat het leven in Bassano stukken beter was dan in Drancy, maar ze was zich er ook van bewust dat dit relatieve voordeel uitsluitend te danken was aan haar economische waarde. Ze was een luxe slavin, maar een slavin hoe dan ook.

Ze luisterde niet naar de uitleg die de kolonel zijn bezoeker gaf en boog zich over de juwelen. Op haar gemak pakte ze die in een leren tas, die de barones eerder had uitgezocht. Daarna vroeg ze Ducasse in de gang om toestemming de tas naar de eerste verdieping te brengen. Hij wuifde haar door, na een vluchtige blik in de tas te hebben geworpen.

Ze besteeg de brede marmeren trap. Elke keer als ze erover naar boven of beneden liep, herinnerde ze zich vooroorlogse bezoeken aan het pand. De vrouw die hier toen kwam, leek haar in toenemende mate iemand anders. Ze was toen samen met Armand geweest, die haar nog steeds niet had gelokaliseerd en van wie ze na haar arrestatie niets meer had vernomen. Omdat ze ook geen enkel nieuws hoorde over het verloop van de oorlog, begon die eindeloos te lijken. Nog meer dan toen ze opgesloten zat in haar eigen appartement, had ze hier in kamp Bassano de indruk dat de tijd stilstond, dat de Duitsers eeuwig aan de winnende hand bleven en de geallieerden aan het terugtrekken. En zelfs als dat proces van verliezen tot stilstand was gekomen, leek het des te meer of álle gebeurtenissen een einde hadden gekregen. De dagen en nachten regen zich aaneen tot dwangmatige herhalingen van handelingen. Zelfs de wisseling van de seizoenen was niet in staat dat doffe gevoel te doorbreken.

Met haar geringe gewicht was ze toch in staat het parket van de gang te doen kraken. Ze liep naar de achterste deur, waarachter ze het kantoor – 'kabinet', noemde hij het zelf – van Von Behr wist. Het was op een protserige manier volgepropt met antieke meubelen, schilderijen en sculpturen die de kolonel uit de ladingen had gepikt, alsof zijn werkkamer een wachtkamer was voor objecten waarvan hij nog geen afstand kon doen.

Ze maakte aanstalten om aan te kloppen, maar wachtte toen ze stemmen hoorde achter de hoge deur. Als ze haar oor op het hout drukte, kon ze verstaan wat er gezegd werd.

'... moeten we hier weg zijn...'

Dat was duidelijk de bas van de kolonel.

'... vooral voldoende artefacten te gelde hebben gemaakt...'

Dat was een onbekende mannenstem, dus die van de Obersturmbannführer. Ze hield haar adem in en probeerde haar oorschelp op een gunstiger punt tegen de deur te drukken. De ss'er leek aan het woord te blijven.

'... een plan van de *Reichsleiter* om zoveel mogelijk deviezen buiten het continent te brengen. Daarvoor liggen drie U-boten klaar in de haven van Saint-Nazaire. Wij kunnen daarbij aansluiten door...'

Met een ruk trok ze haar hoofd weg omdat ze beneden in de gang stemmen hoorde. Zo dadelijk kwam er iemand naar boven en zag die haar staan luistervinken. Ze had geen keuze. Ze klopte driemaal hard op de deur. Terwijl ze wachtte tot er werd opengedaan, probeerde ze het bonzen van haar hart te bedwingen. Het lukte niet. Het orgaan leek zich een weg uit haar borstkas te willen kloppen. Intussen brak het zweet haar overal uit. Ze voelde de druppels over haar hele lichaam lopen.

Het was de barones die opendeed. Ze glimlachte flauwtjes, alsof ze met haar gedachten nog bij de woorden van de Obersturmbannführer was.

'De gevraagde juwelen, mevrouw de barones', zei Elise half hijgend.

De vrouw nam de tas aan en inspecteerde de inhoud, alsof Elise onderweg naar boven een ring of oorbel eruit had gehaald en tussen de spijlen van de trap verstopt. Ze klapte hem dicht en keek tevreden.

'Fijn, ga maar weer snel terug aan het werk.'

'Zeker, mevrouw de barones. *Goodbye and a good day to you.*'

Zoals steeds moest ze zich bedwingen om niet een reverence te maken, draaide zich om en liep terug naar de trap. Bovenaan moest ze zich vastgrijpen aan de leuning. Het duizelde haar en het zweten wilde maar niet stoppen. Wat was dit? Een vapeur van de overgang? Ondervoeding? Of allebei?

Ze wist dat ze geen blijk mocht geven van zwakheid. Beneden in de hal stonden Ducasse en een andere man. Als ze te lang talmde, zou ze hun aandacht trekken. Stap voor stap daalde ze de trap af, zichzelf met één hand vasthoudend aan de reling. Het zweet liep in een van haar ogen, maar ze durfde het niet met haar hand weg te vegen. Knipperend daalde ze verder af. Gelukkig negeerden de twee mannen haar volkomen, zodat ze langs hen heen kon glippen, terug de zaal in die ze verlaten had. Ze opende de deur, die ze direct achter zich weer sloot, en bleef ertegen geleund staan.

Er was niemand buiten haar. Dat gaf haar het idee dat ze eindelijk ongehinderd kon hijgen.

Ze dacht aan haar appartement, haar kast vol jurken, haar boudoir vol flesjes en potjes, de sofa in de huiskamer met daarachter de kast vol boeken. Ze dacht aan haar echtgenoot die ze al een jaar niet meer had gezien, haar moeder van wie ze al vier jaar niets meer gehoord had, haar vader die al meer dan vijfentwintig jaar dood was. Het hielp allemaal niet. Het waren de herinneringen en gevoelens van een andere vrouw die in haar bovenkwamen. Zij was niet langer Elise Calmann, maar een naamloze vrouw die in dit gebouw gevangen werd gehouden.

Ze hield zichzelf voor dat ze sterk moest blijven, zich beheersen, rustig blijven; het hielp allemaal niet. Langzaam zakte ze ineen tegen de deur. Na de uitputting bekroop haar de angst dat iemand de zaal zou betreden. De angst moest haar dwingen overeind te komen.

Maar ook de angst hielp niet meer.

12

Als het een bevel was geweest, zou hij zijn geschrokken, maar het was een uitnodiging om de generaal te begeleiden op een inspectie van een stuk spoorweg ten noorden van het Gare du Nord. Von Trettlow ging ervan uit dat Von Stülpnagel hem had uitgezocht vanwege zijn architectonische expertise, maar toen ze langs de sporen liepen, werd hem al snel duidelijk dat het de *Oberster Militärbefehlshaber in Frankreich* niet daarom ging.

'Ziet u hoe geniepig de rails en de wissel zijn gesaboteerd? Dat is niet het werk van amateuristische terroristen maar van professionele spoorwegarbeiders.'

De generaal was blijven staan en wees met zijn officiersstaf naar de grond, alsof hij een aanvalsroute bedoelde, in plaats van een technisch mankement.

Von Trettlow bukte zich en inspecteerde het ijzer en de metalen bouten. Ze voelden heet aan omdat de voorjaarszon er al uren op stond te branden. Verderop in de berm groeide onkruid, tussen de bielzen was het zorgvuldig weggeknipt. Blijkbaar dachten de spoorwegarbeiders niet alleen maar aan vernielen.

'Ik kan me voorstellen dat een trein hierop vastloopt, niet dat hij erdoor ontspoort.'

'En dat is het geraffineerde', hoorde hij boven zich zeggen. 'Een ontspoorde trein leidt tot represailles, een vastgelopen tot vertragingen. Een uur hier, een uur verderop, nog eens een uur elders en je hebt een heel transport al aardig in de war gestuurd.'

De majoor kwam weer overeind, een tikje stram. Het leer van zijn laarzen kraakte. Dat mocht ook weleens extra in het vet worden gezet. De ouderdom liet zich voelen in zijn gewrichten, maar ook in zijn hersenen. Hij wist niet wat de generaal nu van hem wilde.

'Met alle respect, *Herr General*, maar de dienst gebouwen kan zich toch moeilijk bezighouden met spoorwegemplacementen?'

Von Stülpnagel schonk hem een peinzende blik. De donkerblonde haren onder de pet hadden dezelfde kleur als de keurig bijgeknipte snor, die zó dun was dat hij meer op een schaduw tussen neus en lippen leek. Het was de eerste keer dat de majoor de generaal van zo dichtbij zag. Het voorbije jaar was hij hem enkele malen in de gang en op de trap gepasseerd of had hij hem in en uit een stafauto zien stappen, maar ze hadden nooit een woord met elkaar gewisseld.

De generaal wees in de verte, in de richting die van het station af leidde. Er liep een groepje *cheminots*, monteurs van de Franse staatsspoorwegen, om een stoomlocomotief heen. Von Trettlow kon hun gezichtsuitdrukkingen niet zien, maar hij betwijfelde of ze geneigd zouden zijn vrolijk naar de twee Duitse officieren te zwaaien. Hij keek achter zich. Drie soldaten, bewapend met karabijnen, hielden de omgeving in de gaten. Aan het eind van het perron dat ze waren afgedaald, stonden nog enkele militairen te wachten.

'Zijn we hier om arbeiders te arresteren en verhoren, generaal?'

Von Stülpnagel vertrok zijn lippen in een humorloze glimlach. 'Nee, die soldaten zijn hier om mij te beschermen tegen een eventuele aanslag. En aanslagen, dat is waar ik me momenteel het meest zorgen over maak, niet op mijn persoon maar op infrastructuur. '*Hé, vous là-bas! Venez ici!*'

De arbeiders keken om zich heen, in de verwachting dat de generaal iemand anders naar zich toe riep. Daarna wezen ze op zichzelf, waarop Von Stülpnagel knikte. Hij plaatste zijn gehandschoende handen stoer in zijn zij terwijl hij wachtte tot het drietal hem was genaderd. Ze maakten sprongetjes over de rails van de vele gelijklopende sporen.

Ondertussen maakte Von Trettlow de knop van zijn pistoolholster los. Een overbodige maatregel, stelde hij al snel vast, want achter zich zag hij de soldaten naderbij komen.

De mannen waren aan de kleine kant, maar breedgeschouderd en gespierd. Ze droegen blauwe overalls en blauwe werkpetten. Hun handen en gezichten waren donker, maar Von Trettlow kon niet uitmaken of het van de zon of het steenkoolgruis was. Ze leken niet geïntimideerd in het bijzijn van een Duitse generaal. De grootste van de drie, die zich direct opstelde als de leider van het groepje, keek eerder uitdagend.

'U hebt ons geroepen, *Herr Offizier*?'

'Ik ben hier omdat er de voorbije dagen zoveel incidenten zijn gemeld, zoveel vertragingen. Ik neem aan dat niet alles aan sabotage te wijten is, maar een groot deel wel. Ik ben hier niet gekomen om spoorwegarbeiders te arresteren, maar wel om te waarschuwen: die treinen vervoeren niet alleen goederen voor de Wehrmacht maar ook voor de Parijse bevolking. Als de geallieerden onze rivierboten en vliegvelden bombarderen en de spoorwegarbeiders de rails saboteren, kan er straks geen pakje boter de stad meer in.'

De drie mannen zeiden niets, maar slaagden er niet in de verbazing van hun gezicht te vegen. Of die betrekking had op het vlekkeloze Frans van de generaal of op de inhoud van zijn woorden, was onduidelijk. Tergend langzaam haalde de langste een sigaret uit zijn broekzak en liet die door de man achter hem aansteken.

'En wat zouden wij drieën daaraan kunnen doen, Herr Offizier? Wij doen niets anders dan rails repareren. Meestal zijn de moeren al jaren aan vervanging toe en is dat het probleem.'

De brutaliteit van de man ergerde Von Trettlow maar Von Stülpnagel scheen zich er niet aan te storen.

'Dat zal vast meespelen,' antwoordde de generaal, 'maar momenteel interesseert mij enkel de sabotage. Misschien kennen jullie communisten onder de collega's. Zeg hun dat wij als bezettingsautoriteit de voedselvoorziening van miljoenen mensen niet kunnen garanderen als we over onvoldoende vervoermiddelen beschikken.'

'Dat was alles, Herr Offizier?'

'Dat was het', knikte de generaal. 'Ga weer aan het werk.'

Zwijgend liep het drietal terug naar de plek waar het aan het werk was geweest. Von Trettlow keek ze na, wendde zich toen tot Von Stülpnagel.

'U sprak tot hem alsof hij de leider van de Parijse communisten is.'

'Dat zal wel niet, maar de communisten staan bijzonder sterk onder de spoorwegarbeiders. Hij zal mijn boodschap aan een illegale vakbondsafgevaardigde doorgeven en zo komt die uiteindelijk wel bij de juiste mensen terecht.'

'En gaan die er rekening mee houden?'

De generaal schudde het hoofd. 'Nee, maar ik kan het allicht proberen.'

De soldaten lieten hun karabijnen zakken. Het had in de nacht geregend, maar de zon scheen volop op de grauwe muren en de woonkazernes aan weerszijden van het emplacement. Een paar honderd meter achter hen stonden twee treinen te wachten tot ze konden vertrekken, een met goederen- en een met passagierswagons. Er waren nauwelijks mensen achter de ramen te zien.

'Moeten we niet vooral het gaullistisch verzet aanpakken, generaal?'

Als antwoord haalde Von Stülpnagel een bundel papieren uit zijn binnenzak en overhandigde die aan de majoor. Het waren kopieën van Gestaporapporten. Von Trettlow keek naar de datum bovenaan: ze stamden uit de jaren '40 en '41.

'Leest u eerst eens het rapport van Sturmbannführer Boemelburg uit oktober '40 en daarna dat van 3 april '41.'

De ss-officier beschreef wachtrijen voor Parijse winkels waarin de communisten geen enkele moeite deden de onvrede onder de burgers aan te wakkeren. De Franse partijkaders hielden zich netjes aan de door Moskou bevolen neutraliteit tegenover de Duitse bezetter. In het rapport van april las hij: *De* Parti communiste français *ziet met lede ogen de groei van een tegenstander die hij steeds serieuzer moet nemen. De* Mouvement national révolutionnaire *bestaat vooral uit teleurgestelde communisten en oude aanhangers van Trotski. Ze verzetten zich tegen het Molotov-Ribbentroppact. Moskou verraadt de belangen van Frankrijk. De slogan van deze groep is: 'Breek met Moskou! Voor een onafhankelijk en socialistisch Frankrijk!'*

Hij vouwde de bundel samen en gaf hem terug aan de generaal.

'Ziet u het probleem van de communisten, majoor? Ze hebben zich koest gehouden tot Duitsland de Sovjet-Unie binnenviel. Tijdens onze campagne tegen Frankrijk hebben ze zelfs een pacifistische koers gevaren en in vliegtuigfabrieken de productie gesaboteerd. Daar wil de partijleiding nu allemaal niets meer van weten. Ze is ook doodsbang voor concurrentie op links. En als klap op de vuurpijl komt straks misschien de rechtse nationalist De Gaulle triomfantelijk Parijs binnenmarcheren.'

De drie spoorwegarbeiders leken klaar met hun werk. Opvallend snel, vond Von Trettlow. Misschien gingen ze toch ijlings die vakbondsafgevaardigde opzoeken.

'En dus zijn de communisten van plan op eigen houtje Parijs te bevrijden, zodra de geallieerden in Frankrijk geland zijn.'

Een van de soldaten schopte tegen een steentje, een andere keek de arbeiders na en leek zich af te vragen of hij de pet van de langste van het hoofd kon schieten. Het was maar goed dat ze de defaitistische praat van de generaal niet konden horen, dacht Von Trettlow; misschien zouden ze hem aangeven bij de Gestapo.

'Wij zijn toch zeker wel in staat zo'n opstand te onderdrukken, generaal? We hebben tanks en ervaren militairen, zij hebben jachtgeweren en pistolen die van ouderdom uit elkaar vallen.'

Von Stülpnagel wandelde verder het emplacement op. De soldaten volgden op afstand, als onwillige honden.

'Wij hebben vooral veel ouder administratief personeel, tanks maar weinig benzine, en kazernes en kantoren die kwetsbaar zijn voor bomaanslagen. U vergeet dat de Britten en Amerikanen elke nacht ladingen met handwapens droppen en dat de meeste daarvan bij de communisten terechtkomen. Een communistische opstand wordt een ramp voor ons en voor de stad.'

Een paar kraaien landden op een spoorwissel en begonnen er een geanimeerd gesprek met elkaar.

'En dus moeten we voorkomen dat het überhaupt zover komt, majoor.'

Ze bleven staan, draaiden zich naar elkaar toe. Von Stülpnagel haalde een zilveren koker tevoorschijn en offreerde Von Trettlow een sigaret. Hij kon niet zien van welk merk.

'We zijn allemaal in afwachting van de invasie, majoor. De Fransen in blijde, wij in bange.'

De aansteker verspreidde een scherpe benzinelucht. Die werd snel verdreven door de smaak en geur van de eerste tabaksrook.

'Volgens het opperbevel drijven we de geallieerden direct terug in zee, generaal.'

'Volgens veldmaarschalk Rommel gaat ons dat niet lukken, majoor.'

Von Trettlow keek om zich heen en rookte. Hij wilde zich niet direct gewonnen geven.

'Volgens de Führer wordt de invasie een mislukking en duurt het dan zeker een jaar voor de geallieerden een nieuwe poging kunnen wagen. In de tussentijd stabiliseren wij het Russische front en produceren we onze wonderwapens. Zo winnen we alsnog de oorlog.'

De generaal blies rook uit door beide neusgaten. 'En wat gelooft u zelf, majoor?'

Hij voelde zich in een hoek gedrukt. Platweg een geloof in de onfeilbaarheid van de leider benadrukken kon hij niet, maar brutaalweg het tegendeel beweren evenmin. Beschaamd beperkte hij zich tot een nietszeggend: 'Ik word niet geacht te geloven, generaal, enkel te gehoorzamen.'

'Gehoorzaamt u mij dan maar. We zijn klaar hier.'

Hij draaide om en liep langs de sporen in de richting van de stationshal, beklom het ijzeren trapje aan het eind van het perron en begon het lange stuk beton af te wandelen. Ondertussen sloten zich steeds meer soldaten en officieren bij hem aan, zodat ze met een dozijn mannen de hal bereikten. Politieagenten tikten met hun gummiknuppel tegen hun kepie, burgers gingen angstig voor de groep opzij. Von Stülpnagel negeerde iedereen en bewoog zich naar de uitgang. Von Trettlow volgde maar keek ondertussen om zich heen. Op de gezichten van de omstanders was weinig ontzag af te lezen, soms wel afschuw. Hij herinnerde zich zijn aankomst in de stad op het Gare de l'Est, een jaar geleden. Toen was hem vooral onverschilligheid opgevallen.

Ze stapten in de stafauto van de generaal die voor de ingang was blijven wachten. Daarachter stond een auto met twee soldaten voorin en een derde die het machinegeweer bediende. Voor de stafauto stonden twee gemotoriseerde soldaten. De angst voor aanslagen zat er zo diep in dat de generaal nooit zonder gewapend escorte door de stad reed.

'Billancourt', zei de generaal tegen de chauffeur en zonk weg in het leer van de achterbank. Von Trettlow nam naast hem plaats. Portieren sloegen dicht, motoren werden gestart.

'Is daar ook sprake van sabotage, generaal?' vroeg Von Trettlow.

'Sabotage én geallieerde bombardementen. Sinds de grote aanval van '42 ligt de productie al maand na maand op minder dan vijftig procent.'

Het kleine konvooi reed vlot over de boulevards in de richting van de Seine. Fietstaxi's en taxi's gingen haastig uit de weg zodra ze het groepje voertuigen zagen aankomen. Het was nergens druk op straat. De weinige mannen die er nog in de stad waren geweest, hadden die inmiddels verlaten, om onder te duiken voor de arbeidsdienst of zich aan te sluiten bij het gewapend verzet in de provincie. Hier en daar huppelden jongens over het trottoir of sjokten oude ventjes, maar voor het overige was Parijs overgelaten aan de vrouwen.

Von Stülpnagel wees op een muur waarop iemand *Vive la France! Mort aux Boches!* had gekalkt.

'Ze wensen ons dood en ze durven er onderhand voor uit te komen. Het maakt niet uit hoe hard we tegen terroristen en saboteurs optreden, de angst verdwijnt. Iedere Fransman voelt dat vandaag of morgen de invasie begint.'

Von Trettlow dacht aan de herhaalde fusilleringen van gijzelaars, soms honderden tegelijk. De ander had daarstraks zelf geprobeerd een open gesprek aan te knopen. Hij moest het er maar op wagen.

'Generaal, die massale executies van burgers...' Hij aarzelde, vroeg het toen toch: 'Zijn we daar überhaupt iets mee opgeschoten?'

'Nee', kwam het prompte antwoord. 'Ik ben er nooit een voorstander van geweest maar het was een *Führerbefehl*. Het enige wat ik heb kunnen doen, was de aantallen die Berlijn eiste systematisch omlaagbrengen.'

'Aantallen? U bedoelt quota voor elke aanslag?'

De generaal knikte, terwijl zijn blik op de straat gericht bleef. 'Hitler wilde dat ik telkens duizend burgers liet doodschieten. Toen ik daartegen protesteerde, werd dat genegeerd. Ik heb gedaan of ik gehoorzaamde, maar in werkelijkheid liet ik nooit meer dan de helft executeren.'

Vijfhonderd doden in plaats van duizend. De ene gijzelaar gered en de andere opgeofferd. Een vreemd salomonsoordeel, vond Von Trettlow.

'U had ook kunnen aftreden.'

'Zoals mijn neef en voorganger? U weet toch dat ik hier in 1942 kwam omdat een familielid van mij het niet langer aankon? Wat had het uitgemaakt als ik zijn voorbeeld had gevolgd? Otto werd weer generaal aan het front en ik kon zijn vuile werk opknappen. Nee, het is noodzakelijk bloed aan de handen te krijgen in de aanloop naar het uiteindelijke doel.'

'De eindoverwinning?'

'Het beëindigen van de oorlog.'

Ze reden langs de Seine. In de top van de Eiffeltoren wapperde als altijd de hakenkruisvlag. De toren fungeerde ook als zendmast voor de propagandazender die de bezettingsautoriteiten voor de stad in het leven hadden geroepen. Von Trettlow realiseerde zich dat hij er de laatste maanden nauwelijks nog naar luisterde.

Het fabriekscomplex werd langzaam zichtbaar in de verte. Een deel van de hallen stond er nog steeds zo bij als kort na de bombardementen; van andere was het dak gerepareerd, maar het leek provisorisch gedaan, alsof de wil ontbrak om de productieruimtes in hun oude glorie te herstellen.

'Maken ze hier tanks voor ons, generaal?'

'Dat beweerden de Britten op de duizenden pamfletten die ze na hun bombardement hebben uitgestrooid. Tienduizend tanks voor het oostfront. In werkelijkheid hadden de Fransen er vóór de oorlog nooit meer dan drieduizend. Nee, vrachtwagens, dat is wat ze hier aan de lopende band hebben geproduceerd. Veel te weinig en dan nog veel te veel ervan met gebreken.'

De voertuigen reden de brug over en het Île Seguin op. Het eiland in de Seine behoorde in zijn geheel toe aan Renault, wist de majoor, en hij voelde zich kinderlijk blij dat hij het eindelijk van nabij kon zien. De armoedigheid van de gebouwen en installaties viel hem echter tegen.

'Gaan we Louis Renault zelf ontmoeten, generaal?'

Von Stülpnagel schonk hem een meewarige blik. 'Denkt u dat ik hier op staatsiebezoek ben, majoor? We gaan hetzelfde doen als op het spoorwegemplacement.'

De chauffeur stapte haastig uit en opende het portier voor hem. De generaal liep naar een lange muur die een los- en laadplaats omsloot. In zijn kielzog volgden soldaten. Gruis knarste onder de zolen van de laarzen.

Acht mannen en twee vrouwen stonden met hun rug tegen de muur opgesteld. Ze werden bewaakt door drie politieagenten, van wie er één een karabijn droeg. Achter de agenten stonden twee Duitsers van de *Grüne Feldpolizei.* Ze hielden hun handen achter hun rug, alsof ze een oefening in het bewaken van gevangenen overzagen. Op de gezichten van de gearresteerden lagen verschillende uitdrukkingen: onverschilligheid, angst, woede.

Een van de twee Duitse agenten liep op Von Stülpnagel toe, klakte de hielen tegen elkaar en salueerde.

'Een hele ploeg, op heterdaad betrapt tijdens het saboteren van de wielophanging, generaal.'

'Hoe hebt u ze kunnen betrappen?'

'We waren ze al een tijdje op het spoor', antwoordde de agent, zichtbaar trots. 'Ze maken deel uit van een communistische cel. Een van de leden hebben we tot verklikker kunnen maken.'

'Wie is de aanvoerder?'

De agent wees op een van de twee vrouwen. De generaal fronste zijn wenkbrauwen maar knikte.

'Breng haar bij mij en voer de rest af naar de gevangenis van Fresnes.'

'Zeker, generaal.'

De vrouw was aan de kleine kant, met halflang donker haar en donkere ogen. Het lichaam in de blauwe overall was slank maar maakte toch een gespierde indruk. Haar blik leek te zwalken tussen uitdagend en angstig, alsof ze de grootste moeite moest doen om haar verwarring over deze ondervraging te verbergen.

'Wat is uw naam, madame?'

De beleefdheid van Von Stülpnagel leek ongepast in deze situatie en leek de verwarring van de vrouw alleen maar te vergroten.

'Angela Beauditic, monsieur.'

'Madame, ik ga zo dadelijk het bevel geven u vrij te laten, op één voorwaarde.'

Dat was genoeg om de verwarring even te verdrijven en plaats te laten maken voor woede.

'Ik ga geen kameraden verraden, nooit!'

'Dat vraag ik u ook niet. Ik wil alleen dat u de volgende boodschap doorgeeft aan de leiders boven u. Het werk in deze fabriek is belangrijk voor tienduizend Parijse gezinnen, voor hun voedselvoorziening. Sabotage in combinatie met bombardementen leidt tot sluiting en sluiting tot honger. De komende weken hebben we behoefte aan rust op het stedelijke front.'

De vrouw stak haar kin omhoog: 'Om alle inspanningen op de komende invasie te concentreren?'

'Nee, om ons voor te bereiden op de volgende fase. Onthoud die term: de volgende fase.'

Het was aan haar gezicht te zien dat ze er niets van snapte, maar ze knikte, misschien omdat ze zich in haar woede gerealiseerd had dat hij haar vrijlating had beloofd.

'En dan laat u mij gaan?'

'Ik laat u nu al gaan', antwoordde de generaal.

Hij maakte een gebaar naar de Duitse agent om haar boeien los te maken. Daarna draaide hij zich om en liep terug naar de stafauto.

Toen de portieren waren dichtgeslagen en de motoren voor en achter hen weer aansloegen, kon Von Trettlow het niet nalaten een opmerking te maken.

'Ik snap er eerlijk gezegd niets van, generaal. Wat is die volgende fase?'

De ander glimlachte. 'Dat snapt u niet, dat snapt zij niet, maar de leiders van de PCF snappen het onderhand wel.'

'U brengt op diverse plekken in de stad dezelfde boodschap?'

'Zo is het. En die negen andere saboteurs zullen zo lang mogelijk in voorlopige hechtenis blijven. Tenminste, als ik ze uit handen van de collega's van de Gestapo kan houden. Dat is een gevecht dat we meestal verliezen.'

De voertuigen maakten een bocht op het terrein en reden terug in de richting van de brug. Uit de bewolkte lucht boven Boulogne-Billancourt vielen de eerste regendruppels. De zon was blijkbaar achtergebleven in het noorden van de stad.

'Iets zegt me dat die volgende fase niet vanzelf gaat komen, generaal.'

'Nee, majoor, daar zullen wij voor moeten zorgen. Ik in ieder geval; van u weet ik het nog niet.'

'Of ik geschikt ben, generaal?'

'U bent geschikt, majoor. Dat weet ik al vanaf het moment dat majoor Bargatzky mij uw eerste rapport liet lezen. Ik heb uw werk met belangstelling gevolgd. De vraag is alleen of u bereid bent de volgende en definitieve stap te zetten.'

Von Stülpnagel leek misschien als een weldoener executies uit te stellen en gevangenen vrij te laten, maar Von Trettlow wist donders goed dat de man simpelweg bezig was een wapenstilstand voor te bereiden. Hij kon onmogelijk rechtstreeks onderhandelen met de communisten, maar wel voelhorens uitsteken en de tegenpartij ervan verwittigen dat er iets te gebeuren stond. Waarschijnlijk werd er met het niet-communistisch verzet wél rechtstreeks gesproken. Als de invasie een feit was, zou het militair gezag in Parijs actie ondernemen – en die actie had niets te maken met bevelen van de Führer, ging er waarschijnlijk zelfs dwars tegen in. Ook Bargatzky had de voorbije weken hints daarover gegeven. Hij werd gepolst maar tot hij blijk had gegeven van een bepaalde bereidheid, zou niemand hem op dat vlak in vertrouwen nemen.

'Mag ik een korte bedenktijd, generaal?'

'Dat mag u, majoor; bedenk alleen dat de klok ongenadig verder tikt voor ons.'

De brug kraakte onder hun wielen.

13

Het pak was lang niet gedragen maar paste nog perfect. Blijkbaar was hij iets dikker geworden in Parijs, omdat het eten er rijkelijker was dan in Rusland, en zo was zijn oorlogsfiguur naadloos overgegaan in zijn vooroorlogse. Von Trettlow herinnerde zich waar en wanneer hij het pak gekocht had, in een winkel in Breslau. Hij had er verscheidene gepast en was steeds op de kritische blik van Marie-Louise gestuit. Om een voor hem ondoorgrondelijke reden had dit lichtgrijze pak wél haar goedkeuring gekregen.

De spiegel aan de binnenkant van de kastdeur liet een mouw zien. Het leek of zijn rechterarm was geamputeerd. De eerste keer was hij enorm geschrokken van dit beeld, nu wist hij dat hij de omkering kon verwachten. De kapper had goed werk geleverd; het bezoek aan de tandarts betekende het einde van een zeurende pijn boven zijn kroon. Het nieuwe scheermes dat Fischer voor hem had weten op te snorren, garandeerde sinds enkele dagen een gladgeschoren gezicht.

Hij was klaar om, vermomd als burger, het uitgaansleven in te gaan. Maar het moeilijkste moest nog komen.

Von Trettlow sloot de kastdeur en verliet de slaapkamer. In de woonkamer liep hij rechtstreeks naar de kast waar de drank werd bewaard en haalde er de fles cognac uit die hij een jaar geleden had gekocht. Er zat nog een aardig bodempje in. Hij nam twee glazen en schonk er alvast één in.

'Voor u een cognac, madame Nourissier?'

Ze kwam uit de keuken en schonk hem een verbaasde blik.

'Waar is uw uniform gebleven?'

'Het mag weleens uit,' antwoordde hij glimlachend, met het lege glas uitnodigend opgeheven in zijn hand, 'maar de belangrijkste reden is dat ik vanavond dineer in de stad – en ik zou graag niet alleen gaan.'

'Wie hebt u meegevraagd?'

'Ik wilde u inviteren.'

'Mij?' Ze wees op zichzelf en raakte vervolgens haar hals aan, alsof dat het minder ongeloofwaardig zou maken.

'Jazeker. Zie het als een teken van waardering voor al uw goede zorgen, maar het is niet alleen daarom dat ik u uitnodig.'

Ze knipperde tweemaal en leek toen pas het lege glas te zien. 'Schenkt u voor mij dan ook maar in.'

Ze klonken zonder woorden en namen een slok. Ondertussen kon Von Trettlow de bezwaren al op haar voorhoofd aflezen voor ze weerklonken.

'Ik heb helaas niets om aan te doen, dus u zult iemand anders moeten vragen.'

'Ik weet dat u enkele fraaie vooroorlogse jurken in de kleerkast hebt hangen. Er staan ook nog schoenen die ik u nooit heb zien aandoen.'

'Snuffelt u in mijn kasten?'

'Zoals u in de mijne', reageerde hij snel. 'Nee, ik zag het simpelweg in een flits, toen ik in de gang stond en in uw slaapkamer kon kijken. Ik kon er zelfs niets aan doen dat het me opviel.'

Daar scheen ze genoegen mee te nemen, maar het volgende bezwaar diende zich al aan:

'Ik heb geen lippenstift meer, geen mascara, geen...'

'Madame Nourissier', onderbrak hij haar. 'Ik heb vanmiddag een vrouwelijke ondergeschikte deze producten laten bezorgen. In het Majestic is er nog meer dan genoeg van te vinden. De tas staat in de gang.'

Ze zweeg en nam opnieuw een slok van haar cognac. Intussen probeerde Von Trettlow zich haar voor te stellen in een avondjurk, met opgestoken kapsel en rode lippen. Het moest een heel ander gezicht zijn. Geleidelijk was hij haar pose van vroegtijdige weduwe gaan doorprikken, maar tot nog toe had hij slechts glimpen van haar meer vrouwelijke kanten opgevangen en nooit het volledige plaatje gezien.

'Waarom ik?' vroeg ze na een stilte.

'Het is voor mijn werk. Ik wil me tussen de collaborateurs wagen en ik zoek een Française om me te begeleiden, iemand die ik ken en die ik kan vertrouwen.'

Hij zag het wantrouwen van weleer terugkeren in haar ogen. 'Ik heb niets op met collaborateurs, dat moest u onderhand toch weten?'

'Ik ook niet, madame, ik ook niet. Het is voor mijn werk. En juist daarom wil ik me vanavond tussen hen begeven.'

'Is er gevaar bij?' vroeg ze ten slotte.

Hij schudde het hoofd. 'Hooguit op een stuk slecht doorbakken vlees en kurk in de wijn.'

Ze zuchtte en direct daarop glimlachte ze. Het vooruitzicht op een uitje, in een eindeloze reeks van thuis doorgebrachte avonden, vrolijkte haar op. 'Ik heb ten minste een uur nodig om me gereed te maken.'

'Neem alle tijd die u wilt. Onze chauffeur kan wachten.'

~

Von Trettlow liet Fischer de Citroën stoppen op de hoek van de Avenue Victor Emmanuel III en de Place du Canada. Hij hielp Elisabeth Nourissier uitstappen en sprak met de Feldwebel af dat ze rond elf uur terug zouden komen.

'Als we er nog niet zijn wacht je, net zolang tot we wel opdagen', voegde hij eraan toe.

Daarna nam hij de vrouw bij de arm en liep met haar het trottoir af, tot aan de ingang van restaurant Laresse, waar hij een tafel had gereserveerd op de naam van Koeningstein. Niemand kwam hun tegemoet op de stoep, omdat de bezettingsautoriteiten de avondklok nog verder hadden vervroegd, maar voor het restaurant stonden wel enkele personenwagens geparkeerd. Geen ervan had een houtcarburateur op het dak, zodat de eigenaren over een vergunning moesten beschikken om benzine te kopen.

De majoor keek opzij en was tevreden met wat hij zag: de blote schouders onder de witte shawl, de lichtblauwe jurk met het minieme decolleté, de hoge hakken, die de toch al niet kleine vrouw bijna even lang leken te maken als hijzelf. Het tuttige dat een vast onderdeel van haar uiterlijk had geleken, was volkomen verdwenen. Aan de glans in haar ogen merkte hij dat ze het bovendien spannend en vleiend vond hem te vergezellen naar een etablissement waarvan ze alleen maar gehoord had.

De façade van het pand oogde wit en chic, helemaal passend in de stijl van het dure arrondissement rond de Arc de Triomphe waar het gevestigd was. Maar Fischer had hem verteld dat het enkele jaren voor de oorlog nog een kraam was geweest waar friet werd verkocht aan de bezoekers van de wereldtentoonstelling. De huidige eigenaar had het voor een prikkie gekocht en volledig laten renoveren. Vervolgens had René Laresse het restaurant naar zichzelf genoemd.

'Er wordt gezegd dat ze hier heel lekker kunnen koken', zei Elisabeth Nourissier.

Een magere ober in een slechtzittend pak liet hen binnen en begeleidde hen naar hun tafel. Zo te zien profiteerde het personeel amper van de voortreffelijke keuken. Op een podium speelde een combo muziek.

'Is dat jazz?' vroeg hij ongelovig.

'In hun eigen land is dat verboden maar hier in Parijs genieten de Duitsers er zelf van, monsieur', antwoordde de ober. 'Wat kan ik u beiden inschenken als aperitief?'

'Doet u maar een fles champagne.'

'Moët & Chandon? Veuve Clicquot? Piper-Heidsieck, monsieur?'

'Opent u maar een fles van het merk van de weduwe', zei de majoor.

De prijzen waren schandalig hoog, maar hij had het voorbije jaar zo weinig uitgegeven van zijn toelage dat het pak contanten in zijn binnenzak comfortabel dik aanvoelde.

Bij de ontvangst had hij voor het eerst zijn alias gebruikt. Pierre Koeningstein moest een Elzasser voorstellen. Alleen zo kon hij zijn Duitse accent verantwoorden. Hij wilde zich voordoen als een economische collaborateur, een bouwer die rijk was geworden dankzij de Atlantikwall. In zijn portefeuille zat een vals persoonsbewijs om zich desnoods als zodanig te legitimeren, en natuurlijk een document dat verklaarde dat houder dezes zich 's nachts vrijelijk over straat mocht begeven.

De fles en de glazen werden gebracht, de kurk vloog er met een geroutineerd gebaar en zonder veel te morsen vanaf. De ober lachte toen Elisabeth Nourissier een gilletje slaakte. Als om het moment te onderstrepen zette het combo een vrolijk nummer in, waarbij een vrouw zich bij de muzikanten voegde om te gaan zingen.

Ze klonken, ditmaal op een lang en gelukkig leven. Ze dronken en bestelden canard à l'orange als hoofdgerecht. Als voorgerecht kozen ze oesters.

Het duurde niet al te lang voor de eerste gast nieuwsgierig naar hen werd. Een man met donker en dun haar, dat in evenwijdige slierten naar beide zijden van zijn schedel was gekamd, was op weg naar het toilet, bleef staan en kwam terug naar hun tafeltje.

'Ik denk niet dat wij elkaar al kennen, m'dame, m'sieur? Ik beroep me er nochtans op dat ik iederéén ken die zich geregeld in Laresse laat zien.'

Aan de glans in zijn ogen en het lijzige praten te oordelen, had de man al meer dan één glas champagne achter zijn kiezen.

'Nee, wij zijn nieuw in de stad', antwoordde Von Trettlow op zijn meest vriendelijke toon.

'Slecht moment om naar Parijs te komen.'

De majoor wees om zich heen. 'Het is anders heerlijk weer en we krijgen hier voortreffelijk eten en drinken geserveerd. Daar kun je in de provincie niet meer om komen.'

'Hmmm.' Het linkeroog van de man viel tegen zijn zin dicht. 'Ik merk wel dat u niet weet wat er de laatste tijd speelt in de hoofdstad. Als u mij even excuseert...? Maar ik kom graag even aanschuiven om u wegwijs te maken.'

Hij vervolgde zijn weg naar het toilet. Hun ober kon hem slechts ternauwernood ontwijken. Hij zette twee borden met drie oesters voor elk van hen neer.

'Monsieur Ducosse is hier al vanaf deze middag', legde hij ongevraagd uit. 'Als u wilt, zorg ik ervoor dat hij u niet lastigvalt.'

Von Trettlow wimpelde het af. 'Laat u maar. We komen voor de gebouwen, het eten én de mensen.'

Elisabeth slurpte behaaglijk een oester leeg. 'Goddelijk, dat eten. U mag me vanaf nu elke avond mee uit nemen hiernaartoe. Maar wilt u echt die dronken kerel...?'

Hij haalde de schouders op. 'Ik ben hier voor mijn werk, en daar horen dat soort conversaties bij.'

Een paar minuten later was de man met het plakhaar terug. Hij leek een beetje ontnuchterd. Beleefd stelde hij zich voor als Victor

Ducosse, journalist bij het weekblad *Je suis partout.* Von Trettlow vroeg de ober een derde glas en schonk de man in, nadat hij had plaatsgenomen. Hij keek verlangend naar de sprankelende wijn en moest zichtbaar moeite doen er niet naar te grijpen. De majoor dreunde zijn ingestudeerde verhaaltje op. Hij zag aan de gezichtsuitdrukking van de ander hoe het overkwam: een onnozele provinciaal die de bloemetjes buiten kwam zetten in de hoofdstad. De ogen van Ducosse flitsten van Von Trettlow naar Elisabeth en terug. Echtgenote? *Non non.* Maîtresse, zag je hem denken.

'En wat is mij ontgaan de laatste tijd? Dit is toch nog steeds de stad waar Pierre Laval premier is en de maarschalk onze gids?'

Ducosse boog vertrouwelijk naar voren. 'Officieel, ja, maar nu iedereen de mond vol heeft van de aanstaande invasie beginnen de Vichymannen van het eerste uur hun kar te keren. Ik heb opgevangen dat Laval contact zoekt met socialistische en liberale parlementariërs die voor de oorlog zijn collega's waren. Hij is iets van plan, die sluwe vos, maar wat? Dat probeer ik uit te vinden.'

'En de maarschalk?'

'De maarschalk! Die zit in een kasteel, omringd door Duitse officieren en soldaten, zijn echtgenote en zijn maîtresse. Van hem moet niemand meer iets verwachten. Niemand vertrouwt hem nog. Hij is in staat om De Gaulle te begroeten op Franse bodem en hem doodleuk te zeggen dat hij al die jaren zijn stoel en pantoffels voor hem heeft warm gehouden.'

Von Trettlow hoorde Elisabeth naast zich grinniken. Hij besloot dat hij zich beter wat geshockeerd dan geamuseerd voor kon doen.

'Meent u dat? U spreekt alsof die voorspelde invasie een succes gaat worden.'

'Ach welnee, monsieur Koeningstein. De Duitsers gooien de geallieerden terug in zee en dan zijn we voor een hele tijd van die dreiging af.' Hij dronk zijn glas leeg en vulde het onmiddellijk en zonder te vragen bij uit de fles. ‘En dan kunnen de echte fascisten eens vaart maken met de nationale revolutie die Pétain ons in ’40 beloofde.’

‘U bedoelt dat men in Vichy al die tijd te slap is geweest?’

‘Natuurlijk! Hoeveel Joden lopen er nog vrij rond in Frankrijk? Hoeveel homoseksuelen en andere perverselingen kunnen nog theaterstukken opvoeren en films maken? Zoals die Jean Cocteau, wiens toneelstuk vorig jaar avond aan avond vol zat. We hebben gekozen voor Duitsland maar wel halfslachtig. De collaboratie moet overtuigend zijn en volledig. En eerst en vooral moet de bezem er eens goed door worden gehaald.’

Von Trettlow hoopte maar dat de ergernis die hij bij Elisabeth voelde niet op haar gezicht leesbaar zou zijn. Hij haalde diep adem en stelde een volgende vraag: ‘Zijn de Duitsers zelf volgens u ook te slap in hun optreden?’

Ducosse wierp een teleurgestelde blik op de fles en op zijn glas, die beide even leeg waren. Hij leek de vraag eerst niet te hebben gehoord, antwoordde er toen toch op.

‘De Wehrmacht is niet streng genoeg als het op Joden, vrijmetselaars en andere ongezonde elementen aankomt, maar we hebben ook de ss. Ik ben ervan overtuigd dat die na het verijdelen van de landingspoging een grotere rol zal krijgen.’

Von Trettlow liet de woorden bezinken. Ducosse keek om zich heen en leek een nieuw slachtoffer te hebben gevonden in de persoon van een dikkere man die juist was binnengekomen. Hij nam afscheid en verwijderde zich snel van hen in een opvallend rechte lijn.

‘Die kan nogal wat drank verdragen,’ merkte Elisabeth op, ‘maar ondertussen is onze fles wel leeg.’

Von Trettlow klopte op zijn binnenzak. ‘Maakt u zich geen zorgen. Ik bestel direct een tweede.’

Ze keek naar de ingang, waar Ducosse zich inmiddels had ontfermd over de nieuwkomer. 'Dat fanatisme doet me de rillingen over mijn rug lopen.'

'Bij mij ook, maar ik denk dat mannen als hij zichzelf niet alleen moed indrinken maar ook inpraten. Ze dromen van macht en invloed, en vooral van wraak.'

Ze gaf hem een bevreemde blik. 'Merkwaardig om uitgerekend u dat te horen zeggen.'

Hij lachte en pakte de een-na-laatste oester. 'Ik ben op sommige punten net zo gesloten als deze weekdieren, maar dat wil niet zeggen dat ik voor u mijn schelp nooit open.'

~

Ze hadden hun hoofdgerecht al op en zich tweemaal op de kleine dansvloer gewaagd, toen eindelijk de man binnenkwam op wie Von Trettlow had zitten wachten. Onwillig liet hij de rug van Elisabeth los. Onder haar jurk voelde hij een goed figuur, zonder een gram overtollig vet maar ook zonder doorstekende ribben. Het ontbreken van een arm gaf hem de vrijheid te leiden met de overgebleven andere en dus schaamteloos zijn hand te plaatsen waar hij maar wilde.

'Die man moet ik spreken', fluisterde hij in haar oor.

Hij begeleidde haar terug naar hun tafeltje en verdeelde ondertussen zijn aandacht over Elisabeth en de nieuwkomer, een lange, slanke man, met dik, donkerbruin haar dat zich blijkbaar moeilijk in een kapsel liet plooien. Hij vroeg iets aan een ober, die in de richting van Von Trettlow wees. De majoor moest zich inhouden om niet te knikken. Officieel kende hij Oliver Brivac enkel van een foto in een dossier in het hotel Majestic.

Hij liep naar hen toe en stelde zich eerst voor aan Elisabeth. Voor haar maakte hij een hoofdknik, Von Trettlow gaf hij een stevige handdruk. De glimlach die hij daarbij produceerde leek vermoeid, alsof die elk moment van zijn gezicht kon druipen.

'Ik excuseer me dat ik zo laat ben, maar er waren veel controles in de stad en de metrolijn die ik moest nemen was gesloten.'

'Het is niet erg', antwoordde de majoor. 'Wij hebben ons in de tussentijd goed vermaakt. Wat kan ik u inschenken?'

Hij wees op de tweede fles Veuve Clicquot, die ook al bijna leeg was.

'Een glas champagne zou er zeker wel in gaan.'

'Dan bestel ik meteen een nieuwe fles, de laatste van vanavond.'

'En wat komt u allemaal voor interessants vertellen? Want mijn man heeft me in het ongewisse gelaten over de gasten.'

Von Trettlow schrok toen hij de overslaande tong in Elisabeths uitspraak hoorde. Die derde fles was duidelijk niet zo'n best idee, maar misschien kon hij haar op een andere manier tot voorzichtigheid manen. Hij legde zijn hand even op haar linkerknie en kneep erin.

'Ik heb gevonden wat meneer Koeningstein zocht', antwoordde Brivac. 'En dat binnen een week.'

Het klonk of hij naar een compliment hengelde. Von Trettlow liet een goedkeurend gebrom horen, met de bedoeling hem aan te moedigen.

'Een appartement op de derde verdieping, Boulevard Voltaire 242 in Neuilly-sur-Seine. Vijfenzeventig vierkante meter, drie ruimtes.'

'Welk bouwjaar?' vroeg Von Trettlow.

'1910. En in een acceptabele staat.'

Hij wist dat het ongepast was nu naar de prijs te vragen. Die was bovendien van ondergeschikt belang. Brivac deed zaken met ondernemers die geld te veel hadden, bedragen die waren verdiend dankzij de Duitsers en die dringend een besteding zochten in goud, diamanten of vastgoed, vóór het verloop van de oorlog de valuta waardeloos zou maken. Maar om renderend te kunnen zijn moest de juridische omweg van de oorspronkelijke eigenaar naar de nieuwe geloofwaardig zijn.

'Vertelt u me eens wat er is gebeurd sinds het op de markt kwam.'

Brivac schraapte zijn keel, alsof de woorden die hij had voorbereid aan kracht zouden inboeten als hij ze aarzelend ten gehore bracht. Tegelijk bleef hij kaarsrecht op zijn stoel zitten. Het glas had hij nog niet aangeraakt.

'Negen maanden geleden is de bewoner onteigend en het appartement in handen gekomen van de Franse staat. Die heeft het doorverkocht aan een vennootschap die eigendom is van de bevoegde minister. De minister heeft het eerst op maandbasis verhuurd aan een privéfirma en die vervolgens in de gelegenheid gesteld het aan te kopen. De firma heeft dat gedaan en het ten slotte weer aan mij doorverkocht.'

Von Trettlow knikte. In nog geen jaar tijd was de woning viermaal in andere handen overgegaan. Iedere partij had aan de transactie verdiend, inclusief de notaris die telkens de akte had opgemaakt. Opvallend, hoe snel de koop steeds kon worden bekrachtigd, alsof iedereen alleen maar winst wilde maken en geen enkele belangstelling had voor het object zelf.

Of voor de eigenlijke bewoners, dacht hij erbij. Wist Brivac wie dat waren? Hij vroeg het hem.

'Een Joodse arts en zijn gezin, heb ik begrepen. Zijn naam ken ik niet, want die is zorgvuldig buiten de papieren gehouden, zoals u zult begrijpen.'

'Maar niet buiten de opsomming van eigenaren, neem ik aan.'

Brivac haalde de schouders op. 'Monsieur Koeningstein, u weet net zo goed als ik dat de Franse staat de afgelopen jaren een stevige wettelijke bodem heeft gelegd voor zo'n carrousel van aankopen en verkopen. Daarover hoeven we ons geen zorgen te maken.'

Hij glimlachte. Onder zijn neusgaten en naast zijn mondhoeken waren korte stoppels zichtbaar. Blijkbaar kon ook een vastgoedhandelaar die woekerwinsten maakte geen scherpe scheermesjes meer vinden tegenwoordig. Von Trettlow glimlachte terug.

'Ik kom morgenmiddag bij u langs om samen het appartement te bekijken, maar weet dat ik erg veel belangstelling heb.'

De glimlach veranderde in een brede lach. Brivac pakte het glas van tafel en hief het, eerst naar Elisabeth, toen naar de majoor.

'Ik weet zeker dat u er erg door gecharmeerd zult zijn.'

~

Ze wandelden over een stikdonkere avenue terug naar de wagen. Overal in de huizen rondom was de verlichting uit, wegens de opgelegde verduistering maar ook omdat er voortdurend onderbrekingen in de stroomvoorziening waren. Een restaurant als Laresse had zijn eigen dieselgenerator in de tuin staan. Met zulke prijzen mocht het ook wel dat je nooit zonder licht zat.

Elisabeth wankelde een beetje en drukte zich tegen hem aan, deels omdat ze te veel gedronken had, deels omdat het kouder was geworden, en nat. Motregen miezerde uit de hemel, waarin geen enkele ster te zien was.

Fischer knipperde met de koplampen van de Citroën toen hij hen de hoek om zag komen. Hij stapte uit en hield een van de achterportieren voor hen open.

'Sorry dat je zo lang hebt moeten wachten', zei Von Trettlow.

'Geen enkel probleem, majoor. Ik heb bij het licht van een zaklamp wat kunnen zitten lezen.'

'Geen last gehad van patrouilles?'

'Twee zelfs, maar ze zijn alle twee de keren weer doorgelopen nadat ze mijn papieren hadden gezien.'

De weg terug naar de Rue de Vaugirard was lang en nam veel tijd in beslag, omdat Fischer, ondanks het totale gebrek aan verkeer, niet snel kon rijden wegens het totale gebrek aan straatverlichting. Het was of ze op het platteland over paden reden, dacht Von Trettlow, en elk moment een overstekend hert konden aanrijden.

'Ik heb me erg geamuseerd', zei Elisabeth. 'De majoor heeft met me gedanst op de tonen van Amerikaanse muziek.'

'Ik wist niet dat de majoor kon dansen, madame', klonk het vanaf de bestuurdersstoel.

'Zelfs met één arm kan ik leiden, Feldwebel.'

'En de eigenaar van Laresse is best sympathiek. Hij had de majoor al snel door.'

'O ja, madame?' vroeg Fischer, met zijn ogen in de achteruitkijkspiegel. 'Hoe heeft hij zich dan verraden?'

'Ze spraken over de kaart en de majoor vroeg: "*Est-ce que vous servez aussi à des moules parquées?*"' Ze liet een lachje horen. 'En Laresse antwoordde: "*Monsieur, ici on sert tout le monde.*"'

Fischer schaterde het uit, tot verbazing van Von Trettlow. In het Duits richtte hij het woord tot hem: 'Ik hoor het direct, majoor. U vroeg hem: "Bedient u ook rijmosselen?" En de man antwoordde heel gevat: "Meneer, hier bedienen we iedereen." Het "*à*" was er te veel aan.'

Elisabeth viel in en de Feldwebel bleef bulderen. Het was een ontladend lachen, een mengsel van opluchting en vrolijkheid dat door een onnozelheid werd opgeroepen.

'Excuseer, majoor', zei hij ten slotte nahikkend. 'Ik vergeet onze rangen. Maar het is niet erg dat René Laresse voelde dat u geen Elzasser bent. Hij speelt dubbel spel. In zijn restaurant komen zowel collaborateurs als verzetslieden en hij kent iedereen.'

En jij weet ook meer dan je voorgeeft, stelde Von Trettlow vast.

Ze bereikten zonder oponthoud het appartementsgebouw in de Rue de Vaugirard. Fischer stapte uit, hield het achterportier weer open maar ditmaal aan de kant van Elisabeth. Ze bedankte hem hartelijk voor de twee ritten en volgde daarna de majoor het gebouw in.

Op de trap naar de tweede verdieping flitste de verlichting aan en uit. Von Trettlow bleef halverwege op een trede staan en keek naar beneden. Elisabeth had de shawl afgedaan. Het licht flitste over haar schouders en haren. Ze leek in niets meer op de tuttige vrouw die hem met toegeknepen lippen had verwelkomd de eerste maal dat hij hier kwam.

'Dank u voor uw begeleiding', fluisterde hij.

Ze deed een stap naar boven en raakte met haar hoofd bijna zijn kin.

'Waarom noem je me niet gewoon Elisabeth?'

'In het begin heb ik ook weleens voorgesteld mij Max te noemen, maar dat wilde je niet.'

'Toen leek je een andere man.'

'Ik had ook toen slechts één arm.'

'Je weet best wat ik bedoel. Toen leek je een doorsnee Duitser, een bezetter, een vijand. Ik denk dat ik me heb vergist. Je blijft een bezetter en een Duitser, maar er is iets aan je dat je niet meer tot vijand maakt.'

'Heb jij het idee dat ik veranderd ben?'

'Ja', fluisterde ze.

De bedenktijd was voorbij, besefte hij. Wat Elisabeth voelde was de vastbeslotenheid in hem. Hij ging de volgende stap zetten. Ook al zou het veel gevaarlijker zijn dan wat hij tot nog toe had gedaan, ook al zou het hem de kop kunnen kosten, hij was ertoe bereid. Dat antwoord zou hij de generaal morgen geven.

‘We hebben niets meer te drinken maar we hoeven nog niet te gaan slapen.’

Haar mond was inmiddels zo dicht bij de zijne, dat hij haar adem tegen zijn lippen kon voelen. De lippen waren niet meer zo rood als aan het begin van de avond, maar nog even verleidelijk.

Hij legde zijn hand om haar schouder. Met een lichte inspanning zou hij haar naar zich kunnen toetrekken en kussen. De geur van haar lichaam kon hij al ruiken.

Waarom zei hij ja op de uitnodiging van de generaal? Omdat hij trouw was aan een aantal beginselen, beginselen waar het regime steeds verder van afweek. Zoals Bargatzky geloofde in het recht en Von Stülpnagel in de Pruisische traditie, zo geloofde hij in de menselijke waardigheid. Trouw blijven had zijn prijs, ook in andere opzichten. Het beeld van Marie-Louise kwam bij hem boven. Hoe zij erop vertrouwde dat hij in Parijs niet zou toegeven aan verleidingen. Trouw was onverdeeld; een officier die geen man uit één stuk was, viel in stukken uiteen.

De lichaamsgeur van Elisabeth was opwindend, de geur van een vrouw die al heel lang niet had toegegeven aan de verleiding van een mannenlichaam. Wie zou erachter komen? En toch…

Hij liet haar schouder los, tastte in zijn jaszak en haalde de sleutel van het appartement tevoorschijn.

14

De vrachtauto van een verhuisfirma kwam inboedels afleveren, maar tegelijk daarmee reed ook een overvalwagen van de politie de poort binnen. Elise stond te midden van enkele andere tewerkgestelden op de binnenplaats te wachten tot de dozen en kisten moesten worden afgeladen. Op een tiental meters afstand stonden drie vrouwen kaarsrecht naast elkaar. Ze staarden naar de stenen of star voor zich uit. Rebecca was de middelste. Ze was even mager en bleek als de vrouwen naast haar. Haar haren waren slecht gekamd en doorschoten met grijze tinten. Een jaar geleden was daar nog niets van te zien geweest, constateerde Elise.

We overleven in kamp Bassano maar ondertussen verouderen we versneld, dacht Elise. Als we hier maar lang genoeg blijven, krijgt de dood ons alsnog te pakken.

Ze probeerde oogcontact te maken met Rebecca, maar de vrouw vermeed het. Misschien had ze het slechte nieuws, dat de avond tevoren was gebracht, zelf nog niet verwerkt. En toch had Elise de indruk dat ze het had zien aankomen. De voorbije week was ze stiller geweest dan anders, in zichzelf teruggetrokken. Er was iets voorgevallen en Elise vermoedde dat het iets tussen haar en Ducasse was. Had de opzichter haar zwanger gemaakt? Een zwangerschap betekende automatisch het einde van de geprivilegieerde positie in kamp Bassano te mogen werken. Het betekende een enkele reis Polen, via Drancy.

Een van de agenten stapte naar voren toen kolonel Von Behr naar buiten kwam. Hij salueerde onderdanig voor de Duitser. Ze bespraken iets met elkaar en wezen naar de drie vrouwen. De agent gaf een teken aan een collega bij de overvalwagen. De achterdeuren gingen open maar er kwamen geen vervangsters voor de drie tevoorschijn, zoals Elise had verwacht.

Een handgebaar van de kolonel. De agenten kwamen in beweging en voerden de vrouwen weg. Terwijl ze met stramme passen naar de wagen liepen, bleven ze apathisch voor zich uit staren. Ze deden geen poging weg te rennen. Waarheen ook? De poort was dicht, de wacht ervoor gewapend met een karabijn. Ze konden enkel terug naar binnen hollen, een andere gevangenis in. Von Behr draaide zich om en liep naar de hal. De gevolgen van zijn handgebaar wilde hij blijkbaar niet onder ogen zien.

Ducasse kwam naar buiten, blies keihard op een politiefluitje en riep hun toe weer aan het werk te gaan. Moest hij een gevoel van spijt overfluiten en overschreeuwen of was het uit gewoonte? Hij keurde de achteruitrijdende overvalwagen geen blik waardig. Elise slikte met moeite iets weg, pakte met twee handen een verhuisdoos vast en tilde deze op.

Moeizaam manoeuvreerde ze door de gangen. De vrouw achter haar droeg eenzelfde doos.

'Dat hadden wij kunnen zijn in die overvalwagen', zei ze, toen er niemand anders in de buurt was.

'Onze beurt komt nog', mompelde Elise terug.

Ze liep nog drie keer naar de binnenplaats, elke maal eerder en harder hijgend. De poort naar de straat stond half open. Twee militairen die er de wacht hielden, waren druk met elkaar in gesprek. Ook de chauffeur van de verhuiswagen en zijn bijrijder waren aan het smoezen. Ze staken geen hand uit om de vrouwen te helpen.

'Er is iets aan de hand', zei de vrouw die weer achter haar liep.

'Ik zou niet weten wat', antwoordde Elise.

En dat was ook zo. Hoelang had ze al geen krant gelezen, geen radionieuws gehoord? De laatste nieuwkomer in kamp Bassano wist te vertellen dat de geallieerden in Italië waren vastgelopen bij Monte Cassino en de Russen in de Oekraïne. Ze had het beeld gekregen van bevroren fronten en een patstelling, en ondertussen bleef in Frankrijk alles bij het oude.

De doos kwam met een plof op de tegels van de vloer terecht. Hopelijk zat er geen glaswerk in. Ze ademde oppervlakkig in en uit en voelde duizeligheid opkomen. Ze zou willen overgeven maar bedwong zich uit alle macht. Altijd maar sjouwen, sjouwen, sjouwen. Rebecca Goldschmeding was een van de weinige lichtpuntjes in dit eentonige bestaan geweest. Ze was veel sterker dan ik, bedacht Elise met spijt; niet zo'n verwend nest, niet zo zwak en klagerig. Een eeuwige optimist, hoewel ze het veel moeilijker had met die vreselijke vent achter zich aan.

Ze stelde zich Rebecca voor, achter in de overvalwagen, en stelde vast dat ze het nu al moeilijk vond zich haar gelaatstrekken helder voor de geest te halen. Rebecca had ogenschijnlijk nooit last van depressieve buien. Ze had altijd een opbeurend woord gehad voor iedereen, glimlachte makkelijk en leek onvermoeibaar, ondanks haar magerte en bleekheid. Wat wist ze eigenlijk van haar? Dat ze uit een Parijse volkswijk afkomstig was, dat haar ouders in de textielhandel werkzaam waren geweest en dat zij, na de dood van haar moeder, de zorg voor haar drie jongere broers op zich had moeten nemen. Misschien kwam daar haar onvermoeibaarheid vandaan.

Hoe vaak heeft ze mij niet geholpen, dacht Elise. Ik heb de neiging het bijltje erbij neer te gooien, in een hoekje te gaan zitten janken, en met haar woorden slaagde ze er altijd in mij een spreekwoordelijke schop onder mijn gat te geven. Zonder haar had ik het hier geen jaar volgehouden. Zonder haar houd ik het niet nóg eens een jaar vol.

'Hé, er zijn nog meer dozen om te lossen, tijdrekster!'

Met een ruk kwam ze overeind, maar degene die had gesproken was alweer verdwenen. Dozen met verzilverd bestek, handbeschilderd porselein, schilderijtjes, tekeningen, postzegelverzamelingen en bronzen beeldjes: ze had er al zoveel van door haar handen laten gaan, dat het leek of ze de inboedel van hele arrondissementen had beoordeeld. Het kon niet lang meer duren of de laatste Joodse woning werd ontruimd en de laatste verhuiswagen reed leeg weg van de Rue de Bassano. En wat dan? Dan zou ze Rebecca achternagaan.

Terwijl ze met lege handen naar de binnenplaats liep, voelde ze de oude paniek bovenkomen, de drang te ontkomen. Ze moest hulp vragen van buitenaf. Iemand moest haar hier weghalen. Het kon toch niet dat zij, echtgenote van een markies, dochter van een beurshandelaar, even weinig overlevingskansen had als de dochter van een textielkoopman? In deze wereld, die ze had leren kennen als een waarin alles draaide om geld en status, moest afkomst toch een helpende rol kunnen spelen?

Hulp vragen, maar hoe? Ze zou een briefje moeten schrijven en dat aan een bezoeker geven, ongezien natuurlijk. Wie moest ze daarvoor selecteren? Een van de verhuizers? Een politieagent? Al de anderen die ze hier had zien binnenlopen waren nazi's geweest.

Op de binnenplaats sloot ze haar ogen en concentreerde zich op haar ademhaling. De paniek zakte even weg, lang genoeg om haar alvast een idee te geven hoe ze het briefje zou kunnen schrijven.

~

De matras naast de hare bleef onbeslapen. Elders op de zolderverdieping waren er zo nog twee. Het voelde vreemd leeg en stil in de grote kamer. Pas als de matrassen werden ingenomen door nieuwkomers zou de onrust afnemen, wist Elise, maar juist dat was zeer de vraag. Een van de meisjes had iets opgevangen over een invasie aan de kust. Dat was het onderwerp van al dat gepraat op de binnenplaats geweest: een nieuwe fase in de oorlog.

Maar wat als de SS daardoor de operatie in kamp Bassano versneld zou afbouwen? Wat als de gevangenen zouden worden afgevoerd naar Drancy vóór de geallieerden Parijs kwamen bevrijden? Iedereen was moe maar niemand sliep. Kelen lieten zuchten ontsnappen, benen trappelden, darmen borrelden.

Elise wachtte geduldig. Ze wist dat de slaap toch zou komen, afgedwongen door de vermoeidheid. Het duurde niet lang of links en rechts van haar weerklonk het vertrouwde gesnurk en geronk. Zelf was ze steevast de laatste die haar ogen sloot. Ze kende de geluiden van al haar medegevangenen.

Haar hand ging door het gat in de matras dat ze zelf had gemaakt en wroette naar de brieven die ze daar bewaarde. Ze had er nadien ook een scherp potlood bij gelegd. De maan scheen door het dakraam, net als de vorige nacht. Ze nam het laatste vel van de brieven, dat grotendeels onbeschreven was, en schreef er in hoofdletters de boodschap op die ze in haar hoofd al had geformuleerd.

Mijn naam is Elise Calmann. Ik ben de echtgenote van markies Armand Rohan-Polduc. Wij wonen in de Avenue de Versailles nummer 11. Haal mij hier weg. Ik heb belangrijke informatie over het transport van gestolen geld en goederen. Drie U-boten liggen klaar in Saint-Nazaire.

Het was maar een zinsnede die ze had opgevangen. Misschien lagen er helemaal geen onderzeeërs meer in de haven, maar het leek haar een goed lokmiddel. Haar naam moest erbij omdat die van een vooraanstaande familie was. Wie ging er een anonieme Joodse vrouw uit deze gevangenis weghalen? Alleen als er geld tegenover stond, zou de ontvanger van dit briefje moeite voor haar doen.

En wat als die persoon er direct mee naar Von Behr liep?

Dat risico moest ze maar nemen. Ze kon bang afwachten tot ze zelf plaats ging nemen in een overvalwagen of een noodgreep wagen.

Zorgvuldig borg ze brief en potlood weer weg, draaide zich om en staarde naar het plafond. Het was of ze met haar lijf het papier bewaakte, haar handgeschreven reddingslijn met de buitenwereld. Het idee kalmeerde haar, genoeg om in de slaap te komen die ze zo nodig had.

~

Ze werd wakker door braakgeluiden. Bij het licht van de maan die door het dakvenster viel, zag ze een vrouw gebogen staan kotsen in een hoek van de zolder. Elise kwam overeind van haar matras en liep naar de vrouw toe. Het was Judith Lipschitz, een juwelenontwerpster die enkele maanden terug was binnengebracht. Druppels vielen uit haar neus en mond. Ze hijgde en verspreidde een zurige lucht.

'Kom mee', fluisterde Elise.

Ze pakte de jonge vrouw bij de magere schouders en duwde haar met zachte dwang voor zich uit in de richting van het half openstaande dakvenster.

'Adem de koele nachtlucht in. Je zult je beter voelen.'

Druppels vielen op de vensterrand, maar Judith had ook de voorkant van haar nachtpon bevuild. Elise keek om zich heen. Misschien was ook de matras bevlekt geraakt, en er was geen mogelijkheid die nu schoon te maken. De stank zou er helemaal in trekken.

'Water...' mompelde de vrouw.

Elise liet haar los, pakte haar weer vast toen ze de ander zag wankelen en trok haar handen pas definitief terug toen ze merkte dat

Judith zelfstandig kon blijven staan. Daarna sloop ze tussen de slapende vrouwen naar een andere hoek van de zaal, waar een karaf stond. Het water stond er al een dag, voelde lauw aan en er dreef een dode vlieg in, maar het was beter dan niets.

Tijdens het drinken vielen er opnieuw druppels op de vensterrand, maar nu was het niet langer maagzuur maar water. Elise liep naar haar eigen matras en kwam terug met een stuk textiel dat ze zelf had gebruikt als zakdoek.

'Snuit je neus. Het zal beter aanvoelen', zei ze.

Het maakte lawaai maar niemand werd wakker. Als om de stilte tijd te gunnen weer neer te dalen, bleven ze zwijgend en roerloos aan het raam staan. In de verte klonk het geronk van vliegtuigen.

'Dank u wel', zei Judith. Ze sprak op fluistertoon maar haar stem suggereerde dat het weer ging.

Elise knikte.

'U komt altijd zo afstandelijk over, zo hautain, en nu...'

En nu, maakte Elise in gedachten de zin af, lijkt u zo menselijk. Ze vroeg zich af of dit het effect was van Rebecca's verdwijnen. Ze had niemand meer op wie ze kon steunen en als ze toch zichzelf moest leren overeind houden, kon ze net zo goed tegelijk een ander helpen.

Judith hoestte en verontschuldigde zich. Haar hand bewoog naar haar mond, in een poging een nieuwe hoestbui te dempen. Daarbij stootte ze de karaf om, die op de vloer te pletter sloeg.

'Oh!' riep ze uit. 'Wat stom van me.'

Er klonk gesis vanaf de vloer. Elise verstijfde. Ze hield haar adem in, in de hoop zo het lawaai te kunnen bezweren, maar Judith hoestte weer en ook buiten leek het geronk van de vliegtuigen aan te zwellen.

De deur ging van het slot, werd geopend en een zaklantaarn scheen naar binnen. Iedereen leek tegelijk wakker te worden.

'Geen nachtelijk geklets, dat weten jullie.'

Elise kon niet zien wie de zaklamp vasthield maar herkende de stem. Die behoorde toe aan een Fransman die voor de Dienststelle Westen werkte. Waarom was hij hier nog midden in de nacht? Waarom was hij wakker en aangekleed?

De man liep de zaal in. De schakelaar naast de deur werd omgedraaid. Handen bedekten ogen om die te beschermen tegen het plotse felle licht. Achter de man stond een tweede.

'Wat staan jullie daar te doen bij dat raam?'

Elise wilde antwoorden maar Judith was haar voor: 'Ik werd misselijk en moest overgeven, monsieur. Elise heeft me geholpen overeind te blijven en me water gegeven en een zak...'

'Zwijg!'

Hij liep over de liggende vrouwen heen naar het dakvenster en bleef voor hen staan. Elise zag hoe zijn ogen onbeschaamd over het gezicht en het lichaam van Judith dwaalden, maar ook hoe zijn neusvleugels heen en weer bewogen. Lust en weerzin die om de overhand streden.

'Jean,' riep hij, zonder zijn hoofd om te draaien, 'misschien moeten we al die wijven eens de binnenplaats op sturen en ze daar een half uur laten staan. Dan leren ze het wel af.'

'En dan?' klonk het uit de deuropening. 'Wat gaan wij dan doen?'

'De boel hier eens grondig doorzoeken', antwoordde de man met de zaklamp. 'Misschien hebben die magere scharminkels hier allerlei voedsel of drank verstopt en is ze daar zo misselijk van geworden.'

Elise voelde zich verstijven. De mannen zouden het gat in haar matras zien en er met hun handen in gaan, de brieven vinden en vooral het briefje dat ze zelf geschreven had.

'Jean', riep hij weer. 'Ik denk dat we moeten beginnen met fouilleren en al dat beddengoed eens ondersteboven keren.'

Hij had het laatste woord nog niet uitgesproken of buiten weerklonk een sirene.

'Verdomme nog an toe, net nu luchtalarm!'

Zijn blik bleef op Judith gevestigd, alsof hij overwoog het alarm te negeren, maar zijn maat drong erop aan de zaal te verlaten en begon de vrouwen te bevelen op te staan en naar beneden te gaan.

Elise pakte Judith bij de schouders en duwde haar voor zich uit, in de richting van de deur.

'Wacht, jullie twee', zei de man achter hen, maar op dat moment verscheen de gestalte van Von Behr in de deuropening. Hij wenkte.

'Allemaal naar beneden, vlug! De bommen vallen al in het westen. Emile, jij en Jean moeten mij helpen spullen uit mijn kabinet naar de schuilkelder te brengen.'

Elise schuifelde de gang op, nog altijd met een onwillige Judith voor zich uit. Het hout voelde onplezierig ruw onder haar blote voeten, het marmer van de stenen treden onaangenaam koel. Terwijl ze de trap afdaalde, vroeg ze zich af waarom de kolonel nog in het pand was en waar hij mee bezig was geweest toen de sirene hem daarin onderbrak. En zouden de Franse mannen wel volgen en niet toch de matrassen omdraaien en onderzoeken?

Terwijl ze de wenteltrap afdaalden, kon ze een blik werpen in de nachtjapon van Judith onder haar. Ze zag de aanzet tot haar borsten, bleek en mager maar nog vol genoeg om een man op gedachten te brengen, en ze troostte zich met de gedachte dat het de kerels niet om het beddengoed zelf was gegaan, hooguit om wat ze daarop konden uitvoeren.

15

Von Trettlow herinnerde zich de krantenkoppen van een jaar geleden. De geallieerden zouden van Sicilië af worden gegooid, zodra ze er voet aan land zetten. Dezelfde frases werden gehanteerd in de berichtgeving over de invasie van Frankrijk. Merkwaardig hoe die Britten en Amerikanen toch steeds moedwillig hun ondergang tegemoetliepen over die brede stranden, waar Duitse mijnen in het zand verborgen lagen en Duitse machinegeweren hen met een kogelregen verwelkomden. Onze kant is altijd overweldigend in het voordeel en de andere gooit steevast zijn laatste reserves in de strijd, dacht hij bitter. En zo trekken wij ons triomfantelijk terug voor een vijand die in de grootste wanorde oprukt.

Hij had de neiging de krant te verkreukelen of op de grond van het metrostel te smijten, maar met één arm kon hij maar één ding tegelijk doen: hem vasthouden of weggooien. Hij wachtte tot zijn woede gezakt was en keek ondertussen om zich heen. Waren er Fransen die zich om hem verkneukelden? Hoe kwam het nieuws van de invasie in Normandië bij hen aan?

Vervelend, besefte hij, dat je enkel het tegendeel kunt lezen in de propaganda van je eigen regering zodra je die eenmaal doorzien hebt. Wat een bevrijding had moeten zijn, voelde aan als een teleurstelling, als verlatenheid. Hij was iets kwijtgeraakt – zijn geloof in de eindoverwinning, hoe uitgehold dat ook al was – en hij had er niets voor in de plaats gekregen. Het gesprek met Von Stülpnagel had hem doen inzien dat Hitler geen moer gaf om de

Duitsers. Ze waren figuranten in het toneelstuk van de ondergang, waarvan de Führer zowel de regisseur als de hoofdrolspeler was.

De metro bereikte station Kléber. Op het affichebord hing een verbleekte poster van maarschalk Pétain die voor een fabriek een man de hand schudde, met daarbij de tekst *Je tiens les promesses, même celle des autres.* Terwijl hij naar de bovengrondse uitgang liep, vroeg hij zich af hoeveel Franse collaborateurs momenteel hun keuze vervloekten en naar een manier zochten om zich alsnog bij het verzet aan te sluiten. Hoe groot zou dat verzet inmiddels zijn? Op de trappen voor en achter hem liepen enkele mannen van middelbare leeftijd. Ineens herinnerde hij zich de waarschuwing van de Feldwebel om niet met de metro te reizen. Haastig liep hij de Fransen voorbij.

Op de avenue zag hij de Citroën al van verre geparkeerd staan, en ook Fischer die ernaast een sigaret stond te roken. Ze staken een hand naar elkaar op.

'Liggen de papieren al op de achterbank?' vroeg hij licht hijgend.

'Zoals u hebt bevolen, Herr Major', antwoordde de Feldwebel.

Hij hield het achterportier open en sloeg het achter Von Trettlow weer dicht. De half opgerookte sigaret trapte hij uit op het trottoir voor hij zelf instapte.

'Je weet toch dat het gewaagd is wat we nu gaan doen?' vroeg Von Trettlow via de achteruitkijkspiegel.

Hij zag alleen zijn ogen toen Fischer antwoordde: 'Wij staan in ons recht, majoor, zij niet. En dat weten zij ook. Als u zich dat maar steeds bedenkt, lukt het ons wel.'

De Citroën startte en reed voorbij het Majestic. Daarna kwamen ze langs één militaire controlepost en door enkele straten, waaronder de Rue Galilée en de Place des Etats-Unis.

'Wilt u dat ik een omweg maak via de Avenue d'Iéna, majoor?'

'Welnee, neem maar de kortst mogelijke weg.'

Pas toen ze de Place des États-Unis op reden, besefte Von Trettlow waarom de Feldwebel zijn vraag had gesteld. De rij zwarte Citroëns die over de volle lengte voor de nummers 2 en 3 geparkeerd stond, liet er geen twijfel over bestaan wie ze gebruikte. Er hoefde geen hakenkruisvlag uit de ramen te hangen om duidelijk te maken dat de Gestapo hier haar ondervragingen doorvoerde.

'Ik was het vergeten', zei hij vanaf de achterbank.

De Feldwebel remde af voor een vrachtwagen die midden op de straat stond, met geopende laaddeuren. Twee mannen begonnen met veel moeite een grote kast uit te laden en liepen er zwaaiend en zwalkend mee naar nummer 11, een langgerekt neoklassiek pand van drie verdiepingen hoog, voorzien van een kleine dienstingang en een enorme houten toegangspoort.

De mannen bewogen zich naar de toegangspoort, die langzaam openging. Een elegant geklede vrouw van middelbare leeftijd kwam tevoorschijn. Haar dure jurk contrasteerde sterk met de versleten overalls van de sjouwers. Ze moedigde hen luidop aan het vol te houden, want een van de twee dreigde al door zijn knieën te gaan. Het hielp net genoeg om de mannen met kast en al de poort te laten passeren. Of ze het meubelstuk daarna alsnog op de stenen lieten donderen, kon Von Trettlow niet meer zien. De vrouw draaide zich om en sloot de deur.

'Dat is *vicomtesse* Marie-Laure de Noailles', zei Fischer.

De majoor draaide zijn hoofd met een ruk van het pand naar zijn chauffeur. 'Sinds wanneer ken jij leden van de Franse adel?'

'Uw collega Gauss is er met mij op inspectie geweest. Er zijn pogingen geweest om beslag te leggen op het pand, maar die zijn op niets uitgelopen. De gravin heeft machtige beschermheren.'

'O ja? Zeker binnen de regering-Vichy. Is haar man Duitsgezind?'

'Dat is het vreemde, majoor: ze is deels Joods en ze trekt vooral op met kunstenaars die in het *Reich* als decadent worden beschouwd.'

Von Trettlow vroeg zich af hoe er in het bezette Parijs zulke eilandjes van vrijheid konden blijven bestaan. Hij betreurde het niet beter op de hoogte te zijn van de Franse kunst en cultuur. Als architect werd hij te veel opgeslokt door de schoonheid van gebouwen. Er bleef te weinig aandacht over voor schilderijen, sculpturen en boeken.

'Het staat vol met kunstwerken en meubels, hoewel sommige ruimtes merkwaardig leeg zijn ingericht', vervolgde de Feldwebel. 'Het schijnt dat er begin jaren dertig een Spaanse film is opgenomen waarin de katholieke leer belachelijk werd gemaakt en waar de kerk woedend over was.'

'Wat jij al niet weet', merkte de majoor op.

'Er werden gemaskerde bals gehouden', ging de chauffeur onverstoorbaar verder. 'Op een ervan werd iedereen geacht verkleed als boek te komen. Dezelfde architect die het interieur ontwierp maakte de kostuums, van oude boeken en van oude papyrus.'

'Wat je je al niet kunt veroorloven als je geld te veel hebt', zuchtte Von Trettlow.

De twee mannen kwamen weer tevoorschijn. Een van hen liep licht mank. De ander maakte een verontschuldigend gebaar naar Fischer. Ze sloten de laaddeuren, stapten in en reden weg.

'En nu doorrijden, voor er een Gestapo-agent uit dat andere gebouw tevoorschijn komt', beval de majoor.

~

De Rue de Bassano oogde verlaten. Geen enkele auto die langs de stoepranden geparkeerd stond. Nummer 2, het hoekpand, leek eerder een gesloten vesting dan een residentiële woning. Boven waren de gordijnen dichtgetrokken, beneden de luiken gesloten. Fischer parkeerde niet ver van de toegangspoort.

Von Trettlow stapte uit. Terwijl hij het ongenaakbare pand bekeek, dacht hij aan al de keren dat hij ss'ers had ontmoet. Hij had ze leren kennen als brallerig, arrogant, zich ver verheven voelend boven de doorsnee militair, maar ook als mannen die op het slagveld met doodsverachting een vijandelijke positie konden aanvallen. Tegelijk was niet iedere ss'er een zelfverklaarde krijger. Er waren er ook die een rang in de *Schutzstaffel* hadden gekregen als decoratie. Reichsführer Himmler strooide soms met titels en eretekens, vooral om diplomaten en industriëlen voor zich te winnen, ook als ze niets weg hadden van de masculiene, krijgshaftige übermensch. Zelf voldeed hij allerminst aan de strenge fysieke eisen die de organisatie aan haar leden stelde. Het gerucht ging dat Himmler had moeten sjoemelen om voor zijn eigen test te slagen. De voormalige kippenkweker had een kippenborst, een buikje en te korte benen.

Geruchten, mopjes, daar zijn wij Duitsers goed in, realiseerde de majoor zich. De ideale ariër is slank als Göring, blond als Hitler en atletisch als Goebbels. Maar voor hem was de tijd van spot voorbij. Er viel voor hem niks te lachen over de ss, hij moest ze confronteren.

Ze staken de kasseienstraat over: Fischer met de map vol bouwtekeningen en andere documenten die betrekking hadden op het pand onder een van zijn armen, hijzelf met één arm en één hand. Hij gebruikte die om hun komst te melden aan de poort door erop te bonzen.

Het duurde even voor die werd geopend door een verbaasd kijkende ss'er. Als onaangekondigde bezoekers pasten ze in geen enkel schema.

'U wenst, Herr Major...?'

'Een rondleiding en een gesprek met de eigenaar.'

De verbazing verdween tegelijk met het gezicht. Ze moesten wachten tot de soldaat terugkeerde met een officier. Tijd genoeg voor een sigaret, dacht Von Trettlow, alleen jammer dat ik het foute merk bij me heb.

De man die de poort uit stapte was gekleed in een kolonelsuniform. Alleen de bijbehorende pet ontbrak. Zijn gezicht leek niet te kunnen beslissen of het een verontruste of kwade uitdrukking moest aannemen.

'Ik ben kolonel Kurt von Behr.' Hij zweeg even en voegde er toen haastig aan toe: 'Baron von Behr. Wat is dat voor onzin over een rondleiding?'

De majoor nam een onverstoorbare houding aan. Hij stelde zich voor met zijn rang en de hele officiële riedel die daarbij hoorde en besloot met: 'Wij zijn hier voor een bouwkundige inspectie van het pand Rue de Bassano nummer 2.'

'Een inspectie? Maar beste man, de geallieerden zijn geland in Normandië. Onze legers zijn in rep en roer, net als onze administratieve diensten. U denkt toch niet dat ik vandaag tijd heb voor een inspectie? Mijn hoofd staat er absoluut niet naar.'

'Laat uw hoofd maar staan waar het staat, kolonel. Mijn werk gaat gewoon door. In Parijs wordt niet gevochten.'

Het klonk als insubordinatie, maar Von Trettlow wist dat de baron geen echte kolonel was. Een Oberführer van het Duitse Rode Kruis die zich de allures van een militair aanmat. De man was ook al eens betrokken geweest bij een frauduleus faillissement. Een oplichter die je vooral met onverschilligheid moest behandelen, had hij zich voorgenomen.

Von Behr keek eerst naar de SS'er naast hem, maar die staarde nietszeggend terug. Daarna keek hij in de straat, voorbij de Feldwebel, op zoek naar eventuele andere begeleiders. Ten slotte keek hij Von Trettlow recht in de ogen, waar de majoor op was voorbereid. Hij was even groot en had geen last van de in zijn ogen schijnende zon, Von Behr wel.

De kolonel sloeg als eerste zijn ogen neer.

'Vooruit dan maar, als u maar weet dat het kort moet zijn.'

Hij stapte achteruit en ging hun daarna voor op de binnenplaats. Von Trettlow was direct onder de indruk. Een neoclassicistisch gebouw, ontworpen en gebouwd met veel schwung, en waarschijnlijk ook veel geld. Hij had de plannen bestudeerd maar geen foto's van het interieur gezien. Het zou dus moeilijk worden te bepalen hoezeer de ss dat had veranderd.

Ze gingen een grote dubbele deur door en stapten een hal in. Aan de voet van de brede wenteltrap draaide Von Behr zich om en stak een benige vinger naar hem uit.

'Zeg eens, waar heb ik deze inspectie eigenlijk aan te danken? Wij vallen onder de *Einsatzstab Reichsleiter Rosenberg* en hebben in principe niets te maken met het militair bestuur.'

Von Trettlow kon een grijns maar moeilijk onderdrukken. In dit soort gesprekken was hij inmiddels zeer bedreven geraakt.

'Alle gebouwen vallen onder het militair bestuur. Ons apparaat is het enige dat wettelijke bevoegdheden heeft in bezet Frankrijk. We hebben die op grond van het wapenstilstandsverdrag van juni 1940, zoals dat is overeengekomen en geratificeerd door zowel de Franse regering in Vichy als de regering van het Reich in Berlijn.'

Zoals hij met zijn onbeschofte opmerking al had geïnsinueerd dat Von Behr geen echte kolonel was, zo suggereerde hij nu dat er geen enkele wettelijke basis was voor de activiteiten van de ss in Frankrijk. Hij en Bargatzky hadden deze dialoog uitvoerig geoefend. 'Pak ze meteen bij de basis,' had de ander gezegd, 'geef ze het gevoel illegaal bezig te zijn. Dan sta je direct één-nul voor.'

De kolonel liep rood aan. 'U durft nogal', was het enige wat hij wist uit te brengen.

'Voor klachten moet u in het Majestic zijn. Zullen we verdergaan, baron?'

Met merkbare tegenzin ging Von Behr hem ook in het gebouw zelf voor. Ze liepen door kamers die ooit riant moesten zijn geweest en die nu een benauwende indruk maakten omdat ze vol stonden met dozen, kisten en meubelen. Lukraak opende Von Trettlow een commodekast. Die hing vol smokings. De bijbehorende schoenen met slobkousen stonden op de bodem.

'Bepaald geen uitdragerij, baron', merkte Von Trettlow op. Hij was van plan geweest verbazing te veinzen maar hoefde dat niet.

'U bent ervan op de hoogte wat we hier doen?'

'Nee, baron.'

Dit keer veinsde hij wel.

'De Joden die vertrekken naar de werkkampen in het oosten kunnen maar weinig spullen meenemen. Ik hoef u niet te vertellen dat de rijkeren onder hen die spullen ook niet op een eerlijke wijze verkregen hebben. Wij nemen terug wat ooit gestolen is en schenken deze meubelen en kleding aan de *Ausgebombten* in het Reich.'

Von Trettlow nam een van de smokings met haakje en al uit de kast. 'Een nobel streven, baron. Maar zegt u me eens: wat heeft een havenarbeider in Hamburg die vorig jaar tijdens het bombardement op de stad alles kwijtraakte, aan een smoking?'

Als hij had gehoopt op een betrapte blik kwam hij bedrogen uit. Von Behr leek kwaad. De roodheid kwam terug in zijn gezicht.

'Majoor, er zijn Duitsers van alle rangen en standen die hun huisraad zijn kwijtgeraakt. Zo'n smoking is bestemd voor een industrieel of een hoge militair. Uw naam begint toch met "von"? Ik kan me voorstellen dat u ook zelf in aanmerking zou komen voor zo'n kledingstuk.'

Von Trettlow hing de smoking terug en sloot de kastdeur. Daarna glimlachte hij allervriendelijkst.

'Wij wonen ver van de industriesteden en verkeersknooppunten waar de RAF het op voorzien heeft, baron. Maar ik zou ook niet weten wanneer ik zo'n smoking moest dragen. Te lang aan het front geweest.'

Hij tikte op de lege mouw van zijn uniform. De kleur verdween niet van Von Behrs wangen maar leek nu uit een andere emotie voort te komen.

'Ik zie het. Dat spijt me voor u, majoor. Het verklaart natuurlijk waarom u nu achter het front werkt.'

'En u, baron?' ging Von Trettlow ongenadig verder. 'Waarom bent u achter en niet aan het front?'

De ander rechtte zijn rug. 'Omdat mijn werk hier is.' Hij wees om zich heen. 'Dit is mijn bijdrage aan het bestrijden van de geallieerde bombardementen.'

Ze liepen verder, door schuifdeuren, langs metershoge ramen, onder kroonluchters door. Af en toe bleef Von Trettlow staan en liet zijn kritisch architectenoog langs plinten en plafonds gaan. Het gebouw was al lang niet meer onderhouden. Barsten in het pleisterwerk waren geen zeldzaamheid. Regenpijpen en vloertegels, sloten en deurstijlen waren hersteld maar het was zo goed en zo kwaad als het kon gebeurd.

'We hebben wel de juiste mensen – Joodse ambachtslieden – maar vaak niet de juiste onderdelen', gaf Von Behr toe.

'Het pand moet in de oorspronkelijke staat teruggebracht worden', zei Von Trettlow. 'Als de Wehrmacht het overneemt, mag die geen interieur in slechte staat aantreffen.'

'Waar hebt u het over?! Overnemen?' reageerde Von Behr furieus. 'Hier heeft de Einsatzstab Reichsleiter Rosenberg het voor het zeggen!'

'Zoals ik u al zei: voor klachten moet u in het Majestic zijn, baron.'

'Dat zal ik doen ook! Wie is uw directe superieur?'

'Generaal Carl Heinz von Stülpnagel, baron.'

'Denkt u vooral niet dat ik onder de indruk ben van het strooien met grote namen, majoor. Ik heb machtige vrienden in Berlijn. Ik loop binnen bij Reichsleiter Rosenberg, bij Reichsmarschall Göring en als het moet zelfs bij Reichsführer Himmler.'

Von Trettlow begon een nieuwe staarsessie en kon niet voorkomen dat hij erbij glimlachte. 'En toch zult ook u bij de generaal moeten binnenlopen om een klacht neer te leggen, baron. Ik voorspel u een lang juridisch getouwtrek tussen onze diensten en de uwe over de vraag wie over dit pand mag beschikken. En weet u, met een beetje pech staat er ook ineens nog een ambtenaar van de regering-Vichy voor de deur.'

Opnieuw was Von Behr degene die het eerst zijn ogen neersloeg. Von Trettlow begon zowaar medelijden met hem te krijgen. De man was een poseur die het van zijn kleding, zijn titels en zijn namen moest hebben om iets voor te stellen, maar die pose kon je genadeloos doorprikken. Als hij meende op gelijke voet te staan met hoge nazi's, was hij werkelijk een idioot. Een veredelde conciërge, dat was zijn ware functie.

De majoor was de eerste die zich weer in beweging zette. 'Kom, baron, u had zogezegd weinig tijd. Laat u me dan maar snel de rest van het pand zien.'

~

Naarmate ze dieper in het gebouw kwamen, merkte Von Trettlow dat de baron hem niet alleen als een lastpost maar ook als een pottenkijker begon te beschouwen. Hij had het opgegeven om in discussie te gaan en er nu blijkbaar voor gekozen hem zo snel mogelijk alle ruimtes in het gebouw te tonen. Von Trettlow nam zijn tijd. Als hij iets interessants zag, bleef hij staan en inspecteerde het. Drie keer mat hij iets na met zijn meetlint en dicteerde de cijfers uiterst langzaam aan Fischer, die ze in een map noteerde in een tempo of hij zojuist had leren lezen en schrijven.

Magere vrouwen en magere mannen stonden huisraad uit te pakken en in te pakken, af te stoffen of te herstellen. Ze droegen gele sterren op hun kleding. Ze hielden zich stil en afzijdig van het bezoek, maar hun vluchtige blikken ontgingen de majoor niet.

'Zoals u ziet wordt hier gewerkt onder humane omstandigheden. Kost en inwoning en op zondag een vrije dag.'

Hij negeerde de opmerking van de baron en liep naar een vrouw toe die zilverbestek aan het poetsen was. Ze droeg een versleten blauwe jurk. Haar halflange haar zat slordig om haar hoofd gedrapeerd, alsof het zich een eleganter kapsel herinnerde. Toen hij naderde, legde ze haar werk neer en stond op.

'Ik wilde u niet storen, madame', sprak Von Trettlow in het Frans. 'Ik was simpelweg nieuwsgierig naar het bestek dat u aan het poetsen was. Een complete cassette, zie ik nu.'

Ze knikte, zonder hem recht in de ogen te kijken, en mompelde: '*Jawohl, Herr Offizier.*'

'Mag ik vragen welk merk?'

'Wedgwood, meneer de officier,' antwoordde ze op bedeesde toon, maar nu in het Frans, 'voorzien van initialen.'

Von Behr stond achter een tafel met daarop hoog opgestapeld porselein en aardewerk.

'Madame Calmann is een van onze experts op het gebied van kunst en kunstnijverheid', zei Von Behr ongevraagd. Er klonk zowaar iets van trots in zijn woorden door.

'Bent u lang tewerkgesteld hier?'

Ze schrok zichtbaar, schraapte haar keel en antwoordde toen: 'Een klein jaar, meneer de officier.'

De majoor draaide zich naar de kolonel toe en wendde zich toen over diens hoofd heen tot Fischer: 'Maak daar een aantekening van, Feldwebel. Een jaar aan het werk en zo te zien in goede gezondheid. Misschien pleit dat voor uw zogezegd humane aanpak.'

'U hebt niets te vinden van mijn aanpak, majoor', reageerde de kolonel. Hij moest zichtbaar moeite doen geen vuist te ballen. 'U praat alsof wij de campagne van '40 niet gewonnen hebben. Ik zal daar op mijn beurt een aantekening van maken.'

Na een korte pauze voegde hij eraan toe: 'Uw gedrag gaat werkelijk alle perken te buiten!'

Een derde staarsessie bleek niet nodig. De kolonel draaide zich om en liep de zaal uit.

'Volgt u mij, we hebben enkel nog de bovenverdiepingen te inspecteren.'

~

Pas toen ze in de auto waren gestapt, durfde hij in de buitenzak van zijn uniformjas te tasten en het papier tevoorschijn te halen. Er kon maar één persoon zijn geweest die in de gelegenheid was het er ongezien in te stoppen en dat was madame Calmann op het moment dat hij met zijn rug naar haar toe stond te discussiëren met de baron. Een gewaagde zet, want als de kolonel het had opgemerkt riskeerde ze straf. Misschien had hij het wel opgemerkt maar gedaan of het hem was ontgaan, maar Von Trettlow was er vrij gerust op dat de ss'er zo van slag was geweest door het onverwachte bezoek dat al zijn aandacht naar de irritante bouwinspecteur was gegaan.

Ook Fischer had niets gezien. De Feldwebel keek niet in de spiegel toen de majoor het papier uitvouwde en begon te lezen en had enkel oog voor het verkeer.

Mijn naam is Elise Calmann. Mijn man, markies Armand Rohan-Polduc, en ik wonen op de Avenue de Versailles nummer 11. Hij weet al lange tijd niet meer waar ik ben. Help mij hieruit. Ik word gevangengehouden en gedwongen gestolen huisraad te beoordelen op zijn financiële waarde. Ik weet bovendien van de drie onderzeeërs in de haven van Saint-Nazaire die worden geladen met deviezen om die buiten Europa te brengen.

Hij herlas het tweemaal. Een moedige maar waarschijnlijk vooral wanhopige stap, om deze kreet om hulp in de zak van een Duitse officier te steken. Wat had haar ertoe gebracht? Waarschijnlijk zijn bekvechterij met Von Behr. Best mogelijk dat ze nu al haar haren uit haar hoofd aan het trekken was over deze impulsieve daad. De tekst zelf leek hem echter goed overdacht en niet in één keer aan het papier toevertrouwd. Alles wat hij moest weten stond erin, inclusief een merkwaardig extra. Wat betekende in hemelsnaam die mededeling over drie U-boten? Nog meer buit van diefstal? Bargatzky mocht er zijn hoofd over breken.

'Het is goed gegaan, majoor, precies zoals ik u voorspeld had.'

Von Trettlow keek niet op en bromde slechts wat.

'Rijd zo snel mogelijk naar het Majestic, Feldwebel. Ik heb meer nieuws voor onze vrienden dan enkel een leuke anekdote.'

De Citroën keerde via dezelfde weg terug. Op de Avenue des États-Unis gaf de chauffeur extra gas om maar zo snel mogelijk het gebouw van de Gestapo voorbij te rijden.

16

Weer was er iemand opgehaald en niet vervangen. Samuel Anstadt, een ervaren meubelmaker die al in Bassano was geweest toen Elise er aankwam. Er werden nog steeds inboedels binnengebracht maar iedereen had het gevoel dat dit de laatste waren. De nervositeit over een aanstaand ontruimen van het kamp voegde zich bij de angst een stommiteit te hebben begaan. Ze had de grootste moeite in slaap te komen, de aanvallen van misselijkheid te bedwingen en de opvliegers, waarbij het zweet haar uitbrak, te doorstaan. Ze liep op haar laatste benen en toch had ze geen andere keuze dan vol te houden.

Waarom had ze het briefje in de zak van de majoor gestopt? Eerst was ze bang geweest dat de officier het niet zou vinden of achteloos weggooien, daarna dat hij er niets mee zou doen en ten slotte dat hij ermee naar Von Behr zou lopen. Met elk uur dat wegtikte, had ze meer spijt gehad van haar impulsieve daad.

Een deel van haar geest bleef helder. Het wist dat ze overspannen was en voortdurend in de ban van doemscenario's, maar ook dat het briefje een berekend en aanvaardbaar risico was.

Wát had haar deze man doen uitkiezen? Het feit dat hij haar bij naam noemde? Zijn ontbrekende linkerarm? Hij herinnerde haar aan haar oom Benjamin. De laatste keer dat ze die had ontmoet, was in augustus 1940 geweest op de renbaan van Longchamp. De paardenraces waren toen nog geen verboden terrein geweest voor Joden. Ze had er geparadeerd in een nieuwe jurk en een breedgerande hoed, zoals alle aanwezige vrouwen. Het leek steevast of de renbaan een plek was waar vrouwen en paarden uit de betere stand met elkaar concurreerden om de meeste mannelijke aandacht. Armand was al somber geweest over de toekomst maar oom Benjamin leek zich nog geen zorgen te maken. Hij gaf haar een vriendschappelijk duwtje met zijn prothese en zei: 'Oud-frontsoldaten laten ze met rust, ook als het Joden zijn. Ik heb mijn arm gegeven voor Frankrijk. De maarschalk weet dat te waarderen. Hij zal het voor ons opnemen.'

Maar Pétain had het voor niemand opgenomen. De twee miljoen krijgsgevangenen bleven in Duitse kampen, de vijf Joodse generaals die het Franse leger telde, werden ontslagen en oom Benjamin moest onderduiken, samen met al zijn militaire onderscheidingen uit de Eerste Wereldoorlog. Hij had nooit geklaagd over zijn handicap, altijd grapjes gemaakt over zijn stomp en er zijn voordeel mee gedaan in het zakenleven. Als de onderhandelingen over een overeenkomst vastliepen, zei hij steevast iets als: 'Ik zou hier graag mijn handtekening onder zetten maar ik heb helaas geen hand. Laten we onze verschillende inzichten nog eens naast elkaar leggen en dan teken ik allicht alsnog, met links.' Hij brak daarmee het ijs. Misschien was deze Duitse majoor net zo'n man, een man die de vijandschap doorbrak. Hij was wel een Duitser en hoogstwaarschijnlijk ook nog een antisemiet.

Von Behr leek ook zenuwachtiger dan anders. Hij snauwde iedereen af, inclusief Ducasse, de schildwachten en zelfs zijn echtgenote. Het bezoek van de majoor had hem van slag gebracht. Hij sloot zich urenlang op in zijn kabinet en toen Elise hem documenten kwam brengen, had hij nauwelijks oog voor haar, tikte slechts op een plek op zijn bureau en vervolgde op opgewonden toon een telefoongesprek. Ze bleef niet staan om te luistervinken maar ze kreeg de indruk dat hij niet veel voet aan de grond kreeg bij degene aan de andere kant van de lijn.

In de keuken stal ze een stuk oudbakken brood, op de binnenplaats dronk ze regenwater uit een glas dat iemand daar achteloos op een vensterbank had gezet. De jurk die ze aanhad was een afdankertje uit een inboedel, niet haar smaak en zelfs niet haar maat, maar haar koffer met kleding was in Drancy achtergebleven. Wat zelfs niet goed genoeg was voor de armste *Ausgebombten* in Duitsland, mochten de gevangenen afdragen. In nauwelijks een jaar tijd was ze veranderd in iemand die minder was dan niemand.

Wanneer was de ellende eigenlijk begonnen? Direct na de wapenstilstand of toch pas maanden later? Ze herinnerde zich de oproep in oktober '40 om zich te registreren, en de 'J' die ze in haar nieuwe persoonsbewijs gestampt had gekregen. Dat was vernederend geweest. En toch was het werkelijke keerpunt haar ontslag geweest. De dag dat de directeur van het veilinghuis haar bij zich op kantoor had ontboden. Aan zijn wegkijkende ogen en zijn schichtige houding had ze direct kunnen aflezen dat hij geen prettig nieuws te vertellen had. Ze had gevreesd dat ze ontslagen zou worden, maar de reden verbijsterde haar.

'Niet wegens gebrek aan werk, zegt u, maar omdat ik Joods ben?'

Bijna had ze gezegd: 'Joods zou zijn', zo ongeloofwaardig was het dat ze werd ontslagen om een identiteit die ze niet voelde.

Hij spreidde zijn armen, in een gebaar dat verontschuldiging moest uitdrukken. Wat Elise betrof had hij net zo goed zijn handen kunnen wassen in een grote teil onschuld.

'We hebben geen keus. Het is de wet.'

Ze keken elkaar in de ogen. Het leek of ze beiden hoopten dat de ander er niet zou zijn. De verbijstering wilde maar niet wijken.

'Het is overal hetzelfde', vervolgde de directeur. 'En die van Vichy zijn op dit vlak even erg als de Duitse bezetters.'

'Maar zonder mijn salaris hebben mijn man en ik geen inkomen meer', probeerde Elise.

Weer gingen de armen uiteen, zo mogelijk nog breder dan daarnet.

'Kunt u me niet af en toe als extern expert inhuren?'

Het kale en bebrilde hoofd ging snel heen en weer. 'Ook daar zullen ze op controleren.'

'Maar hoe kúnt u mijn expertise zomaar missen? Ik werk hier al tien jaar en nooit hebt u klachten over mij gehad.'

Weer ging het hoofd van links naar rechts, maar ditmaal om te beamen dat er nooit klachten waren geweest.

'U bent voortreffelijk in uw werk. Eerlijk gezegd heb ik geen flauw idee hoe we u moeten vervangen door iemand met evenveel ervaring, maar ik zal er wel een mouw aan weten te passen.'

Je hebt er al een mouw aan gepast, besefte Elise. Misschien staat mijn opvolgster al op de gang, wachtend tot ik naar buiten kom. Ze voelde de verbijstering plaatsmaken voor woede maar onderdrukte die uit alle macht. Tegen hem uitvaren, janken, smekend op haar knieën gaan – het zou allemaal niets uitmaken, hooguit het beeld dat hij van haar had als een vrouw met een exquise smaak en uitmuntende kennis bezoedelen. Ze had zich vermand, was opgestaan, had de ander een hand gegeven en dat was het dan: het einde van haar loopbaan.

Tot ze hier in kamp Bassano terecht was gekomen, als slavin met expertise.

Het leven in het kamp was tegelijk uitputtend en stressvol en geestdodend. Haar herinneringen vormden haar enige toevluchtsoord. Wanneer ze maar kon, zag ze scènes voor zich uit haar voorbije leven. Een zondagmiddag op een vijver in het Bois de Boulogne, met Armand aan de roeispanen en zij op de voorplecht, hij met zweetdruppels op zijn voorhoofd, omdat hij te hard zijn best deed haar met zijn inspanningen te imponeren, zij zoekend naar de meest interessante pose voor zichzelf. Ze waren al verloofd, de huwelijksdatum stond reeds vast, en toch waren ze nog bezig elkaar te verleiden. Een andere herinnering, aan een weekend in Enghien-les-Bains, even ten noorden van Parijs, waar vrienden een buitenverblijf hadden gekocht en een tennisveld aangelegd. Armand had, na twee glazen punch, gepocht dat hij uitblonk in het spel, waarop hij door de gastheer werd uitgedaagd en zich hopeloos in het zweet holde vanaf elke kant van het veld. Drie keer zes-één, en die drie enkele punten waren hem dan nog geschonken. Ook droevige herinneringen dreven in haar bewustzijn naar boven. De geboorte van hun eerste en enige kind en zijn overlijden, twee dagen later.

De gedachte aan het vroeg gestorven zoontje maakte haar niet droeviger dan ze al was. Was het de afstand in tijd? Ging ze te veel op in zelfmedelijden? Of was het de opluchting dat het kind deze ellende tenminste bespaard was gebleven? Het kind had een naam gekregen, Christian, maar was begraven op het familiale landgoed in Bretagne, en niet in Parijs. Elke keer dat ze daar kwam had ze het graf bezocht. Altijd nam ze iets mee dat haar een reden gaf zo lang mogelijk ernaast te kunnen blijven zitten: een picknickmand met een ontbijt of lunch, een boek dat ze toch niet las. Armand ging mee maar was steeds de eerste die de plek weer verliet, met een smoes dat hij in het landhuis verwacht werd. Pas als hij weg was durfde ze haar tranen te laten gaan. In de loop der jaren stelde ze zich minder vaak voor hoe het leven van Christian geweest zou zijn, al telde ze door en kreeg hij in gedachten de leeftijd die hij zou hebben gehad als hij was blijven leven. Het verdriet leek zich te concentreren op de tijd en de plek van het bezoek, alsof het een eigen eiland had gekregen. Armand had haar getroost met de verzekering dat er andere kinderen zouden komen, maar de beide zwangerschappen nadien eindigden in een miskraam. Er was geen medische verklaring voor haar ongeluk. Elise wist van echtparen die stopten met seks toen de gedwongen kinderloosheid een feit werd, maar zij en Armand hadden zich juist meer op elkaar gericht. En op hun werk, besefte ze. Toen de bank failliet ging, leek dat nieuwe verlies het oudere te overschaduwen.

Ze probeerde tijd te rekken op de binnenplaats, zichzelf onzichtbaar te maken voor de opzichters, zodat ze kon genieten van een korte, gestolen pauze, maar op straat klonk alweer het diepe gebrom van een vrachtwagen die over de kasseien denderde. Weer een woning die was leeggehaald, weer een gezin dat op transport zou worden gesteld. Aktion Möbel was evengoed *Aktion Ausradieren*. Van al die mensen bleef geen spoor meer over. Ook van haar, die de sporen van haar medemensen hielp uitwissen, zou uiteindelijk geen bewijs meer te vinden zijn dat ze ooit bestaan had.

17

Het was of de zomer niet kon besluiten door te zetten, vond Max von Trettlow, en daarin weerspiegelde het weer de situatie aan de kust. De geallieerden waren definitief aan land geraakt maar zaten vast in een uithoek van Normandië. Tegen een hoge kostprijs aan materiaal en manschappen slaagde de Duitse verdediging erin het front te stabiliseren en de illusie te creëren dat ze het grootste gevaar had afgewend.

Bargatzky en hij wandelden langs de Seine. Aan de overkant lag het eiland Île Saint-Louis met zijn vele historische panden, aan hun kant stonden de kraampjes van de bouquinisten. Het waren vooral Duitse militairen die tussen de boeken en tijdschriften snuffelden. Naarmate het aantal nachtclubs, danszalen en restaurants dat voor hen geopend was slonk, leek lezen een aantrekkelijk tijdverdrijf voor de lange avonden. Tijdens de steeds vaker voorkomende luchtalarmen kon je een boek bovendien meenemen naar de schuilkelder.

Bargatzky bleef staan voor een kraam, scharrelde in een stapeltje en pakte er een dun boek uit. Hij draaide het titelblad naar Von Trettlow toe. *Technique du coup d'État* van Curzio Malaparte.

'Actuele lectuur', merkte de laatste op.

De ander wuifde naar de boekhandelaar, vroeg de prijs en betaalde. Daarna gaf hij het boek aan Von Trettlow.

'Een geschenkje, van mij. Maar lees het ook echt. De inhoud ervan zal je verbazen.'

'De naam van de auteur zegt mij niets', antwoordde hij toen hij het aanpakte.

Ze wandelden verder, met de armen op hun rug en het boek buiten zicht, alsof het verboden lectuur was.

'Natuurlijk niet', zei Bargatzky. 'Dit werk verscheen kort voor Hitlers machtsovername in Duitse vertaling en werd onmiddellijk verboden. Malaparte werd door *il duce* gevangengezet en daarna verbannen naar een eiland. Hij beschrijft de trucs die mannen als Trotski en Mussolini toepasten om hún staatsgreep door te voeren. Om die onthullingen stonden ze niet te springen.'

Ze draaiden om en liepen terug in de richting van de Pont d'Arcole, een van de bruggen die het eiland met de andere oever verbonden, alsof ze aan het wachtlopen waren.

'Noem eens een van die trucs', vroeg Von Trettlow.

'Ik herinner me één ervan nog heel precies. Tijdens de Mars op Rome kondigde de militaire bevelhebber van een bepaalde regio aan op de fascisten te zullen schieten, mochten ze door zijn stad marcheren. Daarop liet Mussolini bij een bevriende krantenuitgever een speciale editie drukken waar op de voorpagina stond dat de koning hem tot premier had benoemd. De commandant had het niet door en capituleerde.'

Het klonk zo geraffineerd dat het ongeloofwaardig overkwam. Zijn ongeloof deed Bargatzky glimlachen. 'De kern van Malapartes betoog is dat je geen massa's nodig hebt om een succesvolle staatsgreep uit te voeren. Een handjevol vastberaden mannen dat slimheid tegenover brute kracht kan zetten, is genoeg.'

'Zoals wij', kon Von Trettlow niet nalaten op te merken.

Bargatzky zweeg, omdat een officier hun tegemoet kwam lopen. Het was een kapitein en toen hij groette door aan zijn pet te tikken, merkte Von Trettlow dat de twee elkaar kenden.

'Kapitein Jünger, weer op zoek naar zeldzame uitgaven?'

'Ze worden steeds zeldzamer, majoor. Iemand kaapt ze voor

mijn neus weg.' En hij wees op het boek dat Von Trettlow in zijn handen hield.

'Geen zeldzaam werk, kapitein, wel een verboden. Wat bij ons op Goebbels' brandstapels is beland, kun je hier nog steeds vinden.'

Bargatzky stelde de twee andere mannen aan elkaar voor. Jünger wierp een blik op de lege uniformmouw maar vroeg niet naar de oorzaak. Hij vroeg ook niet naar de titel van het verboden boek. In plaats daarvan vertelde hij dat hij elke zondagmiddag langs de boekenstalletjes struinde, op zoek naar verborgen literaire schatten. 'Al zal ik ze hier toch allemaal moeten achterlaten als ik ooit weer terugkeer naar Duitsland.'

'We zullen enkel onze herinneringen meenemen, kapitein', antwoordde Bargatzky. 'Die zullen in uw geval toch wel een literaire vormgeving krijgen.'

'De laatste tijd schrijf ik bitter weinig, majoor. De realiteit is boeiender dan alles wat ik verzinnen kan. Heren, ik heb nog maar een uurtje voor de stalletjes sluiten. Als u mij wilt excuseren, dan vervolg ik mijn weg.'

Von Trettlow keek hem na toen hij doorliep. Zijn houding was kaarsrecht, zijn haren waren zo kort geknipt dat ze van achteren nauwelijks onder de rand van zijn pet uitkwamen, zodat hij kaal leek.

'Wie is die rare kerel?' vroeg hij.

'Ernst Jünger, de auteur van een aantal goed verkopende nationaalconservatieve boeken. Ooit al iets van gelezen?'

Hij schudde zijn hoofd. 'Nooit, en ik ben het niet direct van plan ook, kan ik je zeggen.' Hij zweeg even en voegde er toen aan toe: 'Ik snap niet dat je zo openhartig met hem praat.'

'Hij staat aan onze kant. Hij werkt net als wij in het Majestic en hij weet wat er speelt, voor een deel tenminste.'

Ze begonnen weer te wandelen. De handen gingen opnieuw op de rug. De tafels met boeken strekten zich voor hen uit over de hele lengte van het trottoir.

'Wat is zijn rol in het geheel?'

'Geen', antwoordde Bargatzky. 'Hij wil zich niet werkelijk engageren.'

Weer een die wel weet maar niet wil, dacht Von Trettlow. Wat heb je aan die kerels? Als de ss achter haar eigen slot en grendel zit, komen ze misschien vanachter hun bureaus tevoorschijn om te verklaren dat ze altijd al tegen de nazi's waren, maar tot het zover is houden ze zich gedeisd.

'Jünger gaat graag met Franse kunstenaars om, liefst met degenen die bij ons als *entartet* gelden. Je ziet hem bijvoorbeeld weleens in het gezelschap van burggravin de Noailles en haar vriend Jean Cocteau.'

'De toneelschrijver?'

'En dichter, en schilder, beeldhouwer, cineast, theatermaker. Een duizendpoot. Ooit iets van gelezen?'

'Walter, ik weet iets van Parijse gebouwen, niet van de mensen die erin rondlopen', zuchtte hij. 'Die burggravin, is dat niet die half-Joodse vrouw met contacten in hoge kringen die haar beschermen?'

Bargatzky bleef staan en floot bewonderend. 'Je kent dus toch mensen!'

'Fischer vertelde het me. Is Jünger dan een van die contacten?'

'Nee, Jünger is gewoon een bureaucraat, maar wel een met een literaire reputatie. Als de burggravin ooit bedreigd wordt in haar bestaan, zal ze het van mensen hogerop moeten hebben, veel hoger.'

Ze naderden het laatste stalletje. Aangezien er nog wat te bespreken viel, veronderstelde Von Trettlow dat ze weer zouden omkeren, maar Bargatzky vond dat te verdacht worden en stelde een terras aan de overkant van de straat voor. Er zat niemand. Ze zouden niet gestoord worden.

Ze wachtten tot een militair voertuig gepasseerd was om over te steken.

'En wat vindt jouw vriend Cocteau van onze vriend Jünger?' vroeg Von Trettlow.

'Ik heb hem nooit ontmoet, maar generaal Von Stülpnagel meer dan eens en die wist mij een roddel te vertellen. Volgens hem zou Cocteau eens hebben opgemerkt: "Je hebt Duitsers met schone handen en Duitsers met bloed aan hun handen, maar kapitein Jünger heeft helemaal geen handen."'

~

Hij was de ochtend na zijn dag bedenktijd direct naar de bovenste verdieping van het Majestic gelopen en had een gesprek aangevraagd bij de generaal. De adjudant die zijn verzoek aannam willigde het meteen in, alsof hij wist wat Von Trettlow kwam doen en Von Stülpnagel hem verwachtte.

De generaal ontving hem in een voormalige bruidssuite die tot kantoor was omgetoverd. Hij zag er even bleek en vermoeid uit als de dag tevoren, rookte nerveus en schonk de majoor ongevraagd een glas vermout in.

'Is het daarvoor niet veel te vroeg, generaal?'

'Wat je me gaat vertellen vergt moed – en moet beloond worden. Zie het dus maar als een versterkertje.'

Ze namen tegenover elkaar plaats in brede zetels van keihard leer. Ieder sloeg het rechterbeen over het andere, waardoor het leek of de zolen van hun laarzen een apart gesprek met elkaar aangingen.

'Ik ben door majoor Bargatzky aan iets gaan meewerken dat past in een groter geheel, maar tot nog toe kende ik daarvan slechts de vage omtrekken, generaal. Ik ben de voorbije weken meer dan eens gepolst of ik verder wilde gaan, ook door u. Ik ging er niet op in – tot nu toe.'

Von Stülpnagel keek hem doordringend in de ogen, alsof hij tot een onzichtbare bodem wilde peilen.

'U beseft goed dat u de Rubicon gaat oversteken?'

Hij knikte. 'Ik besef vooral dat ik innerlijk die rivier al over ben, generaal. Ik ben bereid.'

Zonder te antwoorden kwam Von Stülpnagel uit zijn zetel overeind en stak zijn hand uit. Von Trettlow schudde hem. Het voelde vreemd aan om met een hogere officier om te gaan op voet van gelijkheid.

'Maak u geen illusies', zei de generaal glimlachend. 'Ik blijf uw bevelhebber. Maar waar het de samenzwering betreft, vallen onze verschillen in rang een beetje weg.'

Hij ging weer zitten en stak een nieuwe sigaret op.

'U noemt het een samenzwering, generaal. Wordt er een heuse staatsgreep gepland?'

De sigarettenrook bewoog als een slang mee heen en weer in de knikkende hoofdbeweging. 'We zijn al heel ver in de voorbereiding. Ik vertel u niets bijzonders als ik zeg dat het centrum zich in Berlijn bevindt, maar voor Parijs is er een speciale rol weggelegd.'

'Direct contact leggen met de geallieerden?' vroeg Von Trettlow.

'Inderdaad. De oorlog aan het westelijk front onmiddellijk beëindigen, zodat hij aan het oostelijk front kan worden voortgezet. Wij hebben een draaiboek gemaakt om alle hogere ss-officieren in Frankrijk te arresteren, om de SD en de Gestapo uit te schakelen en de Waffen-ss onder direct bevel van de Wehrmacht te plaatsen.'

De majoor stak zelf een sigaret op om die woorden te laten bezinken. Daarna stelde hij de vraag die al veel langer op zijn lippen brandde: 'Generaal, komen wij enkel in actie omdat Hitler ons de oorlog doet verliezen?'

Von Stülpnagel keek oprecht verbaasd. 'Als dat zo was, hadden anderen geen pogingen hoeven wagen, zoals in 1938 en in 1943. Nee, majoor, de belangrijkste reden om in actie te komen is niet dat Hitler de oorlog verliest, maar dat hij hem überhaupt begonnen is en hem als dekmantel gebruikt om vreselijke misdaden te begaan.'

Von Trettlow dacht aan het *Kommissarbefehl* van 1941. Alle communistische officieren, maar ook de Joodse, die krijgsgevangen werden gemaakt tijdens de Russische veldtocht, moesten onmiddellijk worden doodgeschoten. Hij dacht ook aan de massa-executies van Poolse edelen en intellectuelen tijdens de veldtocht van '39. En dan waren er de vele andere geruchten, over de werkkampen en getto's in Polen, waar steeds meer Joden naartoe gingen maar waar niemand van terugkeerde en waar zelden of nooit een brief of ansichtkaart vandaan kwam.

'We hadden toch kunnen protesteren, generaal. Misschien had de Führer geluisterd.'

'Protesteren?' Hij leek zich even te verslikken in zijn sigarettenrook. 'Generaal Henning von Treskow heeft alle veldmaarschalken zover trachten te krijgen dat ze gezamenlijk naar Hitler afreisden om de intrekking van het Kommissarbefehl te eisen. Geen enkele van hen ging; enkele schreven een brief, in voorzichtige bewoordingen. Toen Von Treskow veldmaarschalk Von Bock erop wees dat zo'n brief geen enkel effect had, haalde hij zijn schouders op. "Wat wilt u nu? Ik heb als veldmaarschalk protest aangetekend. Wat mij betreft is de zaak afgedaan." Von Treskow wist toen dat we op die manier nooit iets zouden bereiken. De schuld voor al die moorden zou echter collectief aan ons blijven kleven.'

Hij pauzeerde even, wees toen naar Von Trettlow en zei: 'Dáár gaat het over, majoor.'

Ze rookten, Von Trettlow dronk. Het glas was in enkele slokken leeg. Hij had behoefte aan een tweede maar durfde er niet om te vragen.

'Ik neem aan dat de veldmaarschalken niet betrokken zijn bij de samenzwering, generaal.'

Von Stülpnagel schudde ontkennend. 'Op één na.'

'En buiten de Wehrmacht, generaal?'

'Van alles: diplomaten, economen, burgemeesters, vakbondsleiders, zelfs een paar bisschoppen.'

Dat verbaasde hem. Hij kon zich niet voorstellen dat een bisschop een rol kon spelen in een militaire samenzwering, buiten bidden voor het slagen ervan. Hij sprak zijn twijfel uit.

'Wij militairen zijn uitsluitend bezig met de gewapende kant van de zaak, majoor, de niet-militairen hebben een blauwdruk ontworpen voor een nieuw Duitsland. Er staat een complete regering klaar in de coulissen. We zullen niet alleen de SS en de partij uitschakelen, niet alleen vredesbesprekingen beginnen maar ook de concentratiekampen sluiten, de gevangenissen leegmaken.'

Ze zwegen. Een pendule op een antieke Louis XV-commodekast tikte de seconden weg. Von Trettlow vroeg zich af waar al het meubilair in het kantoor van de generaal vandaan kwam. De zetels, het notenhouten bureau, de Chinese vazen – het zag er niet uit of het tot de oorspronkelijke inboedel van het hotel behoorde. De generaal scheen ook nog een privé-appartement elders in het Majestic te hebben. Luxe die aan anderen had toebehoord. De vuile handen die hij had gemaakt met het ondertekenen van executiebevelen kregen gezelschap van een vuile rug en een vuil achterste, overal waar hij gelegen en gezeten had.

'Ik kom er pas zo laat bij, generaal. Wat kan ik nog betekenen voor het slagen van de actie?'

Von Stülpnagel kwam opnieuw overeind, maar ditmaal om

voor de tweede keer naar de drankkast te lopen. Hij schonk het glas van de majoor ongevraagd vol en nam voor zichzelf een sherry.

'De processen tegen de nazi's, majoor. Daar bent u al zo lang bij betrokken, nietwaar? U had toch niet gedacht dat we die enkel onder de dictatuur zouden aanspannen?'

Hij moest toegeven dat hij in de loop der tijd was gaan beseffen dat er iets gepland stond voor ná Hitler, maar dat Bargatzky dat nooit openlijk had uitgesproken.

'Bargatzky is ook pas eind vorig jaar definitief ingewijd', gaf de generaal toe. 'Een van ons had hem aan het werk gezien om twee ambtenaren die kritische opmerkingen over de ss hadden geplaatst, vrij te pleiten. Hij was succesvol. Daarop hebben we hem benaderd.'

'Dus toen hij mij rekruteerde voor zijn bewijsvoering, handelde hij nog op eigen houtje?' vroeg Von Trettlow verbaasd.

'Helemaal. En zo is het overal gegaan, majoor. Sinds '38 zijn er her en der groepjes ontstaan – in het leger, op de ministeries, op ambassades. Geleidelijk zijn die verenigd, door het initiatief van energieke mannen, en zo is ook het plan voor de omwenteling geconcretiseerd.'

'Hoe concreet is dat, generaal?'

En daarop had Von Stülpnagel hem ingewijd in de geheimen van het draaiboek voor de staatsgreep, afdeling Parijs. Een handvol hogere officieren zou het voortouw nemen, de rest zou automatisch en onwetend de bevelen gehoorzamen. Het was net of ze allemaal het boekje van Malaparte grondig hadden bestudeerd.

~

Niet lang nadat ze elk een glas rode wijn hadden besteld en hun eerste slok genomen, kwamen er twee ss-officieren langslopen. Ze bleven staan en vroegen beleefd of ze aan het tafeltje naast hen mochten plaatsnemen. De beide majoors knikten en wezen op de roestige ijzeren stoelen en het gammele bistrotafeltje.

Toen ze hadden plaatsgenomen stelden ze zich voor. Het was direct duidelijk dat de donkerharige slechts een *Untersturmführer* was en de gezette een Obersturmbannführer. De jongere man met de rang die gelijkwaardig was aan die van luitenant, luisterde vol ontzag naar zijn meerdere en deed er zelf het zwijgen toe.

'Mag ik hetzelfde bestellen als u, Herr Major, en u beiden ondertussen een rondje aanbieden? Fijn. Wij zijn op weg naar het front in Normandië, maar eerst hebben we nog twee dagen verlof. Ik ben al drie jaar in Frankrijk gelegerd, maar ik kwam heel zelden in Parijs en mijn adjudant hier was er nog nooit geweest. De meeste tijd zat ik in Vichy.'

'Ach zo, toch niet toevallig in de nabijheid van de Franse regering?' vroeg Bargatzky, die blijkbaar feilloos aanvoelde wat er van hem verwacht werd.

'Niet bepaald toevallig, Herr Major', ging de Obersturmbannführer tevreden verder. 'Ik vergezelde onze ambassadeur, de heer Abetz, en onze hoogste politieman, *Gruppenführer* Oberg. Ik heb in die hoedanigheid de Franse leider vaak van nabij kunnen observeren.'

Terwijl de SS'er vertelde over het leven in de stad die tot juli 1940 slechts bekend had gestaan als kuuroord, dronken de vier mannen wijn en rookten ze sigaretten van een onverdacht Duits merk. De cafébaas zag intussen vanuit de deuropening met lede ogen de ene na de andere Fransman en Française aarzelen en voorbijlopen, ondanks de zon die het pleit met de wolken definitief leek te winnen.

'Het is onvoorstelbaar hoe populair de maarschalk in die beginjaren was', zei de Obersturmbannführer. 'Als hij een stad bezocht, stond de voltallige bevolking op straat om hem te kunnen zien.

Iedereen hing aan zijn lippen, terwijl hij nauwelijks iets van belang zei. En iedereen bracht hem geschenken. Hele taarten, visschotels en zelfs varkens heb ik hem in ontvangst zien nemen, en dat terwijl de mensen zelf toch bepaald niet veel te eten hadden.'

'Het klinkt bijna alsof onze Führer een Duitse stad bezoekt', merkte Von Trettlow op.

'Daar leek het inderdaad op. Maar geef ook toe dat de slogan van Vichy bijna zo briljant is als die van onze NSDAP: *Travail, Famille, Patrie*; dat klinkt toch net zo pakkend als *Ein Volk, ein Reich, ein Führer*? En een post dat die man kreeg! Tot tweeduizend brieven per dag. Maar ik denk dat hij er nauwelijks iets van las.'

'Ik heb horen zeggen dat zijn geheugen achteruitgaat het laatste jaar', zei Bargatzky.

'Wat wilt u? De man loopt tegen de negentig. Ik heb inderdaad meegemaakt dat iemand 's ochtends aan hem werd voorgesteld en dat hij hem diezelfde middag de hand schudde alsof hij hem voor het eerst in zijn leven zag.'

'Dus het is waar dat Pétain geleidelijk in een boegbeeld zonder werkelijke macht is veranderd?' vroeg Bargatzky door. 'Dat anderen, als Deat, Laval, Darlan, het achter de schermen voor het zeggen kregen?'

'Darlan!' De SS'er spuugde de naam nog net niet uit. 'Dat u die verrader durft te noemen! Hij liep over naar De Gaulle en kreeg zijn verdiende loon toen een terrorist hem in Algiers doodschoot. Niet toevallig een admiraal, die Darlan. Op een bepaald moment bestond de halve ministerraad van Vichy uit admiraals, en dat terwijl het stadje in de bergen ligt. Die mannen lieten hun vloot verroesten aan de Middellandse Zee en hadden alle tijd om aan politiek te doen.'

'En waarom gaat u naar het front en bent u niet meer in Vichy?'

Het leek een gewaagde vraag, maar twee glazen wijn op een

bijna nuchtere maag hadden Von Trettlow overmoedig gemaakt. De Obersturmbannführer leek hem te dik en te opschepperig om gevaarlijk te zijn. Zijn adjudant zat met zulke koeienogen naar hem te luisteren dat hij de aanwezigheid van de twee Wehrmacht-officieren compleet vergeten leek te zijn.

'Vichy is verleden tijd', klonk het stellig. 'Als we de Amerikanen en Britten terug in zee hebben gegooid, zullen we enkel nog zaken doen met die Fransen die onze ideologie en ambities volledig delen. Al die jaren dat we met dat wespennest in het onbezette deel van Frankrijk te maken hebben gehad...' Hij zuchtte en omvatte zijn lege glas met beide handen. Aan een van zijn worstvormige vingers prijkte een trouwring, aan een andere de ss-ring. 'Weet u, Vichy was een onmogelijke keuze als hoofdstad. Er staan alleen maar hotels. Elk ervan werd omgetoverd in een ministerie. Overdag werden de bedden en tafels gebruikt als bureau en 's nachts werd er geslapen. De ministers vochten met elkaar om de grootste suites, omdat ze daar ook hun echtgenote in konden onderbrengen. Stel je voor: op het tweepersoonsbed zit de minister van Buitenlandse Zaken diplomatiek overleg te plegen en in de badkamer staat mevrouw de minister de was te doen.'

Ze lachten – het teken voor de Obersturmbannführer om de cafébaas nog eens te wenken voor een rondje.

'En waar hadden die ambassadeurs dan hun ambassades?' vroeg Bargatzky.

'U mag eenmaal raden, Herr Major.'

De ss'er leunde vervaarlijk ver naar achteren op het roestige stoeltje.

'In *Hôtel des Ambassadeurs* natuurlijk', antwoordde Von Trettlow in zijn plaats.

De Obersturmbannführer viel bijna achterover van de pret.

~

Ze hadden een belangrijke vergadering in het Majestic moeten voorwenden om zich van de twee ss'ers te ontdoen. De vrolijkheid in hun lodderige ogen had plaatsgemaakt voor teleurstelling, maar Von Trettlow was vooral bang geweest dat nog meer alcohol hemzelf te loslippig zou maken. Terwijl ze in de richting van de Rue de Rivoli liepen, voelde hij hoe zijn benen de neiging hadden hem niet kaarsrecht over het trottoir te voeren. Bargatzky leek echter nog even nuchter als aan het begin van de middag.

'Het briefje van madame Elise Calmann is veelbelovend', zei Bargatzky plotseling. 'Ik denk dat ze een ideale getuige voor ons zou zijn.'

'En die verhuizer dan?' vroeg Von Trettlow verbaasd. 'En die huiseigenaar?'

'Dat zijn mensen met veel boter op hun hoofd. De verdediging zal daarop wijzen om ze ongeloofwaardig te maken. Ze hebben eerst geprofiteerd van het misdadige systeem en zijn nu bereid het te verraden.'

'En haar gaan ze niet door de mangel halen, zeker.'

'Zij is zuiver slachtoffer. Ze is een sterke troef.'

Von Trettlow hief zijn armen ten hemel, in een half gespeeld wanhopig gebaar.

'Hoe krijg ik haar daar in hemelsnaam weg? Ik kan haar toch moeilijk ontvoeren? We zouden direct de Gestapo achter ons aan krijgen en overal alarmbellen doen afgaan.'

Ze zwegen omdat hun een man en een vrouw tegemoetkwamen. De majoors wilden opzijstappen om hen door te laten maar de twee staken de straat al over. Ze vervolgden hun weg. Als ze de Rue de Rivoli afliepen, kwamen ze vanzelf op de Champs-Élysées uit en geleidelijk zouden ze steeds meer Duitsers en steeds minder Fransen tegenkomen.

'Je kunt uiteraard geen geweld toepassen, maar je kunt doen wat je al gedaan hebt: de baron irriteren. Verzin iets waardoor je met een vrachtwagen de poort kunt binnenrijden. Er is iets onrechtmatig in beslag genomen. Een paar manschappen komen de boel inladen, jij houdt de baron aan de praat en zwaait met een dwangbevel en ondertussen zorgen twee anderen van ons ervoor dat Elise Calmann ongezien in de laadbak verdwijnt.'

Von Trettlow overdacht het en moest toegeven dat het goed klonk. Het voorstel leek hem te ontnuchteren. Toch zag hij nog beren op de weg.

'Als ze verdwenen is, zullen ze al snel één en één bij elkaar optellen. Ze moet wel via onze vrachtwagen ontkomen zijn.'

'Nou en?' bracht Bargatzky ertegen in. 'Ze kan onderweg uit de laadbak gesprongen zijn. Onze mannen waren te verbaasd om in te grijpen, laat staan te schieten.'

'Dat is dan ons verweer achteraf?'

'Nee, dat is wat we zelf aan de baron zullen melden, zelfs nog voordat hij ontdekt heeft dat ze ontsnapt is.'

Von Trettlow bleef staan en legde zijn hand op de schouder van de ander.

'Jij hebt dit al helemaal doordacht, niet? Wanneer had je daar de tijd voor? Terwijl die Obersturmbannführer zijn anekdotes zat te vertellen?'

'Toen heb ik de laatste eindjes aan elkaar geknoopt', lachte hij. 'Kom, we gaan wat eten aan de Champs-Élysées. Dan zal ik je ook vertellen op basis waarvan we een dwangbevel gaan opstellen.'

'Zullen we dronken worden?' stelde Von Trettlow voor. 'Het is misschien de laatste avond dat we het nog kunnen.'

'Ik heb niets aan je met een kater, Max. Je hebt maar één arm. Als ik je ook nog met maar één werkende hersenhelft naar de Rue de Bassano laat gaan, riskeer ik dat alles misloopt.'

18

Elise kwam langzaam weer tot bewustzijn, waarbij ze niet wist of het kwam door het bonken van de laadcabine over de putten in het wegdek of doordat het middel dat ze had ingeademd was uitgewerkt. Een van de militairen had haar van achteren vastgepakt en een prop met een zoetig geurend goedje onder haar neus gedrukt. Ze had gestompt en getrapt, maar toen ook de andere Duitser haar in bedwang had helpen houden, had ze al snel haar verzet moeten opgeven.

Waar brachten ze haar heen? Hoelang was ze buiten westen geweest? Het leek of ze er niet te hard over mocht nadenken, want een golf van misselijkheid overviel haar. Ze braakte over de vloer van de cabine, die stonk naar diesel. Twee armen trokken haar overeind, maar toen haar hoofd van de bodem kwam, verloor ze opnieuw het bewustzijn.

Toen ze voor de tweede keer bijkwam, was de vrachtwagen tot stilstand gekomen. Een man in een officiersuniform stond over haar heen gebogen en had een bezorgde blik in zijn ogen. Ze kreeg de indruk dat ze zijn gezicht al eens gezien had, maar kon het niet plaatsen.

'Madame Calmann, kunt u mij horen?'

Het was vreemd om na zo lange tijd opnieuw met haar naam te worden aangesproken. Ze knikte, wilde wat zeggen en merkte dat haar mond kurkdroog was. De officier hielp haar overeind komen. Ze tolde even op haar benen maar de duizeligheid verdween snel. Een hele reeks vragen brandde op haar lippen, alleen weerhield de ingesleten angst voor Duitsers haar ervan ze te stellen.

De man nam haar rechterhand en maakte met zijn linkerarm een gebaar dat uitnodigde uit te stappen. Ze volgde hem en liet zich helpen om van de rand van de laadbak op de grond te komen. Toen ze om zich heen keek, zag ze dat de vrachtwagen op een groot stuk grind stond, vlak voor een bordes. Een gazon en bakken vol violen en begonia's verrasten haar met hun kleurenpracht.

'We zijn aan de rand van Parijs', verklaarde de Duitser ongevraagd.

'Waar gaan we naartoe?'

Ze hoorde zelf hoe onnozel het klonk. De officier gaf haar een witte zakdoek en wees op haar mond. Ze veegde haar lippen ermee af en snoot daarna uitvoerig haar neus. Toen ze de zakdoek wilde teruggeven, gaf hij haar met een handgebaar te kennen dat ze die mocht houden. Hij nam opnieuw haar hand en leidde haar de trappen naar het bordes op, maar eerder zoals een man haar de dansvloer op zou begeleiden dan als een cipier een gevangene, vond ze.

Hij opende een hoge toegangsdeur met veel glas en sloot die weer achter haar. Ze kwamen terecht in een grote hal. Het was er koeler dan buiten. Ook hier stonden bloemen in bakken, maar andere, met klassieke vormen en vervaardigd van steen. De officier ging haar voor door een gang, opende een deur rechts en hield die voor haar open. Ze stapte een grote ruimte in, met ramen aan de zij- en achterkant. De laatste keken uit op een grote, klassiek aangelegde tuin. De kamer werd gedomineerd door een indrukwekkend bureau en enkele boeken- en dossierkasten tegen de muren, maar had ook een zithoek aan de kant die grensde aan de tuin. De officier wees haar erop. Ze nam plaats op een brede lederen bank, waarin ze gedeeltelijk wegzonk.

'Zal ik u wat te eten en te drinken laten brengen? Houdt u van koffie en misschien wat cake? Het is nog geen middag.'

Het vooruitzicht van koffie deed haar op slag watertanden en haar wantrouwen vergeten. Ze knikte gretig en voegde er toen beleefd 'Heel graag, dank u' aan toe.

De Duitser nam de hoorn van een toestel dat op het bureau stond en gaf de bestelling door. Terwijl hij sprak bekeek ze hem wat nauwkeuriger. Hij leek een jaar of veertig. Zijn figuur was slank, zijn haar dik en donker, een man in de kracht van zijn leven. Nadat hij de hoorn op de haak had gelegd, liep hij glimlachend op haar toe en nam in de zetel tegenover haar plaats.

'Ik moet mij eerst en vooral bij u verontschuldigen voor onze brute handelwijze. Wij hebben uw handgeschreven briefje gekregen en zo snel mogelijk actie ondernomen. De hele poppenkast van deze morgen, met het dwangbevel en de inbeslagname van een collectie schilderijen en tekeningen, was vooropgezet spel. Het was onze bedoeling u daar weg te halen, maar u schrok hevig, wilde gaan roepen en dus hadden we geen andere keus dan u te bedwelmen.'

Hij zweeg. Elise zweeg ook. Ze had zich de voorbije week niet meer kunnen voorstellen dat er werkelijk een reactie zou komen op haar noodkreet. Het hele idee had ze inmiddels als absurd afgedaan, en nu was ze blijkbaar toch bevrijd. Maar waarom? Het feit dat ze hier zat, in een kasteeltje, tegenover een andere Duitse officier dan kolonel Von Behr, leek een scène uit een surrealistisch toneelstuk.

'Al die moeite', bracht ze ten slotte uit, 'om mij uit Bassano te krijgen? Een van de vele gevangenen in een van de drie kampen.'

De man tegenover haar sloeg een gelaarsd been over het andere en lachte. 'Niet zomaar een gevangene, in niet zomaar een kamp. Madame Calmann, uw briefje kwam voor ons als een geschenk uit de hemel. U bent voor ons de gedroomde kroongetuige in het proces dat we voorbereiden tegen de Dienststelle Westen. U bent er zich toch van bewust dat wat de ss doet illegaal is?'

Elise voelde haar mond openvallen van verbazing. Het werd steeds absurder. Ze haalde haar schouders op.

'Nee', antwoordde ze op aarzelende toon, om er na een korte pauze aan toe te voegen: 'Duitsland heeft Frankrijk bezet. Waarom zou er een verschil bestaan tussen de ene Duitse legereenheid en de andere?'

Het gezicht van de officier betrok nauwelijks merkbaar – van ergernis om haar onwetendheid? – maar hij leek zichzelf snel weer in de hand te houden.

'Ik begrijp dat het voor een Française van Joodse afkomst moeilijk is onderscheid te maken tussen de Wehrmacht en de ss. In uw ogen lijken we allemaal even crimineel. Maar ik kan u zeggen dat er grote verschillen van inzicht zijn. Het onteigenen van Joden, het inpikken van inboedels en woningen en het deporteren van bewoners heeft geen enkele rechtsgrond.'

Die man is gek, dacht ze. Straks komen er twee verplegers binnen met een dwangbuis en blijkt hij een patiënt te zijn, ontsnapt uit dit kasteel, dat best weleens een gesticht zou kunnen zijn. In plaats daarvan kwam er een Duitse soldaat binnen met een dienblad, waarop een porseleinen koffiepot, twee kopjes en schoteltjes en een schaal met cake stond. Opnieuw werd haar verwarring direct verdreven door haar honger.

De geur van echte koffie bereikte haar neusgaten en leek haar heerlijker dan die van de duurste parfums. Ze vroeg drie klontjes suiker en zoveel mogelijk melk. Toen ze het kopje aannam kon ze niet wachten tot de hete drank was afgekoeld. Gulzig en ongemanierd dronk ze het helemaal leeg en keek de officier toen vragend aan. Hij glimlachte en schonk het kopje nogmaals vol.

'U maakt een verwaarloosde indruk, als u het mij niet kwalijk neemt dat ik dit zeg. Te lang te weinig gegeten, neem ik aan. Ik zal ook een bad voor u vol laten lopen.'

Ze dronk en at en hoefde daarom niet te antwoorden. De Duitser tegenover haar volgde het tafereel met instemming, maar Elise had toch de indruk dat hij zich moest bedwingen om niet met zijn hoofd te schudden. Hij haalde een blauw pakje sigaretten en een zilverkleurige aansteker uit zijn zijzak en stak er een op. De tabaksgeur vermengde zich storend met die van de koffie maar ze durfde er niets van te zeggen.

'Mijn naam is Walter Bargatzky, majoor en jurist. Een van mijn naaste medewerkers is Max von Trettlow, majoor en architect. Hij is de eenarmige man bij wie u uw briefje in een zijzak stopte.'

Ze keek verrast op en vroeg met volle mond: 'Hij was vanochtend ook in Bassano. Is hij nu hier ook in het gebouw?'

'Ik vermoed dat hij onderhand hiernaartoe onderweg is. Hij heeft mij bijgestaan bij het in kaart brengen van de schaal van de roof die de SS in Parijs begaat.'

Ze slikte een stuk cake door en spoelde het weg met een bodempje koffie. De cafeïne had haar volkomen helder gemaakt. Ze kon weer nuchter denken en voelde zich merkwaardig energiek. De cafeïne hielp haar de moed te vinden om zelf een vraag te stellen: 'Meneer de majoor, kunt u mij vertellen hoe het er werkelijk voor staat in de oorlog? Ik heb een jaar lang geen nieuws gelezen, gehoord of gezien. Ik heb enkel iets opgevangen over een geallieerde invasie.'

'Sinds uw gevangenneming heeft Italië gecapituleerd, hebben de Russen het grootste deel van hun land heroverd en de Britten en Amerikanen vaste voet aan wal gekregen in Normandië.'

'Dus Duitsland verliest op alle fronten?'

'Duitsland verliest op alle fronten', bevestigde Bargatzky. Hij knikte er nog bij ook.

'En hoe voelt u zich daarbij?'

Tot haar verbazing voelde de ander zich zichtbaar ongemakkelijk door die vraag. Hij begon te schuifelen op zijn stoel, op zoek naar een antwoord dat passend leek.

'Ik betreur het dat we zoveel mensen verloren hebben: soldaten en officieren op het slagveld, burgers in het gebombardeerde vaderland. Iedere dag dat deze verloren oorlog voortduurt, is er een te veel.'

Maar je betreurt het niet dat er ook zoveel Fransen gestorven zijn, dacht Elise. Ze besloot op haar hoede te blijven voor deze man, ook al had hij haar gered van deportatie en gedroeg hij zich uiterst hoffelijk. Haar ogen flitsten langs de deuren en vensters, op zoek naar een uitweg, als een zwerfkat die vanuit de winterse koude naast de brandende open haard en een schotel melk is gezet en zich toch niet wil laten opsluiten.

Ze ging recht overeind zitten in de bank en wees op het pakje dat op de tafel lag. 'Mag ik een sigaret van u?'

'Ik wist niet dat u rookte.'

'Ik heb het opgegeven maar ben er altijd naar blijven verlangen.'

Ze was ermee gestopt toen de eerste anti-Joodse maatregelen werden afgekondigd, bang dat ze, binnen de vier muren van haar appartement, haar toch al gespannen zenuwen extra zou belasten met een eindeloos opsteken en uitdrukken van sigaretten. Maar nu had ze er een onbedwingbare trek in. De majoor hield haar een pakje Gauloises voor. Ze had de sigaret liever in het pijpje gestopt dat ze thuis in een lade had weggeborgen, maar voor deze ene keer kon het wel zonder. De majoor gaf haar vuur en keek toe hoe ze genietend de rook in haar longen trok, daar even vasthield en daarna langzaam uitblies. Na zo'n lange tijd prikkelde de tabak haar keel, alsof deze sigaret de eerste van haar leven was.

'Dank u', zei ze kuchend.

De rook die boven de tafel kwam te hangen, scheen symbolisch voor de mist die er tussen haar en Bargatzky hing. Hij overdonderde haar niet met vragen of uitleg en leek haar vooral tot rust te willen laten komen. Vreemd genoeg voelde ze zich noch ontspannen, noch dankbaar.

'Mag ik weten wat u nu van mij verwacht?'

Haar nieuwsgierigheid naar wat er met haar ging gebeuren, was groter dan haar angst iets verkeerds te zeggen.

Bargatzky tastte in zijn binnenzak en haalde een persoonsbewijs tevoorschijn. 'Eerst en vooral u een nieuwe identiteit bezorgen. We hebben papieren laten maken op een valse naam – levensecht. We hebben ook een onderduikadres voor u gevonden. Dat heeft allemaal veel voeten in de aarde gehad. Daarom duurde het helaas meer dan een week voor we tot onze bevrijdingsactie konden overgaan.'

Ze nam het persoonsbewijs aan, opende het en zag een pasfoto van haarzelf met daaronder een andere naam: Elise Nourissier. Ook het adres was haar onbekend: Rue de Lourmel 28. Het rode stempel met de vermelding *Joods* ontbrak. Ze staarde secondelang stomverbaasd naar het papier.

'Hoe bent u aan die foto gekomen, meneer de majoor?'

'Die hebben we uit het bevolkingsregister gehaald, een reserve, uit de tijd van uw eigen registratie in oktober 1940.'

Een vals persoonsbewijs. Als ze minder gezagsgetrouw was geweest, als ze had geluisterd naar de waarschuwende woorden, was ze tijdig in het bezit gekomen van zo'n document en ondergedoken. Als zij en Armand minder naïef waren geweest, waren ze Parijs al op de tiende mei ontvlucht, in de richting van het zuiden. Ze zag hem voor zich op die eerste oorlogsdag – hoe zijn handen geruststellende gebaren maakten dat het allemaal wel goed zou komen. De gedachte aan Armand deed haar het erop wagen een tweede verzoek te doen:

'Majoor, ik ben getrouwd, zoals ik ook in het briefje schreef. Ik zou heel graag mijn man willen spreken.'

'We zullen zien hoe we dat kunnen regelen', antwoordde Bargatzky ontwijkend.

'Sinds mijn arrestatie heeft hij nooit meer iets van mij gehoord. Ik weet niet hoe het met hem is, weet zelfs niet of hij nog...'

Ze zweeg, geschrokken van haar eigen onuitgesproken gedachte.

'Ik zal iemand langssturen om contact te leggen', antwoordde de majoor op sussende toon.

'Hij leeft dus nog', reageerde ze hoopvol. 'Hij woont nog in ons eigen appartement.'

Bargatzky knikte. 'Majoor Von Trettlow is hoogstpersoonlijk langs het gebouw gelopen en zijn naam staat nog steeds onder de bel.'

Ze zuchtte van opluchting, sloot even haar ogen en opende ze om de officier te bedanken voor het goede nieuws. Elise probeerde erbij te glimlachen maar voelde dat het een half geslaagde poging werd. Om de ander niet te veel van haar emoties te tonen, nam ze een lange haal van haar sigaret en blies de rook door haar neusgaten uit. Toch één kwellende zorg minder, tenzij... Ze beet op de nagel van haar rechterduim. Het appartement kon ook al een tijdje leegstaan.

'U hebt veel meegemaakt het laatste jaar en de spanning is onderhuids gegaan. Uw gedachten draaien in cirkeltjes. Waar u nu behoefte aan hebt, is een lang en warm bad, frisse kleren en een bed met zachte lakens. Als u last hebt van lichamelijk ongemak, kan ik zelfs een arts voor u regelen.'

Hoffelijkheid, zorgzaamheid – het hield maar niet op. En toch bleef ze wantrouwend. Op zijn revers prijkte een klein insigne met hakenkruis. Misschien slechts gewoonte of toch overtuiging?

Ze drukte het restant van de sigaret uit in een ronde kristallen asbak en kwam overeind. Snel en zedig trok ze de zoom van haar jurk recht. Dat ze dit vreselijke vod zou kunnen verwisselen voor iets moois en kleurrijks, zou de bedwelming van daarstraks al goed kunnen maken.

'Ik maak graag gebruik van uw aanbod', merkte ze vormelijk op. 'Als u me de weg zou willen wijzen naar de badkamer, zou ik u zeer erkentelijk zijn.'

Het verbaasde haarzelf hoe de uitdrukkingswijzen die ze jaren niet gebezigd had, vanzelf in haar bewustzijn opdoken en uit haar mond kwamen. Ook in dat opzicht voelde ze dat ze zich eindelijk buiten het kamp bevond.

~

Max von Trettlow duwde de hoge toegangsdeur tot La Folie Saint-James open en stapte binnen. De koelte voelde onmiddellijk weldadig aan. Hij kon het niet laten uitvoerig naar de ornamenten boven de deuren te kijken, zoals hij ook een minuut lang de buitenkant van het achttiende-eeuwse landhuis had bewonderd. De bouwer ervan was een baron die zo onverstandig was geweest de concurrentie aan te gaan met de graaf van Artois, wist hij. De graaf werd decennia nadien koning, onder de naam Charles X; de baron ging failliet. Latere eigenaren hadden het landgoed voortdurend herbouwd en er modernistische art-deco-elementen aan toegevoegd, tot de Franse staat het in de jaren twintig van deze eeuw als monument had geklasseerd. Vanzelfsprekend had de Wehrmacht er beslag op gelegd, maar niet direct aan het begin van de oorlog, pas dit jaar. Zo had Von Stülpnagel het kunnen toewijzen aan de samenzweerders. Nazigezinde collega's werden er vakkundig buiten gehouden. Daarom leek het een ideale plek om Elise Calmann in eerste instantie naartoe te brengen.

Hij liep traag door de gang, hoorde achter zich de toegangsdeur opnieuw openen en zag voor zich iemand een kamer verlaten. Hij wist dat Fischer achter hem de hal betrad en Bargatzky voor hem. Ze staken een hand op naar elkaar.

'Ze heeft wat gegeten en gedronken en zit nu in bad', stelde Bargatzky hem op de hoogte. 'Laten we de tuin in lopen. Dan kan ik horen hoe het gegaan is.'

Via twee uitslaande glazen deuren verlieten ze het gebouw aan de achterzijde. Slecht onderhouden bloemperken en struiken die al lang niet meer gesnoeid waren, trotseerden de stilstaande lucht en de brandende zon, alsof de tuinman uitsluitend oog had gehad voor de voorkant van het pand. Von Trettlow rook de nabijheid van de Seine. Onderweg naar Neuilly had hij een konvooi duwboten gezien, op weg naar het Normandische front om de troepen te bevoorraden. Hij hoopte dat ze niet te veel luchtaanvallen te verduren zouden krijgen, want ook de bevoorrading van de Parijse bevolking verliep deels via het water. Bovendien stroomde de rivier akelig dicht langs La Folie Saint-James.

'Von Behr heeft geprobeerd Oberg erbij te halen maar die heeft niet gereageerd. Hij trachtte het meteen hoog te spelen. Té hoog. Daarna had het natuurlijk geen zin meer alsnog een of andere onderknuppel van de ss te laten opdraven.'

Bargatzky lachte uitbundig om zijn verslag. Von Trettlow vermoedde dat het vooral van opluchting was.

'Ik moet eerlijk toegeven dat ik wel wat in de rats gezeten heb. Natuurlijk heb ik nooit gedacht dat het tot een schietpartij zou komen, maar ze hadden ons wel urenlang kunnen ophouden – tot er toch een hoge piet kwam opdraven.'

Von Trettlow plukte een roos van een struik waar nauwelijks bloemen aan zaten en rook er even aan.

'Ik ook, Walter. En dat madame Calmann in paniek zou raken, stond ook niet in ons draaiboek.'

Bargatzky draaide zich om en wees naar een raam op de eerste verdieping. 'Ze heeft zich goed hersteld van die bedwelming, maar ik geloof dat ze geen idee heeft waar ze nu in terechtgekomen is. Het lijkt ook net of ze ons wantrouwt.'

Von Trettlow volgde zijn blik. 'Hoe zou je zelf zijn? Duitsers staan voor haar gelijk aan ellende. Wij...'

Hij zweeg, wees toen op het partij-insigne dat de ander op de revers van zijn uniformjasje droeg.

'Vond je het echt verstandig haar met dat ding op te ontvangen?'

Bargatzky keek omlaag en creëerde zo heel even een dubbele kin. 'Dat? Och, jongen, dat behoort tot mijn camouflage. Dat weet je toch?'

'Ik wel, maar zij niet. Doe het in godsnaam af als je hier bent. Het misstaat sowieso op deze plek.'

Met tegenzin begon Bargatzky eraan te prutsen. Hij vloekte. Toen hij het speldje uiteindelijk loskreeg, scheurde er een stukje textiel mee.

'*Verdammt noch mal, du grosse Scheisse!*'

'Een grote berg stront kun je die nazipartij wel noemen, ja', werd er grinnikend geantwoord.

~

Elise genoot van het water en het badschuim, ook nu het al voelbaar afkoelde. Tegen de rand van het ligbad begon zich een vettig laagje te vormen: het diepe vuil van het afgelopen jaar, want meer dan oppervlakkige wasjes en af en toe een koude douche was de gevangenen niet toegestaan geweest. Haar huid voelde slap en oogde bleek, de haren die ze met twee handen waste leken een verzameling dor stro. Eén bad was niet genoeg om werkelijk schoon te worden en het stof van de Rue de Bassano van zich af te spoelen, maar het was een begin.

Vanuit de tuin bereikte haar het geluid van stemmen. Ze verhief zich boven de rand en keek door de vuile ruit. Ze herkende Bargatzky en de eenarmige majoor. Ze bespraken iets met elkaar maar ze kon niet verstaan wat ze zeiden, ook al omdat ze van het gebouw wegwandelden. De eenarmige had iets rijzigs in zijn houding, alsof hij zijn handicap op die manier compenseerde. Dit was de onbekende aan wie ze haar lot had toevertrouwd. Blijkbaar was haar intuïtie goed geweest.

Ze moest zorgen dat hij in haar buurt bleef. In deze schimmige wereld van elkaar beconcurrerende Duitse diensten, waar ze niets van snapte, was hij vooralsnog haar enige ankerpunt.

Hij plukte een roos, daarna wees hij naar het uniformjasje van de ander en ten slotte zag Elise hoe die stond te hannesen met iets op zijn revers. Stront van een vogel? Een insect?

En toen wist ze het: het hakenkruisinsigne. Het moest eraf. Om haar niet meer te shockeren of om haar op het verkeerde spoor te brengen?

Ze zuchtte, maar niet van genoegen, en liet zich terugzakken in het water, eerst met haar hoofd boven en vervolgens onder de oppervlakte, in de vage hoop dat het water haar piekerende gedachten uit haar hersenen zou doen stromen.

19

De vrachtwagen vóór hun Citroën kwam slechts schokkend vooruit en reed zó langzaam dat de rijnaak op de Seine beneden ze hen voorbijvoer. Fischer toeterde en Von Trettlow keek op zijn horloge. Hij dreigde te laat te komen voor zijn afspraak en een burggravin liet je uiteraard niet wachten.

Er klonk gebrom in de lucht, een geluid dat snel in intensiteit aanzwol. De majoor draaide het zijraampje van het linkerachterportier verder naar omlaag en stak zijn hoofd naar buiten, op hetzelfde moment als zijn chauffeur dat deed. De adem stokte hem in de keel.

Twee jachtvliegtuigen scheerden laag over de linkeroever. Ze ontweken een derde toestel, dat hoger vloog in de tegenovergestelde richting. Een kat-en-muisspel, dacht Von Trettlow, maar de Feldwebel haalde hem snel uit die droom.

'Dat zijn Mustangs, majoor!' riep hij. 'Amerikanen. Die Messerschmitt van ons zal het moeilijk krijgen.'

Wat een onzin, dacht Von Trettlow, een Messerschmitt is veel sneller; die piloot kan in zijn eentje twee vijandelijke vliegtuigen aan.

Dat was buiten de derde Mustang gerekend. Het jachttoestel dook van een grotere hoogte naar beneden, alsof het de beide andere als lokvogels had gebruikt, en liet zijn boordmitrailleurs ratelen. Kort daarop zag Von Trettlow zwarte rook uit de Duitse jager komen. De Messerschmitt trok zijn neus op en begon een looping te maken.

'Ik hoop dat de piloot er met zijn parachute uit kan springen', riep Fischer boven het lawaai uit.

Maar het schuifdak van de cockpit opende zich niet. Het toestel begon te draaien en stortte vervolgens recht naar beneden. Een paar seconden later volgde de explosie, niet ver van de voet van de Eiffeltoren.

Von Trettlow trok zijn hoofd in en bracht zijn ene hand naar zijn rechteroor.

'Uitstappen, majoor!' hoorde hij boven zich. 'Uitstappen! Ze komen terug!'

Hij bleef zitten, met zijn hoofd tegen het leer van de achterbankzetel gedrukt. Ondertussen zwol het lawaai buiten aan. Opnieuw klonk het geratel van boordmitrailleurs, gevolgd door een wegtrekkend geluid van motoren. Hij kwam overeind en staarde naar buiten. Twee van de drie Mustangs vlogen in de richting van het westen.

Het passagiersportier werd opengetrokken en een hand rukte aan zijn uniformjasje.

'Kom eruit, majoor! De aanval is nog niet voorbij!'

Met tegenzin liet hij de auto achter en volgde Fischer terwijl die de oever afholde in oostelijke richting. Na een tweehonderdtal meters bleven ze hijgend staan en draaiden zich om.

De rijnaak brandde hevig. Het schip vervoerde blijkbaar brandstof en die had vlam gevat. Het vuur greep in snel tempo om zich heen. Met afgrijzen zag Von Trettlow hoe een brandende man naar de reling strompelde en zich in het water gooide. De derde Mustang verdween in westelijke richting maar de beide andere toestellen kwamen alweer terug.

'Op de grond, majoor! Op de grond!'

De Feldwebel moest hem met kracht op zijn schouders drukken eer hij languit op de grond ging liggen. Terwijl zijn lippen het warme asfalt leken te kussen, hoorde hij de boordmitrailleurs voor de derde keer ratelen en de vliegtuigen vlak over zich heen scheren. Ditmaal klonk de inslag van de kogels nog dichterbij.

Toen hij opkeek, zag hij verderop een Duitse militair bloedend op de grond liggen en een andere over de weg lopen terwijl hij naar zijn zij greep. Zijn tempo vertraagde, de vlek in zijn zijde werd roder en groter. Hij hield zich vast aan de metalen reling, boog voorover en duikelde naar beneden.

Het lawaai van de vliegtuigen nam af en verdween toen helemaal. In plaats daarvan klonk in de verte een luchtalarm, een sirene en het geroep van toesnellende mensen.

~

Von Trettlow zat op de bestuurdersstoel, terwijl Fischer over de motor gebogen stond. De motorkap was geopend. De kogel die de linkervoorband had doorboord was snel gevonden, maar de andere, die in de carburator terecht was gekomen, kon er niet uit worden verwijderd. Inmiddels was alle koelvloeistof eruit gelopen en kon de Citroën niet meer gestart worden.

'Het spijt me, majoor', sprak de Feldwebel. 'We zullen hem moeten laten wegslepen en een nieuwe auto optrommelen. Dat kan lang duren.'

'Laat maar. Ik ga wel lopen. Als ik dat direct had gedaan, was ik er al geweest.'

De ander schonk hem een meewarige blik. De hulpdiensten waren de lijken aan het wegbergen en de brand op het schip aan het doven. De stank was onverdraaglijk, maar de majoor kon zich er niet toe zetten op te staan en weg te lopen.

'Wat is er met me aan de hand?'

De Feldwebel staakte zijn gepruts en draaide zijn hoofd naar hem toe: 'Pardon, majoor?'

'Waar zijn mijn reflexen gebleven? Als jij me niet uit de auto had getrokken, had ik misschien zelf bloedend op straat gelegen.'

'Te lang weg van het front, majoor.'

'Onzin', wierp hij tegen. 'Jij bent dat nog langer dan ik, en je reageerde wel adequaat.'

Fischer gaf geen antwoord, misschien omdat er geen te geven was. Moeizaam stapte Von Trettlow uit de auto, salueerde naar zijn adjudant en liep weg, in westelijke richting. Hij kwam voorbij de plek waar de man met de bloedende zijde over de reling was gekieperd en op de kade te pletter gevallen, voorbij de vrachtwagen, waar de kogelgaten in het zeildoek zaten. De westenwind dreef de benzinerook gelukkig in de andere richting. Toch voelde hij zich licht duizelig toen hij de plek bereikte waar de politie de straat had afgezet.

'Bent u gewond, majoor?' vroeg een agent op bezorgde toon. Hij schudde ontkennend, waarop de politieman hem liet passeren.

Hij wandelde verder. Geleidelijk werd zijn ademhaling minder oppervlakkig en de chaos in zijn hoofd kleiner. Aan zijn rechterkant zag hij de tuinen van het Trocadéro. De bladeren en bloemen leken zich niets aan te trekken van de luchtaanval van daarnet.

Was dit een bijkomstigheid van zijn verloren overtuiging? Als je niet langer geloofde in de rechtvaardigheid van een oorlog, tastte dit ongeloof dan ook je militaire vaardigheid aan? Hij had medelijden gevoeld voor de slachtoffers, maar ook een verlamming die hem aan zijn zetel gekluisterd hield, bijna alsof hij een toeschouwer was geworden in een oorlog waarin hij jarenlang deelnemer was geweest.

Hij liep door het park naar de Place du Trocadéro. Nog maar zeven jaar terug was het plein een van de plekken geweest waar de paviljoens van de wereldtentoonstelling hadden gestaan. Als architect hadden de bouwwerken hem bijzonder geïnteresseerd, maar het geld en de tijd ontbraken hem om de expositie te bezoeken. Hij had wel foto's gezien van de paviljoens van nazi-Duitsland en de Sovjet-Unie, de grote concurrenten die de organisatie opzettelijk recht tegenover elkaar had geplaatst en die in veel opzichten griezelig op elkaar hadden geleken. De Expo leek nu een onwaarschijnlijke herinnering. De voorbije jaren defileerden de bezettingstroepen hier soms, maar altijd bij gebrek aan toeschouwers, had Fischer hem verzekerd.

Hij passeerde enkele terrassen die, ondanks het goede weer, grotendeels leeg waren. Bij een ervan, dat van *Le Malakoff*, bleef hij staan. Hij aarzelde even, liep toen naar binnen en bestelde aan de langgerekte bar een cognac.

'Een speciaal merk, monsieur?' vroeg de besnorde en kalende man achter de toog, en wees op de rij flessen achter hem. De meeste waren voor minder dan de helft gevuld, alsof niet de klanten maar de personeelsleden geregeld een glas namen en de fles niet meer aanvulden.

'Godet, als u het hebt, en anders om het even wat.'

Hij haalde een zakdoek tevoorschijn en veegde het zweet van zijn voorhoofd. De pet legde hij op de bar. Toen de ober het glas bracht, betaalde hij en dronk het vervolgens in twee teugen leeg.

'Graag nog een', mompelde hij, nauwelijks hoorbaar.

Het tweede dronk hij in een kalmer tempo. De alcohol deed zijn werk. Aan wat voor angst of twijfel hij ook ten prooi was geweest, hij voelde zich geleidelijk weer zichzelf worden. Het leek dezelfde verlamming die hij als jonge militair in de loopgraven had gevoeld, alsof hij in dat opzicht terug bij af was. Vóór hij de laatste slok nam, keek hij om zich heen en zag een wat kleine, pijprokende man naar hem staren. De ogen achter de dikke brillenglazen leken uit hun kassen te barsten en stonden scheel – misschien de hoofdreden dat hij niet was weggevoerd voor dwangarbeid in Duitsland.

Met een klap zette hij het lege glas op de bar, draaide zich om en liep zonder te betalen naar buiten. Het gestaar van de schele had hem ineens mateloos geïrriteerd. Ze moesten die man zijn tweede cognac maar laten betalen.

Op het plein zag hij een fietstaxi naderen. Hij stapte de weg op en dwong hem te stoppen met een autoritair handgebaar.

'Place des États-Unis', beval hij. En zonder op de reactie van de chauffeur te wachten stapte hij in.

~

Marie-Laure de Noailles ontving hem met thee en een koekje. Hij had het lastig met het vasthouden van kopje en schoteltje en lepeltje, niet alleen omdat hij slechts één hand had maar ook omdat die licht trilde. Hij beperkte zich tot een enkele slok van de lauw geworden thee, zonder suiker of melk. De gravin droeg een jurk die kort voor de oorlog zeer modieus was geweest en het nu, bij gebrek aan mode, eigenlijk nog steeds was. De parels van haar lange halssnoer waren ongetwijfeld echt. Haar krulletjeskapsel bewees dat er nog steeds kappers waren die over de chemicaliën voor een permanent beschikten, haar make-up dat de zwarte markt nog volop voorzag in lippenstift en mascara.

'Kapitein Jünger heeft al zijn welsprekendheid in de strijd gegooid om me ervan te overtuigen aan uw verzoek gevolg te geven. Ik kan de auteur van *Auf den Marmorklippen* niets weigeren, maar hij kon me niets vertellen over de achtergrond van de vrouw die ik geacht word tijdelijk op te vangen.'

Haar woorden weergalmden licht in de hoge ruimte van residentie Bischoffsheim, waarvan Von Trettlow vond dat die merkwaardig schaars was ingericht. Ze zei in ieder geval geen 'nee'. Zijn voorstel om Elise Calmann onder te laten duiken in een woning waar de ss gegarandeerd geen voet zou binnenzetten, was een goed idee gebleken.

‘Geloof me, gravin, zodra u haar ziet, zult u haar herkennen; meer kan ik nu niet loslaten.’

Hij zag aan haar gezichtsuitdrukking dat hij haar nieuwsgierigheid alleen maar verder geprikkeld had en dat ze in gedachten een hele lijst namen en gezichten langs ging van vrouwen die in aanmerking konden komen. Plicht en berekening streden om de overhand. Hij voelde dat ze nu nog minder geneigd was hem de deur te wijzen zodra hij met Elise naast zich zou aanbellen.

‘Majoor, misschien moeten we toch wat opener en eerlijker naar elkaar zijn. Ik heb de afgelopen vier jaar weten te overleven door me buiten de politiek te houden, door me van mijn meest gastvrije kant te tonen tegenover iedereen – vertegenwoordigers van Vichy en van de bezettingsautoriteiten evengoed als die van de oude partijen. Ik houd alleen afstand tegenover de communisten. Die vrees ik. Maar ik zal u niet verhullen dat ik ook bang ben voor de ss.’

Ze zwegen. Von Trettlow bekeek haar gezicht nauwlettend zonder een enkele zenuwtrek te bespeuren; geen teken van verhoogde ademhaling of zweetdruppels. Blijkbaar was ze in ieder geval voor hem niet bang.

‘De ss is de enige partij waarvoor we moeten oppassen, madame, zowel u als wij. Ik heb sterke vermoedens dat ze deze residentie mijdt en zal blijven mijden – zolang ze nog in Parijs aanwezig is.’

Nu was het haar beurt hem intensief te bekijken. Ja, madame, dacht hij, het is vervelend als je zo rond de pot moet draaien, maar ik ga u toch echt niet aan de neus hangen waarom we iemand bij u laten onderduiken. Hij doorstond met gemak haar borende blik. Ze kwam overeind, in één vloeiende en elegante beweging, alsof ze er als kind jarenlang op geoefend had, en strekte haar handpalm naar hem uit.

‘Breng haar maar. Mijn huisbediende zal op de hoogte zijn en geen vragen stellen.’

Von Trettlow kwam op zijn beurt overeind, wat hem meer moeite en tijd kostte, en liet zijn lippen even boven haar hand zweven, zonder de huid werkelijk aan te raken, precies zoals hij het als jongeman had geleerd. Hij was echter zó blij dat hij haar het liefst om de hals was gevallen.

'De hemel zal u ervoor danken, gravin, en niet alleen de hemel, kan ik u zeggen. Als u het toestaat, kom ik de dame in kwestie af en toe bezoeken, om te zien of alles goed gaat.'

'U bent welkom, majoor, met of zonder kapitein Jünger.'

Ze ging hem voor naar de overloop, vanwaar een brede marmeren trap naar boven en beneden voerde. Von Trettlow was onder de indruk van de pracht en luxe van het gebruikte materiaal. De architect in hem verdrong de militair en samenzweerder.

'Mag ik u vragen, madame, is hier werkelijk een film opgenomen die veel schandaal veroorzaakt heeft?'

Ze glimlachte, alsof het noemen van het feit herinneringen aan gelukkiger tijden bovenbracht. 'Ja, inderdaad, *L'Âge d'Or* van de Spanjaarden Luis Buñuel en Salvador Dalí. Hebt u die film gezien?'

Hij voelde zijn wangen rood worden omdat zijn cultuurbarbarij weer opspeelde. 'Het spijt me, madame, ik hoop hem ooit nog eens te mogen bekijken en dan dit schitterende pand te zullen herkennen.'

Ze leek het niet te horen en weg te zinken in het verleden. Ze leek zelfs niet tegen de majoor maar tegen zichzelf te spreken toen ze zei: 'Zoveel artiesten zijn hier kind aan huis geweest in de vroege jaren dertig. De componist Poulenc, de fotograaf Man Ray. Mijn man en ik gaven het ene spraakmakende feest na het andere. Maar de katholieke kerk en de fascistische partijen kregen er lucht van en vielen ons openlijk aan in de pers. Ik werd 'die cultuurbolsjewistische Jodin' genoemd, die de goede zeden bedierf. Mijn echtgenoot heeft erg geleden onder die artikelen, destijds.'

‘Het spijt me dat te horen, madame.’

Zijn opmerking leek de gravin leek niet te bereiken. ‘Veel kunstenaars zijn met de noorderzon vertrokken toen de Duitsers Parijs bezetten. Het meest mis ik nog Jean-Michel Frank, mijn stille, lieve vriend. Hij heeft dit pand voor me ingericht, weet u? Op zijn totaal eigenzinnige manier. Ik ben bang dat ik zijn concept, waarin de leegte en het gebruik van bijzondere materialen dominant waren, een beetje heb verpest door van meet af aan persoonlijke spullen in de kamers te zetten, net als kunstwerken en meubelen die er volgens hem niet in thuishoorden. Hij was erg beroemd vóór de oorlog. U bent architect. U kent zijn naam en werk ongetwijfeld.’

De rode kleur kreeg niet de kans van zijn kaken te verdwijnen. Tot zijn schande en ergernis moest hij alweer toegeven dat hij van iemand nooit had gehoord, ditmaal nog wel een collega.

‘Wij werden door de nazi’s buitengesloten van Europese invloeden, madame’, verdedigde hij zich halfslachtig.

‘Ik hoop dat u zich na de oorlog alsnog in zijn oeuvre kunt verdiepen,’ zei Marie-Laure de Noailles, ‘want er zal niets meer bij komen. Hij was Joods. In de zomer van 1940 slaagde hij erin naar Amerika te ontkomen. Daar heeft hij nog enkele dure woningen ingericht en een jaar later heeft hij zichzelf van kant gemaakt.’

‘Vreemd’, antwoordde Von Trettlow. ‘Je zou toch zeggen dat hij in veiligheid was, in tegenstelling tot anderen.’

‘De stress, majoor, het verdriet, het eeuwig opgejaagd zijn – juist in momenten van rust blijken de zenuwen het dan definitief te begeven.’

Hij dacht aan Elise Calmann. Hoelang stonden haar zenuwen al strakgespannen? Ze zouden extra goed op haar moeten letten, en niet alleen om te voorkomen dat ze zou worden opgepakt.

20

Het was lang geleden dat ze nog schoenen met hoge hakken had gedragen, kousen zonder ladders, een jurk die niet als een zak om haar lichaam hing maar bij haar vormen paste, ook al waren die nog steeds een afschaduwing van wat ze voor de oorlog waren. Elise Calmann voelde zich een andere vrouw. Dat gevoel werd evenzeer opgeroepen door het valse persoonsbewijs in haar handtas, als door de kleding en het feit dat ze aan de arm van een Duitse officier over de Avenue de Madrid wandelde. De vermomming kon niet vollediger zijn. Het gaf haar een illusie van onkwetsbaarheid en zorgde ervoor dat ze zich paradoxaal genoeg minder bang voelde dan de laatste maal dat ze als vrije vrouw in bezettingstijd de straat op was gegaan.

Bargatzky was zorgzaam en hoffelijk gebleven. Hij was het die deze kleding voor haar had laten brengen. Ze had de voorbije dagen ook verrassend goed gegeten en zelfs tweemaal wijn gedronken. Hij had haar een zilveren sigarettenhouder bezorgd en een pakje sigaretten, alsof hij zelfs in dat detail had gemerkt wat ze ooit gewend was geweest en nu miste. Maar het was de andere majoor die haar begeleidde naar haar onderduikadres. Hij droeg hetzelfde uniform en dezelfde laarzen als de vorige keren, alleen was de lege linkermouw ditmaal gevuld.

'Ik zal voor eenmaal een prothese dragen. Je kunt nooit weten of we niet op straat een van de ss'ers uit de Rue de Bassano tegenkomen. Maar die herinnert zich dan een officier met slechts één arm. Dankzij die prothese zien ze hopelijk dwars door mij heen', had hij haar uitgelegd.

De dure kleding die ze droeg maakte ook deel uit van deze misleiding. Voor voorbijgangers leek ze de Franse maîtresse van een Duitse officier. Haar papieren waren vals maar oogden overtuigend echt; een majoor werd echter gewoonlijk doorgewuifd bij een controlepost. Het openbaar vervoer had Bargatzky uiteindelijk nog iets minder opvallend en dus veiliger geleken dan een stafauto, en dus hadden ze gekozen voor een rit met metrolijn 1, vanaf het station Pont de Neuilly-Avenue de Madrid tot Étoile en vandaar te voet.

Ze daalden naast elkaar de trappen af naar het perron. Elise voelde de gehandschoende rechterhand van de majoor in haar linker. Toen ze vertrokken had ze aan zijn andere zijde gelopen, gehuiverd van de kilheid die de kunstmatige hand in het leer uitstraalde en hem verzocht van positie te wisselen.

Op het perron bekeek ze nieuwsgierig de propaganda-affiches die de plaats van advertenties hadden ingenomen. Het waren nog veelal dezelfde als de laatste keer dat ze de metro had genomen. Het *Légion des volontaires français contre le bolchevisme* zocht vrijwilligers voor het oostfront, alleenstaande moeders konden vertrouwen op de bescherming van de Duitse soldaat en Pétain beloofde een nieuw, sterk en verenigd Frankrijk. Het was net of hij reclame maakte voor de aanstaande bevrijding.

Het treinstel werd binnengereden en de bestuurder remde af. Even later openden de deuren en stapten ze in. Von Trettlow koos het deel dat voor alle passagiers openstond. Hij wees op de bank naast zich, glimlachte en liet haar plaatsnemen.

Toen de metro optrok en de donkere tunnel in reed, dacht ze terug aan de voorbije dagen.

~

Majoor Bargatzky had haar urenlang laten vertellen. Hij zorgde ervoor dat ze eerst voldoende koffie en sigaretten kreeg en probeerde haar toen op haar praatstoel te zetten. Dat hij met één bil op een hoek van het bureau zat, en een andere militair stenografische aantekeningen maakte terwijl die al net zo nonchalant op de vensterbank leunde, kon de schijn van een verhoor niet helemaal wegnemen. Soms keek ze angstig van de een naar de ander, maar het merendeel van de tijd kon ze voor zichzelf de schijn van een goed gesprek wekken.

De bezoeken van de barones interesseerden Bargatzky in bijzondere mate. Hij liet haar ook tweemaal herhalen wat ze had afgeluisterd tijdens de bijeenkomst met de naamloze ss'er in het kabinet van Von Behr.

'U weet heel zeker dat hij "deviezen" zei en niet "goud"?'

'Heel zeker', bevestigde ze, terwijl ze er eigenlijk niet meer zo zeker van was.

'En hij zei "Reichsleiter" en niet "Reichsführer"?' drong hij verder aan.

'Dat was de term.'

Bargatzky tikte een sigaret uit het blauwe pakje op het bureaublad en gooide er ook een naar de stenograaf. De man kon hem maar net opvangen zonder hem te breken.

'Interessant', mompelde Bargatzky. Hij staarde met grote, dromerige ogen achter haar, zodat het helemaal niet duidelijk was of hij tot haar sprak of tot zichzelf. 'Want Rosenberg is niet de enige Reichsleiter. Ook Martin Bormann draagt die titel.'

Ze had nooit van de naam Bormann gehoord en zag ook nauwelijks verschil tussen een Reichsleiter en een Reichsführer, maar wilde niet als dom en onwetend overkomen en ging er dus niet op in. In plaats daarvan vroeg ze of er al nieuws was over haar echtgenoot.

'Nog niet', antwoordde Bargatzky en hij trok een gezicht of hij zelf minstens even teleurgesteld was. 'Von Trettlow zal hem bezoeken en daarvoor heeft hij nog geen tijd weten vrij te maken. Maar hij leeft en hij woont daadwerkelijk in uw appartement. Daarover kan ik u alvast geruststellen.'

Elise keek hoe de stenograaf zijn sigaret aanstak, inhaleerde en hem vervolgens tussen de vingers van zijn linkerhand nam. Zijn rechter wapperde hij in de lucht, alsof hij krampen had van het lange noteren. Aan de stapel vellen naast hem te oordelen had ze al eindeloos veel gepraat – een woordenbrij waar Bargatzky uiteindelijk een leesbaar verslag van zou moeten maken. Haar uitlatingen waren bedoeld om de mannen die haar en tientallen anderen een jaar lang als menselijk afval hadden behandeld, ter verantwoording te roepen. Ze kon zich maar moeilijk voorstellen dat haar bescheiden getuigenis daaraan kon bijdragen. Het gevoel van onwerkelijkheid dat haar had overvallen toen ze in La Folie Saint-James bijkwam, had haar nog steeds in zijn greep.

'Ik snap nog steeds niet hoe u in volle oorlogstijd uw eigen landgenoten voor de rechter gaat kunnen brengen', merkte ze op.

Bargatzky glimlachte. Het was een superieur, alwetend lachje, wist ze inmiddels, een waarmee hij haar eigenlijk uitlachte.

'Hoe minder u daarover weet, hoe veiliger voor u', antwoordde hij. 'Voorlopig tenminste.'

Ze staarde naar de scheur in de revers van zijn uniform, daar waar het hakenkruisinsigne had gezeten. Het gehate en gevreesde symbool leek zich in het textiel te hebben gebrand.

~

Omdat het station Étoile tijdelijk gesloten was, moesten ze één halte verder uitstappen, bij George V. Toen ze boven de grond kwamen, moest Elise moeite doen haar tranen te bedwingen. Ze zag in de verte de indrukwekkende Arc de Triomphe tientallen meters in de lucht verrijzen; ze zag de brede Champs-Élysées zich aan weerszijden van haar uitstrekken, met zijn vele winkels, bioscopen, café-restaurants en terrassen. De stad die ze zo lang niet had kunnen zien en beleven, ontvouwde zich rondom haar. Ze bleef staan en staarde naar alle kanten. Het zou het Parijs van de zomer van 1939 kunnen zijn, als ze de vele uniformen op de caféterrassen en op de stoep kon wegdenken.

'Ik zou uren in de stad kunnen rondlopen nu,' bekende ze aan Von Trettlow naast haar, 'maar met zoveel militairen op straat lijkt me dat niet verstandig.'

'We hebben nog een kleine wandeling voor ons,' zei hij, 'maar aan mijn arm gaat niemand u lastigvallen, dus geniet er simpelweg van.'

Het zou lijken of de majoor paradeerde met zijn Franse verovering, en hij zou niet bepaald de enige zijn.

De terrassen op de brede avenue waren gevuld, voornamelijk met Duitse militairen, zowel mannelijk als vrouwelijk, maar ook met Fransen – collaborateurs, vermoedde ze. Obers in witte jasjes tilden hun dienbladen vol glazen hoog boven hun hoofd, terwijl ze door een zee van veldgrijs liepen. Op de trottoirs bewogen slechts weinig Fransen, maar hier en daar stond een elegant geklede vrouw voor een etalage. De winkels leken minder leeg dan in de rest van de hoofdstad. Een van de vrouwen wierp een doordringende blik op Von Trettlow en daarna een keurende op Elise, voor ze haar gezicht afwendde.

'Het lijkt wel of die dame probeert officieren aan de haak te slaan', merkte ze op toen ze buiten gehoorsafstand waren.

'Een goed verdienende activiteit tegenwoordig', zei de majoor.

'Bedoelt u dat ze…?!' Ze maakte haar zin niet af, beschaamd over haar onnozelheid.

Ze liepen langs de ingang van een bioscoop, waar tot haar verbazing in een van de zalen nog een film draaide die al twee jaar geleden was uitgekomen: *L'Assassin habite au 21*, van Henri-Georges Clouzot. Ze bleef naar de screenshots in het uitstalraam staan kijken.

'Ik mocht toen al de zaal niet meer in', zei ze, zonder haar ogen van de foto's af te wenden.

'Ik heb hem wel gezien,' zei Von Trettlow, 'net als die andere van Clouzot, waarin een heel dorp op stelten wordt gezet door een schrijver van anonieme brieven.'

'Een film over verklikkers, passend bij deze tijd.'

'De lichten gingen slechts half uit en er stond een agent vóór in de zaal', vertelde Von Trettlow. 'Het echte plezier van de bioscoop was weg. Je kon niet werkelijk opgaan in de film.'

Ze wandelden verder. Toen ze voorbij een groot terras kwamen, merkte ze dat de majoor zijn pas versnelde en zijn houding verstrakte.

'Wat is er aan de hand? Hebt u een geest gezien?'

'Een collega uit het Majestic, een architect, net als ik, maar een met sterke nazisympathieën.'

De nervositeit van de ander sloeg op haar over. Ze durfde niet om te kijken.

'Volgt hij ons?'

'Nee, hij is blijven zitten maar ik ben er zeker van dat hij me heeft gezien – en u ook.'

Ze bleef plotseling staan. 'Dan moeten we nog meer doen alsof. U kunt me het beste een kus geven.'

'Nu? Hier?' reageerde de majoor verbouwereerd.

'Nu en hier', bevestigde ze.

'Madame Calmann, ik ben wel een eerzaam getrouwd man.'

'En ik een gelukkig getrouwde vrouw, dus wie doen we er kwaad mee?'

Ze lachte erbij. Het was gespeeld, want ze voelde zich veel te gespannen om frivool te doen, maar was zich bewust van ogen die hen gadesloegen. Toch leek de lach te helpen om de majoor te laten doen wat ze had voorgesteld.

Het voelde als de onhandige eerste kus van een verlegen schooljongen. Ze legde haar armen om zijn schouders om het iets gepassioneerder en minder knullig te laten lijken. Daarna liet ze hem los.

'Mijn reputatie is naar de knoppen', hoorde ze de majoor klagen.

'Majoor, het is oorlog. Als dit ons grootste probleem is mogen we ons gelukkig prijzen.'

~

Nadat ze de gehele Avenue d'Iéna hadden afgelopen, bereikten ze de Place des États-Unis en ten slotte residentie Bischoffsheim. Pas toen de majoor aanbelde, besefte Elise bij wie ze onderdak zou krijgen.

'U weet toch dat ik haar ken? Dat ik hier vroeger geregeld geweest ben?'

'Ik vermoedde al zoiets', antwoordde Von Trettlow.

Het was de burggravin de Noailles zelf die de deur opende. Even leek ze stomverbaasd, daarna nodigde ze de twee op haar stoep met een armgebaar binnen. Eenmaal in de hal en achter de gesloten voordeur pakte ze Elise bij de schouders en bekeek haar van top tot teen.

'Ik had moeten vermoeden dat jij het was. Niemand heeft ooit meer iets van je gehoord sinds je arrestatie. We dachten allemaal dat je...'

Ze maakte haar zin niet af.

'Dat ik wat?' vroeg Elise na een ongemakkelijke stilte.

De burggravin schudde haar gekrulde hoofd, alsof ze daardoor een onaangenaam visioen dat ze zojuist had gehad van zich af zou kunnen schudden. 'Niets, volg mij de trap op. Ik heb een kamer voor je in orde laten maken.'

Ze liepen gedrieën de brede marmeren trap op. Vroeger had de burggravin huisbedienden gehad, maar die waren nu nergens te zien. Elise vergaapte zich aan de overloop, aan de marmeren reling, de dikke traploper en de kroonluchters. Ze voelde zich teruggezet in de tijd, naar de jaren twintig en dertig, toen ze hier geregeld kwam. Hier zou ze misschien de bezetting en kamp Bassano tijdelijk kunnen vergeten, als de hoge ruimtes maar niet zo hol zouden klinken en zo leeg zouden ogen.

Bovenaan de trap namen ze plaats in achttiende-eeuwse stoelen om een laag tafeltje. Er stond een kristallen karaf op met drie wijnglazen eromheen.

'Ik heb een fles chablis opengetrokken: heerlijke, vooroorlogse witte wijn waar de bezetter zijn hand niet op heeft weten te leggen.'

Ze schonk in. Ze hieven gelijktijdig hun glazen en klonken.

'Hoeveel ondergedoken Fransen zullen dit voorgeschoteld krijgen?' vroeg Elise hardop. 'Geen enkele, vrees ik.'

'Je krijgt het alleen vandaag', zei Marie-Laure de Noailles. 'De rest van de tijd zul je, net als wij, genoegen moeten nemen met wat er op de bon en op de zwarte markt te krijgen is – en dat is elke week weer minder.'

'Ik zal het je vergoeden – naderhand', beloofde Elise schuldbewust.

'Ach, kind, geld is het enige waaraan ik geen gebrek heb gehad deze oorlog. En het belangrijkste ter wereld heb ik er nooit mee kunnen kopen.'

Ze liet in het midden wat dat was. Elise besloot er niet naar te vragen. Ze nam een slok van de frisse wijn en dacht aan de vele flessen Veuve Clicquot die de gravin op haar feesten voor de oorlog had laten opentrekken – een merk champagne, genoemd naar een vindingrijke weduwe uit de tijd van Napoleon. Weduwnaar was Armand vooralsnog niet geworden, weduwe was ze niet van plan zelf te worden. Vóór de majoor met de ene echte en de andere valse arm het pand verliet, zou ze hem nogmaals fijntjes herinneren aan zijn belofte vandaag nog haar man te bezoeken.

21

Het duurde lang eer er gereageerd werd. Von Trettlow had de bel al tweemaal ingedrukt en naar zijn gevoel enkele minuten gewacht eer hij beweging zag achter het melkglas van de hoge deur.

De man die opendeed, toonde geen enkele verrassing of schrik – alsof er dagelijks Duitse militairen bij hem op de stoep stonden. De ogen achter de glazen van de dikke hoornen bril werden niet groter. Hij zei ook niets en leek te wachten tot de ander het doel van zijn bezoek aankondigde.

'Markies Armand Rohan-Polduc? Mijn naam is majoor Max von Trettlow. Ik heb belangrijk nieuws voor u.'

'Nieuws?' herhaalde de man, alsof hij gehypnotiseerd was. 'Ach ja…'

Pas na enige tijd leek hij erin te slagen zichzelf wakker te schudden. De ogen werden alsnog groter. Hij deed een stap achteruit en liet zijn bezoeker de hal binnenstappen.

'Ik ben inderdaad Armand Rohan-Polduc', zei hij, alsof hij verbaasd stond over zijn eigen identiteit.

Zijn stem was zacht, zijn huid was bleek, als die van iemand die nooit buitenkwam. Het kamerjasje hing voddig om zijn lichaam, net als de broek om zijn heupen. Von Trettlow wist dat veel Parijzenaars de voorbije jaren stelselmatig waren vermagerd, maar deze man leek ook vroegtijdig verouderd. Hij was alweer in lethargie vervallen en wachtte tot de bezoeker verder initiatief nam.

'Zullen we naar boven gaan, naar uw appartement?'

Opnieuw schrok de man op. 'Natuurlijk, natuurlijk. Neemt u me niet kwalijk. Ik ben mijn goede manieren vergeten. Het is op de tweede verdieping.'

De woning moest ooit smaakvol ingericht zijn geweest. Nu was het stof en vuil in de hoeken zichtbaar. Boeken lagen opgestapeld naast de bank, vuile glazen stonden zo te zien al dagen op een salontafel. Het meest opvallende waren echter de lege vlakken aan de muren waar ooit kunstwerken hadden gehangen. Het behang eromheen was geler van de nicotine die in de jaren vóór de liquidatie op de muren was neergeslagen.

De majoor wees op de vlakken: 'Verkocht of door de bezetter in beslag genomen?'

'Het eerste', zei de markies, terwijl hij de deur naar de traphal achter zich dichttrok. 'Ik leef van de opbrengst van het laatste werk, een Kees van Dongen. Ik probeer heel zuinig te zijn, maar af en toe moet ik iets kopen op de zwarte markt en dan blijkt dat de prijzen weer zó sterk zijn gestegen dat al mijn moeite voor niets was.'

Von Trettlow nam zijn pet af en hield die voor zijn buik. Zijn gastheer scheen het niet te merken. Hij bood niet aan hem aan de kapstok te hangen.

'U lijkt mij eerlijk gezegd ten einde raad', merkte de majoor op.

Rohan-Polduc sloeg zijn ogen naar hem op en bekeek hem alsof de officier die beneden voor de deur had gestaan en degene die in zijn woonkamer stond, twee verschillende mannen waren.

'Dat is ook zo. En geld is niet het enige probleem. Ik heb lange tijd geen oproep gekregen in het kader van de *Service du travail obligatoire*, maar twee weken terug viel er ineens alsnog een in mijn brievenbus. Ik weet niet wat ik als ex-bankier in Duitsland kan gaan doen, misschien heb ik daarom getreuzeld me te melden, maar u bent nu hier.'

'U bent inderdaad al te laat daarvoor', merkte Von Trettlow op. 'De politie kan nu elke dag bij u op de stoep staan.'

'Of de Duitsers. Ik wist niet dat ze zo'n hoge officier zouden sturen voor zo'n onbetekenend persoon als ik.'

Von Trettlow glimlachte om de verwarring. 'Monsieur Rohan-Polduc, ik ben hier niet vanwege de arbeidsdienst.'

De ogen achter de brillenglazen werden nog groter. 'Niet, zegt u? Ik meende toch werkelijk...'

Hij maakte zijn zin niet af, spreidde eerst zijn armen, bracht toen een ervan naar zijn hoofd om zijn bril rechter te zetten. De verwarring was zichtbaar groot. Ten slotte bracht hij uit: 'Wat kan ik dan voor u betekenen, majoor?'

'Ik kom met nieuws over uw echtgenote.'

'Mijn echtgenote is al bijna een jaar weg. Opgehaald door de politie, op een avond. U brengt slecht nieuws, neem ik aan.'

'Nee, integendeel.'

Hij bekeek de man nog eens goed: het verwaarloosde uiterlijk, met de piekerige haren en de stoppelbaard van enkele dagen. In het appartement hing een muffe geur, viel hem nu op, alsof er al lange tijd niet gelucht was. Dit was een man die zijn levenslust verloren had, die niet wist wat de toekomst hem nog brengen kon, buiten nog meer ellende. Of hij nu werkelijk was gekomen om hem te arresteren of om hem het geld uit te keren van een winnend lot, het leek hem allemaal niets uit te maken.

'Uw echtgenote is niet langer een gevangene van de SS. Ze is ondergedoken in Parijs. Het gaat haar goed. Ik heb zelfs een schriftelijk levensteken van haar meegebracht.'

Hij haalde de enveloppe uit zijn binnenzak. Uiteraard had hij het briefje gelezen, om te voorkomen dat Elise er ongewild een aanwijzing in had gegeven over waar ze zich bevond. De boodschap was niet zo belangrijk, het handschrift zelf was waar het om ging.

De ander scheurde de enveloppe open, las en herlas de boodschap. Daarna wilde hij de brief teruggeven aan Von Trettlow, bedacht zich toen en drukte hem aan zijn borst. Zijn houding was iets rechter geworden en in zijn ogen was een lichte fonkeling gekomen.

'Dank u', mompelde hij. 'Ik begrijp hieruit dat de Duitse autoriteiten alsnog hebben ingezien dat er sprake was van een vergissing en dat een gemengd gehuwde Jodin met de Franse nationaliteit niet gedeporteerd had mogen worden.'

'Zo zou u het kunnen samenvatten', knikte Von Trettlow.

'Maar is het echt nodig dat ze onderduikt?'

Von Trettlow schraapte zijn keel. Liegen was hem nooit makkelijk afgegaan in zijn leven, ook niet als het om halve leugens ging: 'Meneer de markies, uw echtgenote is natuurlijk niet de enige die zo'n onheuse behandeling heeft ondergaan. Ze is echter wel een van de weinigen die zich bereid hebben getoond tegen de SS te getuigen. Voor haar – en uw – veiligheid is het beter dat ze voorlopig op een geheim adres woont.'

Hij had met opzet een protocollaire aanspreektitel gekozen en half juridische woorden. Zijn uitleg was even verhelderend als verhullend. Hij had met Bargatzky overlegd en beslist dat Elises echtgenoot 'iets' moest worden verteld, maar ook dat hij niet mocht weten hoe de vork precies in de steel zat.

Armand Rohan-Polduc knikte maar zei niets. Von Trettlow had de indruk dat hij hem slechts half geloofde. Hij mocht de markies niet te veel vertellen, maar misschien nog één detail dan: 'Er is een interne strijd tussen de Duitse legeronderdelen, monsieur Rohan-Polduc. Niet ieder van ons staat achter de politiek van de nationaalsocialisten.'

'Strijd of concurrentiestrijd?' reageerde de man, ineens alert. 'Als het enkel om winst of machtsposities gaat, verandert er voor de Fransen niet zoveel.'

Ziek en traag van begrip maar niet gek, dacht de majoor geïrriteerd.

'Er kunnen ook ethische aspecten aan zitten', antwoordde Von Trettlow.

De markies liep naar een stapeltje kranten tegen een radiator. Hij grasduinde erin en pakte er vervolgens een op, die hij opensloeg. Het bericht dat hij zocht vond hij zo snel, dat Von Trettlow aannam dat hij het vaker had bekeken.

'Anderhalve week geleden werden vijftien gijzelaars geëxecuteerd op de binnenplaats van de gevangenis van Fresnes. Dat was een vergeldingsmaatregel voor een mislukte aanslag op een konvooi.'

Rohan-Polduc keek over de rand van de krant en zijn brillenglazen naar de majoor. De ogen hadden hun glazige uitdrukking helemaal verloren en straalden een plotselinge kracht uit.

'Weet u wie het vonnis heeft ondertekend? Generaal Heinz von Stülpnagel, de hoogste bevelhebber in Frankrijk. Een man van uw Wehrmacht, niet van de ss.'

'Het is oorlog', verweerde Von Trettlow zich. 'Dan worden er dit soort harde maatregelen genomen.'

'U bent degene die over ethische aspecten is begonnen, ik was het die de interne strijd simpelweg een concurrentiestrijd noemde. Weet u wie een van de gefusilleerden was?'

De majoor voelde zich in een hoek gedreven. Een stemmetje zei hem dat het ongehoord was dat deze Fransman, die zich nota bene had moeten melden voor de arbeidsdienst, zo'n brutale mond tegen hem durfde opzetten. Een ander stemmetje piepte dat er nu een vreselijke onthulling kwam.

'Iemand die u goed hebt gekend, neem ik aan. Dat spijt me.'

'Een van mijn broers, Robert Rohan-Polduc', antwoordde de bankier op zijn eigen vraag.

Een dode broer. Zijn eigen broer, Joachim, was op weg naar het front in Frankrijk. Hij moest er niet aan denken zijn naam te zien staan in een lijst van gevallenen. Een discussie over de vraag of het terecht was dat Robert Rohan-Polduc was gevangengezet, laat staan gefusilleerd, was onverstandig. Hij was hier voor Elise, voor hun kroongetuige. Hij moest zijn oog op het grotere plaatje gericht houden. Ooit zou ook deze man begrijpen dat dit de enige manier was om tijdig een eind te maken aan de waanzin van de oorlog.

'U doet er het zwijgen toe, majoor?' hield de ander aan.

'Monsieur Rohan-Polduc, ik ben hier niet gekomen om met u een discussie aan te gaan. Ik ben hier om u mee te delen dat uw vrouw nog leeft en in veiligheid is.'

De armen die de krant vasthielden zakten langzaam naar de grond. 'Vergis u niet, ik ben daar enorm opgelucht over, ook al kan ik het niet tonen. Mijn lijf lijkt al weken verlamd en mijn geest is meestal apathisch. Ik snap ook niet wat er gebeurd is. Elise moest gevrijwaard zijn van arrestatie. Ze had de Franse nationaliteit en was gemengd gehuwd. Toch hebben ze haar meegenomen. Iedere Jood die ik kende lijkt van de aardbodem te zijn verdwenen. Ze zijn ofwel gedeporteerd naar het oosten, ofwel ondergedoken. Mijn vrouw blijkt aan dat lot ontkomen en niet ondanks maar dankzij de Duitsers.'

Von Trettlow forceerde een glimlach. 'Binnenkort zal het u allemaal duidelijk worden. Hoe meer ik u nu al vertel, hoe groter het risico voor uzelf en uw vrouw.'

Rohan-Polduc plofte neer op de bank. De krant dwarrelde uit zijn hand, op het tapijt. Hij wreef met een hand over zijn voorhoofd, alsof ook daar nog letters gedrukt stonden die de namen van slachtoffers en daders vormden.

'Het spijt me dat ik u zo'n lamlendige aanblik bied. Als ik bedenk wat mijn vrouw het afgelopen jaar allemaal moet hebben meegemaakt, en hoe het enige wat ik heb kunnen doen, hier zitten wegkwijnen was… Kon u haar maar iets positiefs over mij vertellen, iets heldhaftigs. Maar ik ben mijn broer niet, helaas.'

Moest hij blijven staan of zelf ook plaatsnemen? Von Trettlow besloot tot het eerste.

'Ik zal haar zeggen dat u zich al die tijd kranig hebt gehouden. Hebt u nog een boodschap voor haar?'

De bril ging af, de ogen die erachter tevoorschijn kwamen, stonden opnieuw glazig en vermoeid.

'Dat ik haar al die tijd gemist heb. Dat ik niet kan wachten tot ze weer hier is.'

Het is ongetwijfeld waar, dacht Von Trettlow, maar het komt er zo zonder enig enthousiasme uit.

'Uw broer,' begon hij, 'wat voor persoon was hij?'

'Een heel ander type dan ik', antwoordde de markies. 'En dat is ook wat hem in moeilijkheden heeft gebracht. Onbesuisd heeft hij zich aangesloten bij een groep die een illegaal blad uitbracht en verspreidde. Het ging lange tijd goed maar op een dag liepen ze tegen de lamp – verraden.'

'Een verboden blad', herhaalde Von Trettlow.

'Gewoon maar een krantje, Herr Major, met nieuws dat ze op de BBC hadden gehoord, met vaderlandslievende gedichten en oproepen. In vredestijd zou het onnozel zijn geweest, nu was het genoeg voor het vuurpeloton.'

De majoor dacht aan het boek dat Bargatzky hem geschonken had, verboden lectuur die in zijn kledingkast lag. Hij zou er hooguit een berisping voor krijgen als hij ervoor werd aangegeven. Een gevoel van diepe schaamte overviel hem – en de drang om uit dit appartement weg te komen. Maar dat ging niet. Eerst viel er nog een netelige kwestie te regelen.

'U riskeert zelf iets anders, meneer de markies. De arbeidsdienst heeft u in het vizier.'

Het gezicht van Rohan-Polduc versomberde. 'Ik weet het. Ik zal moeten gaan werken, ergens in Duitsland. Dan is mijn vrouw eindelijk veilig en ben ik in gevaar door bombardementen op fabrieken. Maar mag ik u een glas wijn aanbieden, majoor?'

'Waarom?' vroeg Von Trettlow verbaasd.

'Om iets te vieren. Dat Elise nog leeft en in veiligheid is.'

De majoor knikte, een beetje onwillig. Het glas dat de markies uit een kast haalde leek stoffig, de fles wijn die hij ontkurkte van een merkloze kwaliteit. Wantrouwig snuffelde hij aan de rode drank, alsof zijn gastheer hem niet wilde bedanken maar vergiftigen.

'Ik geef toe dat het niets bijzonders is. Ik koop wat ik kan krijgen en wat ik kan betalen. Maar een Fransman verhongert nog liever dan zijn dagelijkse glas wijn te laten staan.'

Hij glimlachte terwijl hij de woorden uitsprak en hief zijn glas. Von Trettlow volgde zijn voorbeeld en dronk. Al een beetje zurig, constateerde hij, maar het kon slechter.

'Wat die gedwongen tewerkstelling betreft: u zult begrijpen dat wij er geen belang bij hebben dat de echtgenoot van een van onze getuigen in Duitsland is, met alle onzekerheden die dat met zich meebrengt. U zou ook voor ons kunnen werken, hier, in Parijs.'

De markies ging een beetje rechter zitten op de bank, als teken van verhoogde interesse. 'Ik ben financieel goed onderlegd. Ik kan begrotingen voor bouwprojecten beoordelen, maar als het moet ook simpel werk verrichten op een boekhoudafdeling.'

'Aan dat eerste hadden wij ook gedacht', antwoordde Von Trettlow glimlachend. 'Ik zal vanuit mijn afdeling een aanvraag doen uitgaan naar de *Service du travail obligatoire*. Tot die tijd blijft u gewoon hier. Als u voor ons werkt zijn in één keer ook uw geldzorgen van de baan.'

Rohan-Polduc nam een slok en mompelde: 'Maar ik zal ook als collaborateur worden beschouwd.'

'Dat is van later zorg', bromde Von Trettlow. 'Als u dat ooit moet verantwoorden, valt er wel een uitleg aan te geven. Voorlopig spreken we dit af. U blijft doen wat u hiervoor al deed en af en toe ziet u mij hier verschijnen als postillon d'amour.'

'Mag ik u op mijn beurt een brief meegeven voor Elise?'

Von Trettlow wees op de fles wijn. 'Ga uw gang. Schrijf er nu maar vast een terwijl ik verder drink.'

Terwijl de markies aan tafel ging zitten en pen en papier pakte, feliciteerde de majoor zichzelf. Dit was mooi opgelost. Misschien dat de ex-bankier door dit goede nieuws voldoende energie had gekregen om uit zijn depressie te kruipen en dit appartement eens grondig te reinigen. Hij had wel gezegd dat hij door zou drinken maar dit ene glas was genoeg. Uit zijn ooghoeken spiedde hij naar de markies, die erg dicht over het papier gebogen zat, zodat de punt van zijn neus de natte letters dreigde te raken. Zo bijziend als wat, dacht Von Trettlow; geen wonder dat hij aan het begin van de oorlog niet in actieve dienst had gehoeven. De man zou nog geen Duitser hebben geraakt als die op tien centimeter voor hem stond.

Toen hij klaar was met schrijven, overlas Rohan-Polduc snel wat hij neergepend had, pakte een enveloppe, stopte het dichtgevouwen papier erin en wilde hem dichtlikken.

'Stop!' riep Von Trettlow. 'Ik moet kunnen nalezen wat u geschreven hebt. Daarna zal ik de enveloppe wel verzegelen.'

De tong bleef even uitgestoken en leek de lucht eromheen te willen bevochtigen. Daarna verdween hij terug in de mond.

'Ze is toch geen gevangene meer?'

'Nee, meneer de markies, maar ik moet er zeker van zijn dat u elkaar niets verraadt over adressen en tijden. Het is een extra voorzorgsmaatregel. Zodra het proces begint is dit niet meer nodig.'

‘En wanneer begint dat proces, als ik vragen mag?’

‘Dat zal niet lang duren, en als het zover is – gelooft u me – dan zult u dat aan de veranderde stemming in Parijs vanzelf merken.’

22

Elise werd uitgerust wakker. De frisse lakens en de zachte matras voelden nog altijd als een ongekende weelde, maar in andere opzichten begon ze weer te lijken op haar vooroorlogse zelf. Ze schrok 's nachts minder vaak op van een geluid en het zweten was gestopt. Ze droomde weliswaar meer over Armand, maar het waren geen dromen meer waarin hij dood bleek te zijn.

Ze kwam overeind en stapte uit het tweepersoonsbed. Als ze echt wakker was, moest ze vooral niet blijven liggen en riskeren alsnog in slaap te vallen, wist ze uit ervaring, want de dromen die dan kwamen gingen onveranderlijk over het kamp. Het doorgangskamp Drancy of het werkkamp Bassano werden het decor van een vreselijke nachtmerrie, waarin ze trachtte te ontsnappen en gevat werd. De angst die ze in de droom voelde, bleef dan de hele dag op de achtergrond aanwezig. De nachtpon die Marie-Laure haar had geleend was te kort, maar het was inmiddels voelbaar zomer. Ze wierp een blik uit het raam op de binnentuin. Het zicht op het groen was zoveel vrolijker dan dat op stenen en gesloten luiken, zoals ze dat in Bassano gewend was geraakt.

Nadat ze een ochtendjas en pantoffels had aangetrokken, glipte ze de slaapkamer uit naar beneden. Haar eerste halte was steevast de keuken, om na te gaan of ze wat oud brood of een glas melk kon stelen. Er was niet altijd genoeg voor drie personen – de grillen van de voedseldistributie en de zwarte markt deden zich zelfs in dit rijke huishouden voelen – maar Elise vond dat ze meer recht had dan de anderen op het weinige voedsel, omdat ze een jaar lang was uitgehongerd. Een kontje van een baguette was alles wat ze aantrof. Het brood smaakte flauw en oudbakken, maar ze zette er desondanks haar tanden in. Schuldbewust sloop ze door de kamers van het huis, dat volkomen verlaten voelde.

Ze bekeek de ruggen in een grote boekenkast. De naam en de titels van Jean Cocteau vielen haar op. Ze wist dat Marie-Laure als jong meisje hevig verliefd op hem was geweest – een liefde die niet was beantwoord, maar ondanks de teleurstelling was de vriendschap tussen hen gebleven. Ze zag een rijtje leren banden met de naam Ossendowski. Nieuwsgierig pakte ze er een boek tussenuit: *L'ombre du sombre Orient* – een verslag van een reis door Siberië aan het begin van de eeuw. Terwijl ze hier en daar een zin las, werd ze bevangen door het verlangen te ontsnappen, niet aan deze schuilplaats maar aan Parijs en Frankrijk, aan de tijd waarin ze leefde.

Wat was de laatste reis geweest die ze met Armand had gemaakt? Nederland, in 1938. Ze herinnerde zich de hotels in steden als Rotterdam, Den Haag en Amsterdam, de zee bij Scheveningen en windmolens in een landschap. Eigenlijk hadden ze boven hun stand gereisd, te dure kamers geboekt en te chique restaurants, maar de illusie van welstand konden ze in het armoedige Nederland makkelijker ophouden dan in het dure Parijs. Armand werd geregeld ingeschakeld door banken en beurskantoren, maar de honoraria waren nooit aan de hoge kant en niemand bood hem een vaste baan aan, alsof de geur van het faillissement na jaren nog altijd in zijn kleren hing, zoals de verdenking van tuberculose bij een patiënt die al jaren geleden als genezen uit het sanatorium ontslagen was.

In een Haags hotel waren ze dronken geworden. 's Nachts had Elise Armand voorgesteld weer een kind te maken. Niet dat ze ooit voorzorgen namen opdat ze niet zwanger zou worden, maar nu had ze het onzinnige idee dat het moest lukken. Ze begonnen vol lust. Na een kwartier waren ze allebei aan het zwoegen alsof het een verplichting was. Het orgasme voelde als opluchting, niet als bevrediging, en enkele weken later was ze natuurlijk alsnog ongesteld geworden.

Ze zette het boek terug in de kast, ging op zoek naar een krant, vond niets. Ze keek op naar de wijzers van een hangende klok. Het was bijna halftien. Schandalig, zo lang als ze in haar bed had gelegen, vond ze. Het kamp had in haar een ritme van naar bed gaan en opstaan ingestampt dat ze er lange tijd niet uit zou kunnen krijgen.

Was dat een sleutel die in een slot werd gestoken? Schichtig sloeg ze de panden van de ochtendjas dichter om zich heen, draaide zich om en sloop terug naar boven, van plan zich aan te kleden en vervolgens te doen of ze die dag voor het eerst naar beneden kwam.

~

Ze zaten elk in een van de brede fauteuils, rookten een sigaret door een zilveren pijpje en dronken chablis uit een kristallen glas. Elise keek naar Marie-Laure tegenover zich en had het idee dat ze in een spiegel staarde. Niet dat ze qua uiterlijk zo sterk op de burggravin leek, maar omdat ze van dezelfde stand waren, dezelfde klasse, deels zelfs hetzelfde bloed. Ze lachte naar de vrouw die tegelijk een standgenoot, generatiegenoot en ver familielid was.

'Hier binnen lijkt het soms of de oorlog al voorbij is', sprak ze op dromerige toon.

'Dat lijkt dan maar zo', antwoordde de burggravin. 'Het is buiten gevaarlijker dan ooit.'

'Ik weet het, maar ik ben ontsnapt aan iets vreselijks. Ik ben er zeker van dat ze iedereen die ik daar kende inmiddels hebben afgevoerd naar Drancy. Wat kan er vreselijker zijn dan worden afgevoerd naar Polen op het moment dat de bevrijding nabij is?'

Marie-Laure zuchtte. 'Niets kan erger zijn, maar we betalen allemaal een prijs.' Ze nam een haal van haar sigaret en blies de rook genietend uit. 'Heb je nooit de indruk dat we jarenlang van alles gemist hebben?'

'Je bedoelt omdat ik in dat werkkamp was opgesloten?'

'Niet alleen daar, ook in je appartement. Je was je werk kwijt, je kon niet reizen, niet naar het theater of de bioscoop, niets.'

Het laatste woord kwam eruit met een zekere walging.

'Dat gold voor jou toch ook?'

'Veel minder dan voor jou – en voor talloze mensen die noch over geld, noch over connecties beschikten. Weet je, ooit gaan we over de bezetting spreken als over de periode van de gestolen tijd. En dan valt het voor ons nog mee. Anderen is hun jeugd ontstolen.'

Elises gedachten gingen naar de vooroorlogse tijd, naar de eerste tentoonstellingen die ze als jonge kunsthistorica had bezocht, zonder dat dit in het kader van haar studie was, de jaren dat ze haar intellectuele vleugels begon uit te slaan en waarin ze in contact was gekomen met de burggravin.

'Weet je nog hoe ik het project "Nadja" begon? Het boek van Breton was net verschenen. Ik was er heel enthousiast over en ik besloot het traject van de roman na te lopen en overal foto's te nemen.'

Ze hoefde niet op de reactie van Marie-Laure te wachten om zich te herinneren hoe het was geweest. André Breton, de ongekroonde koning van de surrealisten, had een autobiografisch boek geschreven, over zijn ontmoeting en liefdesaffaire met een losbandige vrouw in Parijs. Losbandig en mesjogge, corrigeerde ze zichzelf. De auteur en zijn geliefde maakten lange wandelingen door de stad en beleefden daarbij vreemde avonturen. In zijn relaas had Breton tal van foto's afgedrukt, van de mensen en vooral de huizen en straten waar ze op hun tochten terechtkwamen. Elise had een project opgevat om dit traject over te doen met de auteur en hem ondertussen te fotograferen en interviewen.

'Was het een succes?' vroeg de burggravin.

'Niet echt, maar slechts deels omdat ik niet exact wist hoe ik het moest aanpakken; vooral omdat Breton voortdurend probeerde indruk op me te maken – en me te versieren.'

'Hij was toch getrouwd toen?'

'Toen hij *Nadja* schreef ook', reageerde Elise een tikje verontwaardigd. 'Dat hield hem echt niet tegen.'

'En wat deed hij zoal?' vroeg Marie-Laure geamuseerd.

'Toen er in een café een boer met een kip binnenkwam, heeft hij die proberen te hypnotiseren.'

'De boer?'

'Nee, de kip. Hij haalde het dier uit zijn mand, zette het op tafel en staarde het diep in de ogen.'

Marie-Laure lachte: 'Ik weet het al, en hij fluisterde daarbij: "Leg een ei, ik wil het, een ei, nu, ik wil het."'

Elise glimlachte bij de herinnering: 'Dat is inderdaad wat hij zei.'

'Dat gebeurde natuurlijk niet, of toch wel?'

'Nee, de kip pikte hem in zijn neus en vloog van tafel. Waarop de boer woedend werd en het dier door het hele café moest achtervolgen om het weer terug in de mand te krijgen.'

De burggravin wilde bijschenken uit de karaf maar zag dat die zo goed als leeg was. 'Dat was de laatste. Ik zou niet weten bij wie ik nu nog een fles kan kopen. Parijs wordt langzaam maar zeker afgeknepen door al die geallieerde bombardementen.'

'Waar zou Breton nu zijn?' vroeg Elise.

Marie-Laure haalde haar schouders op. 'Geen idee. Ik hoop voor hem dat hij heeft kunnen onderduiken of naar het buitenland vluchten. Van zoveel mensen die ik kende heb ik al jaren niets meer gehoord.'

Elise nipte van de chablis. 'Het artikel heb ik toch geschreven. Het is ook verschenen in een kunsttijdschrift, vanzelfsprekend sterk gecensureerd.'

'De kiphypnose kwam er niet in voor?'

Elise wees naar de vrouw tegenover haar: 'O jawel, anders had je er niet van geweten. Het doet me deugd. Ik heb dus toch mijn sporen nagelaten.'

Marie-Laure bekeek haar met een nadenkende uitdrukking. Ze zette het glas op het tafeltje tussen hen in, alsof nog meer wijn nog meer vrolijkheid impliceerde en het moment daarvoor gepasseerd was.

'Over enkele maanden weten we wie er hebben overleefd en wie niet. En daarna pakken we de draad van ons leven weer op, waar de moffen ons hebben gedwongen die te laten vallen.'

'Ik wil er nu nog niet te veel aan denken', antwoordde Elise. 'Maar het knaagt nu al.'

'Wat knaagt? De hoeveelheid gestolen tijd?'

Elise schudde haar hoofd. 'Nee, dat niet; het feit dat ik hier zit en dat anderen...' ze zweeg even, 'verdwenen zijn, misschien voorgoed.'

'Een schuldgevoel?' vroeg Marie-Laure verbaasd.

Elise keek haar met grote ogen aan. 'Ik weet het niet, maar ik denk dat het dat is, ja, of zal worden.'

De burggravin liet de laatste slok chablis in haar glas staan, alsof het ongepast was daar nog van te genieten nu dit gevoel ter sprake kwam.

'Wat wil je eraan doen?'

'Getuigen', antwoordde Elise prompt. 'Dat is de reden dat die paar Duitsers me uit het kamp hebben gehaald. Eerst zag ik het als een verplichting, waar ik misschien onderuit zou kunnen komen. Nu denk ik: als ik niet getuig hadden ze beter een ander kunnen redden.'

De burggravin bekeek haar aandachtig en zwijgend, merkte toen op: 'Ik heb je nooit als zo gewetensvol gezien.'

'Het is geen echt engagement', antwoordde Elise, terwijl ze naar een punt achter de stoel van Marie-Laure staarde. 'Ik ben nog steeds de dochter van een beurshandelaar en de echtgenote van een bankier, ik vind nog steeds dat ik tot de gegoede burgerij behoor, maar...' Ze pauzeerde even, wikte haar woorden: 'In Drancy en Bassano heb ik ontdekt dat dit maar een illusie is. Ik was daar net als de anderen maar om één reden: dat de Duitsers me als Joods beschouwen. En bovendien...'

Ze zweeg, zette het bijna lege glas voor zich neer en voelde dat ze haar schouders liet hangen.

'Het is de spanning,' zei de burggravin, 'niet alleen van het doorgangskamp en het werkkamp maar ook van de jaren daarvóór. Steeds die angst op straat, die vreselijke dwang van die gele ster – die ik gelukkig nooit heb hoeven dragen – en dan...'

'Niet alleen dat', onderbrak Elise haar. 'Ik was ook te veel met mezelf bezig. Ik ging naar Drancy met een koffer vol kleren. Jurken, alsof het belangrijk was dat ik er goed uitzag. Daar was ik dan ook mee bezig, die eerste dagen, om de kampcommandant ervan te kunnen overtuigen dat er sprake was van een vergissing.'

'Dat is toch volkomen begrijpelijk?'

'Ja en nee', antwoordde Elise. 'Achteraf bezien had ik beter voedsel kunnen verbergen onder mijn kleding, voor mezelf en voor anderen, of zelfs maar wat ontsmettende zalf of pleisters.'

'Achteraf is het altijd makkelijk praten.'

'Achteraf had ik graag geweten wat ik nu wist. Ik had er misschien iemand mee kunnen redden. Ik heb je verteld over Rebecca, die mij zoveel heeft gesteund in Bassano. Als ik meer oog had gehad voor wat zij doormaakte, minder egocentrisch was geweest, had ik wellicht iets kunnen doen, waardoor ze niet naar Drancy was afgevoerd.'

De burggravin zei niets.

'En dus is getuigen het enige wat ik kan doen om iets van dat verzuim goed te maken', besloot Elise.

23

Von Trettlow stond in de houding voor het bureau van generaal Von Stülpnagel, terwijl de bevelhebber een aantal documenten ondertekende en afstempelde, waaronder de aanstelling van Armand Rohan-Polduc als financieel adviseur van de dienst gebouwen. Het had nog heel wat voeten in de aarde gehad om de benoeming snel door de ambtelijke molen van het Majestic te wringen. Uiteindelijk had hij, via Bargatzky, zijn toevlucht moeten nemen tot de bevelhebber zelf.

'U had gelijk naar mij moeten komen', zei Von Stülpnagel, terwijl hij hem het papier teruggaf.

'Excuseer, generaal, ik wilde de aanstelling zo overtuigend mogelijk laten lijken en dus alles volgens het boekje doen.'

'Dat begrijp ik, maar u hebt er alleen maar kostbare tijd mee verloren. Soms moet men wat minder orthodox denken en handelen, majoor.'

'Ik zal uw raad ter harte nemen, generaal.'

Hij deed een stap achteruit, in de verwachting te worden weggestuurd, maar Von Stülpnagel bleef hem vorsend aankijken, zo lang dat Von Trettlow er ongemakkelijk van werd. De laatste keer dat een generaal hem zó'n doordringende blik had geschonken was op de Krim, toen zijn batterij-eenheid zijn doel op een paar kilometer gemist had.

'Ik verwacht dat u me vergezelt naar een bespreking, majoor.'

Het klonk niet als een reprimande en evenmin als een uitnodiging voor een cocktailparty. Von Trettlow knikte gehoorzaam.

'U hebt u de voorbije weken van een bijzonder loyale en inventieve kant laten zien. Ik heb veel vertrouwen in u. Daarom wil ik dat u kennismaakt met een van onze belangrijkste kernleden.'

Von Trettlow begreep dat de generaal het over de samenzwering had. Opnieuw knikte hij. Von Stülpnagel kwam achter zijn bureau tevoorschijn en ging hem voor naar het andere deel van zijn suite. Het was smaakvol ingericht, met meubelen die deels in de opslag van het hotel hadden gestaan en deels van elders kwamen. Er was tijd voor genomen, iets wat nu, na de invasie, nog veel meer een luxegoed leek dan de aankleding zelf. Op een ronde tafel stond een dienblad met een karaf en drie cognacglazen. Von Stülpnagel haalde uit een hoek van de ruimte een kristallen asbak, liep terug naar zijn bureauruimte en kwam door de schuifdeuren weer terug de eetkamer in met een doos sigaren.

'Onze gast komt van ver, rechtstreeks uit Berlijn', zei hij, alsof hij het anders zou vertikken eigenhandig dozen en asbakken op te pakken.

Ze namen tegenover elkaar plaats aan tafel. Alsof iemand daarop gewacht had, ging op dat moment de telefoon op het bureau. De generaal kwam weer overeind, liep ernaartoe en beantwoordde de oproep met een kortaf: 'Stuur hem binnen.'

De man die zich enkele momenten later meldde, was een officier van middelbare leeftijd. Hij had ogen die in omvang licht van elkaar leken te verschillen en brede, rechte schouders die omhuld werden door een uniform van de *Luftwaffe*.

'Caesar von Hofacker, majoor.'

De handdruk van de luitenant-kolonel was krachtig, zijn blik vriendelijk maar doordringend.

'Max von Trettlow, *Herr Oberst*.'

'Cognac, heren?'

Ze schoven aan en accepteerden na de drank een stevige sigaar uit de doos die de generaal hun voorhield. Het waren Zwitserse sigaren, van het merk Davidoff, wat de vraag of ze gestolen waren van de Fransen moeilijker te beantwoorden maakte. Hij gaf hun zelfs vuur. Allemaal bedoeld om een informele sfeer te scheppen, dacht Von Trettlow, een waarin we de plichtplegingen vergeten en de verschillen in rang negeren.

'Caesar, ik heb je al eens verteld over de majoor. Hij is al lange tijd zeer actief in de voorbereiding van een deel van de processen. Hij is geworven door majoor Bargatzky en heeft zijn en ook mijn volledige vertrouwen.'

De kolonel nam een slok van de cognac en knikte goedkeurend. Von Trettlow kon niet uitmaken of het de drank dan wel het vertrouwen gold.

'Luitenant-kolonel Von Hofacker is de rechtstreekse verbindingsman tussen ons en het zenuwcentrum in Berlijn, majoor.'

Von Trettlow wist niets anders dan te knikken en aan zijn sigaar te trekken.

'Ik reis heen en weer tussen Parijs en de *Reichshauptstadt* en ik kan u zeggen dat we in een stadium zijn aanbeland waarin alle voorbereidingen afgerond zijn en we eigenlijk niet anders meer doen dan wachten.'

Von Trettlow wachtte ook, en wel op het vervolg en toen dat niet kwam vroeg hij: 'Wachten waarop, of op wie, kolonel?'

'Op het verlossende telefoontje dat meldt dat de Führer dood is, majoor.'

Ze dronken en rookten even in stilte. Het voelde in ieder geval net of het verlossende woord voor de nieuwkomer gesproken was. Op een rationeel niveau wist Von Trettlow al een tijd dat er een aanslag zou worden gepleegd; op emotioneel niveau was het echter toch schrikken om dit uitgesproken te horen worden, als een feit, zoals er bij een bespreking op het hoofdkwartier van de divisie te velde gezegd werd dat er morgenochtend om zes uur tot de langverwachte aanval zou worden overgegaan.

'Op de dag dat de aanslag wordt gepleegd, komt er een telefoontje vanuit Berlijn naar Parijs', vervolgde Von Hofacker. 'De stem zal slechts één woord zeggen: "oefening". Daarna wordt er opgelegd.'

'Maar dan weten we enkel dat er een poging wordt ondernomen', vulde Von Stülpnagel aan. 'Later op de dag moet er een tweede telefoontje volgen. Als dat luidt "einde oefening", is de poging voortijdig afgebroken.'

'En als die wel succesvol was?' vroeg Von Trettlow. 'Welk woord wordt er dan gebruikt?'

'"Afgelopen"', antwoordde Von Hofacker.

Afgelopen, dacht de majoor. Wat is er dan afgelopen? Zou de dood van Hitler ons uit zijn ban verlossen?

'Vanaf dat moment zal het op snelheid aankomen', vervolgde Von Hofacker. 'De draaiboeken liggen overal klaar, in Berlijn en in andere Duitse steden, maar ook in Praag, Wenen en Parijs. We arresteren de top van de SS, de Gestapo, de SD, de NSDAP-ministers en -staatssecretarissen. Nog diezelfde avond spreekt de nieuwe kanselier voor de radio. Een dag later beginnen de onderhandelingen met de Britten en Amerikanen.'

De uitgeblazen rook kringelde omhoog naar het plafond.

'En het klinkt allemaal veel eenvoudiger dan het zal worden', besloot de kolonel.

'Wat zijn de nieuwste Berlijnse beren op de weg?' vroeg Von Stülpnagel.

De ongelijke ogen gingen van de een naar de ander. Von Hofacker zat wijdbeens op zijn stoel. Zoals hij met de voet van zijn glas draaide, zou je denken dat hij volkomen ontspannen was, maar Von Trettlow wist dat zo'n licht verlies van decorum voor een Pruisische officier eerder een teken van gespannenheid was.

‘Onze buitenlandexpert komt maar geen stap verder’, zei hij. ‘Adam von Trott zu Solz verblijft momenteel in Stockholm. Hij probeerde de Britse ambassadeur te spreken te krijgen, heeft aangeklopt bij de Amerikanen en bij de Russen. Overal nul op het rekest. Ik begreep dat ze hem van het kastje naar de muur hebben gestuurd – en dat nog steeds doen.’

De telefoon rinkelde. De generaal liep ernaartoe en begon een gesprek dat uit korte vragen en antwoorden bestond. Toen hij weer terug was, ging de kolonel verder alsof hij niet was onderbroken.

‘Dat onze man geen voet aan de grond krijgt bij de Russen is tot daaraan toe, maar de secretaris van de ambassade heeft wel een andere Duitser ontvangen, in diezelfde week. *Ministerialdirigent* Bruno Peter Kleist is een collega van Adam maar niet een van ons. Hij is een van Himmlers mannen op het ministerie, met de rang van Obersturmbannführer.’

Hij zweeg om het nieuws te laten bezinken. Aan de gezichtsuitdrukking van Von Stülpnagel zag Von Trettlow dat het niet goed aankwam.

‘Himmler is iets van plan, maar wat?’

Von Hofacker haalde de schouders op: ‘We hebben geen idee, maar het staat zo goed als vast dat in het Führerhoofdkwartier niemand op de hoogte was van deze reis. Hitler heeft elk contact met de tegenpartij verboden.’

‘Maar die Kleist is ontvangen, heeft iets besproken met de Russen en waarschijnlijk ook een belofte gedaan en een toezegging teruggekregen’, hield de generaal aan.

‘In Moskou weten ze evengoed als in Londen dat er iets broedt,’ antwoordde de kolonel, ‘maar als Churchill misschien nog een afwachtende houding heeft, dan is die van Stalin afwijzend.’

De generaal trok nadenkend en veel te lang aan zijn sigaar. ‘We hebben er verstandig aan gedaan al onze kaarten op het westen te zetten.'

'Hoe hebben we dat dan gedaan, generaal?' vroeg Von Trettlow.

'We zijn van plan de strijd in het westen te staken.'

'Het is ons plan B', vulde Von Hofacker aan. 'Als het misloopt in Berlijn, kunnen wij in Parijs hoe dan ook een wapenstilstand aanvragen in Normandië. De bevelhebber van het front heeft dat zelf voorgesteld.'

'Maarschalk Rommel?' vroeg Von Trettlow stomverbaasd.

'Rommel, inderdaad', beaamde de generaal. 'Maar de bedoeling is dat de nieuwe rijksregering het initiatief daartoe neemt en niet wij.'

'Maar generaal,' bracht de majoor ertegen in, 'aan het front staan ook SS-divisies. Bent u niet bang dat die afwijzend zullen reageren?'

'Wat kunnen ze dan doen?' antwoordde Von Stülpnagel. 'In hun eentje doorvechten? Dat is geen optie. Maar hun bevelhebber heeft zich tegenover Rommel al bereid verklaard zijn voorbeeld te volgen.'

'Hun bevelhebber?' Von Trettlow kon zijn stijgende verbazing niet bedwingen. 'Maar dat is toch Sepp...?'

'... Dietrich, *Oberst-Gruppenführer*. We hoeven dus niet bang te zijn voor burgeroorlogachtige toestanden aan het front.'

Hij nam een flinke slok cognac en hield de generaal toen zijn glas voor om het te laten bijschenken. Het duizelde hem zo dat hij alle beleefdheidsvormen vergat.

'Ik wist niet dat de samenzwering zoveel vertakkingen had, maar vreest u niet dat er onderhand zoveel mensen weet van hebben dat het gevaarlijk wordt?'

Von Hofacker haalde de schouders op. 'Ik ben hier al jaren bij betrokken en ik heb het zien toenemen en toenemen. Eerlijk gezegd kan ik me maar moeilijk voorstellen dat Himmler nergens van op de hoogte is, maar hij laat ons met rust, om wat voor reden dan ook. En we staan aan de vooravond van de aanslag en de staatsgreep, majoor. We kunnen niet meer terug, of we nu collectief weke knieën krijgen of niet.'

De generaal vulde de glazen bij, hief het zijne. 'Dus: op ons succes.'

'Op ons succes', riepen de twee anderen hem gelijktijdig na.

'Hoe groot acht u de kans op succes, Herr Oberst?' kon Von Trettlow niet nalaten te vragen.

'Vijftig procent. De kans dat het mislukt is eerlijk gezegd even groot als dat het slaagt.'

'En als het mislukt?' hield de majoor aan.

Von Hofacker maakte een snijdend gebaar vlak onder zijn hals.

24

Hij was lang en mager, had een scherpe neus en doordringende ogen, maar wat vooral aan hem opviel was zijn half krullende haardos. Vóór de oorlog waren Elise foto's van hem opgevallen in de krant en ze was enkele stukken van hem gaan zien in het theater. Eenmaal had de actrice die de hoofdrol speelde, geroepen dat de auteur in de zaal was en daarop was hij opgestaan om het applaus in ontvangst te nemen, maar Elise en Armand hadden hoog in hun loge gezeten en zelfs door haar toneelkijker had ze geen werkelijk goed zicht op de man kunnen krijgen. Toch kon ze het niet laten hem dit te vertellen, en ook erbij te zeggen dat ze genoten had van de dialogen.

'Dank u voor het compliment, madame.'

En Jean Cocteau maakte een diepe buiging om te onderstrepen dat hij het meende.

Het kon gemeend zijn, dacht Elise, maar het was ongetwijfeld deel van zijn houding. Hoeveel vrouwen zouden hem niet vertellen dat ze genoten hadden van een bepaalde opvoering? Hij was een charmeur, wist ze van Marie-Laure, een man die erin slaagde om iedereen te behagen. Toch leek hij sinds het begin van de bezetting een steeds grotere kring van vijanden om zich heen te verzamelen onder de fascisten.

Elise kende zijn gedichten en was naar tentoonstellingen geweest van zijn tekeningen, maar ze had ook geruchten opgevangen. Bijvoorbeeld dat hij een affaire zou hebben gehad met een Russische prinses, dat hij jaren af en aan worstelde met een opiumverslaving en dat hij op goede voet stond met een aantal Duitse kunstenaars en Franse collaborateurs. De eerste twee geruchten geloofde ze zonder meer, het laatste eigenlijk ook, maar ze was ervan overtuigd dat Cocteau die contacten onderhield om zichzelf te beschermen. Alles wat hij schreef en op de planken bracht, ging namelijk lijnrecht in tegen waar de nazi's en hun Franse handlangers voor stonden, niet al te openlijk maar toch duidelijk genoeg. Cocteau was in haar ogen een evenwichtskunstenaar.

Hij had een fles champagne bij zich en overhandigde die aan de gastvrouw. Ze bedankte hem, kuste hem op beide wangen en zette de fles op tafel. Alles was al gedekt voor vier. De huisbediende – de enige van de oorspronkelijke zes die de De Noailles nog in dienst hadden – had zijn best gedaan een maaltijd op te dienen die vooroorlogse pracht uitstraalde. Er was vlees, er was saus, salade, gebakken groente en er waren gebakken schijfjes aardappelen in de pan. Hoewel ze de laatste dagen beter en meer had gegeten dan in de twee jaar daarvoor, was ze het hongergevoel nog steeds niet helemaal kwijtgeraakt. Ze moest zich bedwingen om geen schijfjes uit de pan te stelen als de anderen even niet opletten.

De burggravin kon het niet laten Cocteau aan te raken en overdreven luid om zijn grappen te lachen. De puberale verliefdheid uit haar jeugd speelde soms op, als gordelroos bij een oudere patiënt, had ze Elise toevertrouwd. 'Hij was negen jaar ouder dan ik maar ik was smoor op hem – en hij liep bij ons de deur plat. Toen ik vijftien was verkondigde ik luidop voor de hele familie dat ik zijn vrouw wilde worden. Hij was meteen niet langer zo welkom als daarvoor.'

Elise kende de verhalen over 'de erfgename van honderd miljoen', over de fortuinzoekers die naar haar hand dongen en hoe de grootmoeder uiteindelijk een keuze had gemaakt. Geen Jood, deze keer, nadat de moeder van Marie-Laure al tweemaal met een Jood was getrouwd, maar een telg uit het oudste adellijke geslacht van heel Frankrijk. Charles de Noailles leek ideaal, een atletische jongeman die de vriendelijkheid zelve was. Te vriendelijk. Al tijdens haar huwelijksreis had Marie-Laure geklaagd dat 'de dagen warm waren maar de nachten koud'. Charles had het, net als Cocteau, minder op vrouwen voorzien dan op mannen. Misschien was dat ook de diepere reden dat hij in deze oorlogsjaren nooit in residentie Bischoffsheim op de Place des États-Unis te vinden was, dacht Elise.

De champagne was van een ander merk dan het vertrouwde Veuve Clicquot maar smaakte evengoed. Cocteau sloeg een van zijn lange benen over het andere toen hij plaatsnam in een fauteuil en nipte van zijn glas alsof hij een dame was en geen heer.

'Ik zal niet rouwig zijn als de Duitsers vertrekken. Hebben jullie gelezen hoe de fascisten mij nu elke week hard aanpakken in *Je suis partout*? Wat ik ook publiceer, ze zien er een bewijs in van decadentie. Het lijkt wel of ik hoogstpersoonlijk Frankrijk de afgrond in duw.'

'Ze zijn vooral kwaad dát je überhaupt nog mag publiceren, lieverd', zei Marie-Laure.

'Ik stel voor dat ze zich gaan beklagen bij hun eigen Duitse broodheren. Kan ik er wat aan doen dat er daar nog enkelen tussen lopen met verstand en goede smaak?'

De bel van de voordeur klonk opnieuw. Marie-Laure sprong nog net niet overeind. 'Daar zul je hem hebben!'

'Wie?' vroeg Elise, die eindelijk durfde te vragen voor wie het vierde couvert bestemd was.

Maar de burggravin gaf geen antwoord en liep over de zachte en kostbare tapijten in de richting van de kamerdeur. Elise snapte niet dat ze haar huisbediende de voordeur niet liet opendoen. Ze twijfelde of ze zelf de conversatie met Cocteau moest voortzetten, maar hij brak haar poging beleefd maar gedecideerd af. 'Ik heb Marie-Laure gezegd dat Jean zich vanavond vrij kon maken van zijn verplichtingen in de studio's van Billancourt. Ze heeft hem al weken niet meer gezien.'

Elise keek bewonderend naar de rijzige man die achter de burggravin de kamer kwam binnenlopen. Hij gaf haar een handkus en Cocteau een kus op beide wangen. Daarna nam hij plaats aan tafel.

'Ik heb u vóór de oorlog een aantal keer in het theater zien spelen en op het bioscoopdoek gezien', zei Elise. Ze probeerde zich de namen van de toneelstukken en films te herinneren, maar tot haar schaamte kwam er geen enkele van boven.

'Ik heb u op mijn beurt weleens hier in Bischoffsheim gezien', antwoordde Jean Marais. Een lok van zijn indrukwekkende blonde haardos leek niet te weten of hij naar links of rechts moest vallen en bleef hardnekkig overeind staan.

'Werkelijk, Jean? Dat lijkt me doorzichtige vleierij', merkte de burggravin op.

'Toch niet', reageerde hij. 'Het was op de avond van het boekenfeest. Madame was verkleed als een uitgave van *Nadja*.'

Elise knikte. 'Dat was ik inderdaad. U hebt een geweldig geheugen, moet ik zeggen.'

'Als acteur moet je een goed geheugen hebben', antwoordde Cocteau in Marais' plaats. 'Het toneel is geen plek voor vergeetachtigen.'

~

Het leek zomaar een gezellig etentje, maar na het hoofdgerecht merkte Elise dat de plichtplegingen voorbij waren en dat de levensgezel van Cocteau vooral oorlogsnieuwtjes kwam vertellen. Ze proefde het woord enkele malen in gedachten: levensgezel. Het was één ding te weten dat een man homoseksueel was, zoals ze dat ook had vermoed van Charles de Noailles, maar iets anders om twee homoseksuele mannen naast elkaar te zien zitten. Daarbij was Jean Marais nog een uitzonderlijk knappe man ook. Klopte het dan toch, wat een vriendin haar eens had toegefluisterd, dat als mannen té mooi waren, ze hoe dan ook niet beschikbaar waren voor vrouwen?

'Ik ben er zo goed als zeker van dat er binnen afzienbare tijd een staking losbarst', zei Marais. 'Het gonst overal van de geruchten, ook in de filmstudio's. En weet je wie er het hardst op aandringen? Degenen die zich de voorbije jaren het meest gedeisd hebben gehouden.'

'De rondedans van de slechte gewetens', merkte Cocteau op.

'Doe jij daar ook niet een beetje aan mee, Jean?' vroeg de burggravin hem. 'De mensen zullen zich na de bevrijding je lovende stukken herinneren die je over Breker schreef.'

'Breker?' vroeg Elise verbaasd. 'Arno Breker, de favoriete beeldhouwer van de Führer?'

'Die is het', gaf Cocteau toe. 'En ik erken dat het stom was, maar zonder Brekers bescherming hadden de collaborateurs mij al vorig jaar achter de tralies kunnen krijgen.'

'Voor wat hoort wat', merkte Marais op. 'Ik weet niet welke zet dommer was: die artikelen van jou over Breker, of die keer dat ik een fascistische criticus in elkaar sloeg op een caféterras.'

'Dat heeft ook niet veel gescheeld, toen', zei de burggravin.

'Toch heb ik er geen spijt van', zei Marais glimlachend.

'Wie gaan er het eerst staken,' vroeg Marie-Laure om het ongemakkelijke thema van tafel te krijgen, 'de spoorwegarbeiders of de arbeiders in de auto-industrie?'

'De politieagenten', antwoordde Marais beslist. 'Ze delen nu al wapens uit aan het verzet.'

'De politie?' vroeg Elise, opnieuw stomverbaasd. 'Maar het was juist de politie die in Parijs zoveel Joden arresteerde.'

'Daarom juist, madame. De politie is nu al hard bezig de herinnering daaraan uit te wissen.'

25

Een bord gaf het aantal kilometers aan naar Rouen, een ander dat naar Caen. In de gauwigheid van het voorbijrijden zag Von Trettlow dat iemand er *Libre* op geschreven had. Een beetje voorbarig, dacht hij. De stad werd omsingeld door Amerikaanse en Britse troepen maar was nog stevig in handen van de Duitsers.

Hij wierp een vlugge blik op de generaal naast zich, maar Von Stülpnagel leek het niet gezien te hebben en staarde in gedachten verzonken voor zich uit. Hij scheen zich op het achterhoofd van Fritz Fischer te focussen, de Feldwebel die spontaan en alleen voor deze middag tot de privéchauffeur van de bevelhebber was gebombardeerd. Hij leek niet bijzonder onder de indruk van de promotie en reed even nauwgezet als wanneer hij de majoor vervoerde. Het viel Von Trettlow echter wel op dat hij geen oogcontact met hen zocht via de achteruitkijkspiegel.

De Seine slingerde links van hen. Rivierboten voeren in beide richtingen, zonder luchtbescherming. De schippers waren een vogel voor de kat zodra ze door geallieerde jachtvliegtuigen werden aangevallen. Von Hofacker, die naast de chauffeur zat, volgde Von Trettlows blik.

'Een idee van kolonel Finckh, hoofd van AG West, die boten', zei hij. 'Hij heeft vorig jaar wonderen verricht voor de aanvoer van materialen naar het front in Rusland en sinds kort zit hij hier.'

'En? Verricht hij hier ook wonderen?'

'Kleine wonderen, maar niet genoeg', antwoordde Von Hofacker. 'Hij weet als geen ander dat het een kwestie van tijd is voor het front instort.'

'Ik neem aan dat hij tot onze kring behoort', sprak Von Trettlow.

'U leert snel, majoor', zei Von Hofacker bewonderend.

De lucht was bewolkt en er viel af en toe een miezerige regen uit, te weinig voor de ruitenwissers om de voorruit werkelijk schoon te krijgen. Door de vegen heen doken bomen op, weilanden vol koeien en af en toe groepjes boeren met dorsvlegels.

Als je niet beter wist, lijkt er geen oorlog te zijn, dacht Von Trettlow, maar alleen als je niet beter wist.

De Citroën kwam uit de bocht en de motor met zijspan die voor hen uit reed, werd weer zichtbaar. Achter hen reed er nog een. Een bescheiden escorte, vond de majoor, maar het gebrek aan brandstof had hen gedwongen de begeleiding tot een minimum te beperken. En dat terwijl de kans op een aanslag alleen maar was toegenomen. Achter het front waren groepen partizanen bijzonder actief en dankzij de nachtelijke droppings van de geallieerden beschikten ze over de beste wapens.

Weer een bocht en daarna doken de contouren van het kasteel op. Von Trettlow zag geen hakenkruisvlag aan de spits van de donjontoren wapperen, waarschijnlijk om Amerikaanse bommenwerpers niet uit te dagen, maar iedereen in de omgeving zou wel weten dat veldmaarschalk Rommel hier zijn hoofdkwartier had ondergebracht. De Citroën reed over een kuil in de weg. De twee officieren wipten omhoog op de achterbank en hun petten separaat met hen mee. Daarna remde de Feldwebel af. De weg werd smaller, huizen doken op aan weerszijden ervan, maar niemand waagde zich op straat. Ze reden een stenen brug op met aan het eind ervan een controlepost. Een slagboom ging open en de motoren werden doorgelaten. Twee soldaten sprongen stram in de houding en salueerden toen de bolide passeerde.

Op de ruime binnenplaats van het kasteel van La Roche-Guyon zag Von Trettlow masten, een radiomast en ook vlaggenmasten met daaraan hakenkruisvlaggen, discreet wapperend, alsof de nederlaag aanstaande was. Fischer stopte de auto voor een bordes en sprong eruit om het portier te openen voor de generaal. Ondertussen kwam een officier naar buiten die eerst Von Stülpnagel begroette en zich pas daarna tot de beide anderen wendde.

'Keurig op tijd, heren. Onderweg dus geen pech gehad en geen aanslagen, neem ik aan. Wilt u mij maar volgen? De veldmaarschalk wacht op u in de stafkamer.'

Von Trettlow kreeg de kans niet zijn kennersoog over het gebouw te laten gaan, maar hij zag in de gauwigheid wel dat het zeventiende-eeuws was en waarschijnlijk neergezet op de ruïnes van een ouder kasteel waarvan de ronde toren hoger op de heuvel het enige overblijfsel leek. In de gangen van het kasteel was het koeler en donkerder dan buiten. Aan de plafonds hingen kroonluchters en aan de muren wandlampen maar ook enkele stormlampen, alsof er geen tijd en geld was geweest voor een deftige inrichting. De officier merkte de verbaasde blik van Von Trettlow op. Zijn ogen achter dikke brillenglazen vlogen op hun beurt over de muren.

'Oorlogsschade. Er is een bom gevallen midden op de binnenplaats. Vooral glasschade, maar de maarschalk vindt dat we geen moeite moeten verspillen met het verfraaien van het interieur.'

Ze betraden een ruimte met een hoog plafond. Er stond een grote ronde tafel in het midden. Aan een van de muren hing een metersgroot middeleeuws wandtapijt, aan de andere hingen stafkaarten, vol felgekleurde prikkertjes: de steeds wisselende posities van legereenheden. De maarschalk stond voor een daarvan en draaide zich pas om toen de deur gesloten werd.

Hij was iets kleiner en smaller dan Von Trettlow zich hem had voorgesteld. Blijkbaar toonden de cameramannen van *Die Deutsche Wochenschau* de militaire held altijd onder een iets te gunstige hoek. Of anders was het zijn eigen verbeelding die de overwinnaar van Frankrijk, Egypte en Tunesië indrukwekkender had gemaakt dan hij werkelijk was – *der Wüstenfuchs*, zoals zijn bijnaam luidde, nadat hij de geallieerden in Noord-Afrika keer op keer in het zand had laten bijten.

Rommel glimlachte vermoeid. Zijn kortgeknipte haren waren doorschoten met grijs, de wallen onder zijn ogen waren onmiskenbaar diep en donker. Hij oogde als een fabrieksdirecteur die zich afvraagt hoelang hij het naderende faillissement nog kan afwenden, niet als een veldheer die zijn volgende meersterzet aan het plannen is. Toen hij het woord richtte tot de officier die hen had ontvangen, klonk zelfs zijn stem vermoeid:

'Hans, zijn we onder elkaar? Niemand die onverwacht kan binnenlopen?'

'Verderop in de gang staan twee van onze vertrouwelingen, *Herr Feldmarschall.*'

Rommel knikte en nodigde het gezelschap met een gebaar van zijn twee handen uit plaats te nemen aan de tafel; zelf bleef hij staan.

'Ik heb maar weinig tijd. De situatie aan het front slokt al mijn aandacht op. Ik weet ook dat jullie van ver komen en weer bij daglicht moeten terugreizen. Ik val dus maar met de deur in huis met het slechte nieuws: hij komt niet.'

Zijn woorden werden gevolgd door een diepe stilte. Daarna haalden Von Hofacker en Von Stülpnagel hun sigarettenkokers tevoorschijn en staken er een op. De sigaretten leken met extra nijdige gebaren tegen het tafelblad te worden getikt, terwijl ze verwachtingsvol naar Rommel opkeken, in de hoop op meer uitleg of liefst de opmerking dat het een grapje was.

'Heeft hij onraad geroken?' vroeg de generaal.

'Ik denk het', antwoordde Rommel. 'De afspraak was nochtans al een tijd geleden gemaakt en zowel Keitel als Jodl vond het bezoek aan de lanceerbasis een goed idee. Vergeet ook niet dat het al meer dan eens was uitgesteld en dat er druk op hem werd gelegd om zich eindelijk aan het front te vertonen.'

'Kunnen we wachten op een nieuwe kans?'

Rommel zuchtte en schudde het hoofd. 'Hoelang denkt u dat het duurt eer de geallieerden de lanceerbasis aan de kust tot puin hebben gereduceerd? Die V1-raketten richten weliswaar veel minder schade aan dan Hitler heeft verwacht, maar ze zijn toch lastig. En een nieuwe basis komt er niet een-twee-drie.'

Von Trettlow besefte dat de mannen het over de zogeheten wonderwapens van de Führer hadden. Het hoofdkwartier had gebrald dat ze Londen in puin zouden leggen, maar meer dan speldenprikken waren het niet geworden. Zonder effectieve wonderwapens was er geen reden voor Hitler om naar Noord-Frankrijk te komen en dus geen kans voor Rommel hem te laten arresteren. Het plan had zo logisch geleken, zo makkelijk uitvoerbaar, en nu dit. De teleurstelling hing in de ruimte als een onweersbui in de lucht.

Von Stülpnagel sloeg zacht met een vuist op het tafelblad, of hij een vlieg doodtikte. 'Dat was dan de laatste mogelijkheid om Hitler voor een tribunaal te brengen, maarschalk. Vanaf nu is al onze hoop op de aanslag gericht.'

'U weet dat ik het liever anders had gezien', klonk het dof.

'Maar de tijd tikt voort', vervolgde de generaal. 'Hoelang denkt u dat het front het nog houdt?'

'Een paar weken, maximaal,' antwoordde Rommel, 'daarna overstromen de geallieerde legers Frankrijk.'

Von Trettlow schraapte zijn keel. Onder andere omstandigheden zou hij het nooit gewaagd hebben het woord te nemen in zo'n hooggeplaatst gezelschap, maar de vraag brandde op zijn lippen.

'Herr Feldmarschall, in Tunesië hebt u de Amerikanen niet alleen achter de bergpas van Kasserine vastgehouden maar ze er zelfs verdreven. Waarom zou zo'n briljante zet nu onmogelijk zijn?'

Rommel bekeek hem alsof hij hem voor het eerst zag en glimlachte gevleid bij de herinnering aan zijn laatste grote overwinning.

'Vriendelijk van u mij te herinneren aan andere tijden, majoor, maar ook toen al handelde ik tegen beter weten in. Ik had de Führer gewaarschuwd dat het Afrikakorps omsingeld was door superieure troepen. Ook al zouden we de geallieerden tijdelijk op afstand houden, Tunesië was gedoemd om door hen te worden veroverd. Het enige wat Hitler toen heeft gedaan is dringend noodzakelijke reservetroepen weghalen van het oostfront en aan mij geven. Hij heeft er zijn nederlaag bij Stalingrad door versneld.'

De boodschap was voor alle aanwezigen duidelijk: Normandië zou vallen, en daarna lag de weg naar Berlijn wijd open.

'Het is van groot belang dat het front intact blijft', merkte Von Stülpnagel op. 'Als het instort, hebben we niets om mee te onderhandelen tegenover de geallieerden.'

De veldmaarschalk knikte slechts.

De officier die hen had binnengeleid schraapte op zijn beurt zijn keel en tikte op zijn polshorloge. Rommel klapte in zijn handen ten teken dat de bijeenkomst voorbij was. Zijn gasten keken verbaasd op.

'Ja, ik weet dat ik onbeleefd ben: geen lunch, geen drankje. Wat mij betreft mogen jullie nog op het kasteel blijven zolang je wilt, maar ik moet alweer terug naar het front. Het ging mij enkel om dit nieuws. Hoe vervelend het ook is, ik zag geen andere manier om het veilig en snel mee te delen en de consequenties ervan te laten bezinken.'

Iedereen stond op. Hakken werden tegen elkaar geklikt, petten op hoofden gezet, handen geschud. De veldmaarschalk verliet met grote passen de kamer. De deur knalde achter hem dicht. Het geluid klonk even haastig als zijn vertrek.

'Het is misschien net zo goed zo', mompelde Von Stülpnagel. 'Geen proces, geen protesten, in één klap een nieuw begin. Waar is de officiersmess, Hans? Dan kunnen we nog wat eten voor we vertrekken.'

Von Trettlow volgde de mannen de kamer uit, de gang in, maar in plaats van met hen mee te gaan naar de ruimte waar een lunch werd opgediend, liep hij de gang tot het eind af en het kasteel uit. Buiten scheen de zon. Hij rook de nabijheid van de rivier en begon zich in de richting daarvan te begeven, over het plein, langs de schildwachten bij de toegangspoort, die weer in de houding sprongen, en over de brug die de drooggevallen slotgracht overspande. Het duurde niet lang of hij bereikte een muur die een doolhoftuin afsloot. Hij liep er een honderdtal meters langs en vond een poort die er toegang toe gaf. Die was niet afgesloten. Hij duwde het roestige en piepende hekwerk open en begon zich een weg te banen over de gravelpaden in de richting van de oever. Al ruim voor hij die bereikte kon hij het water zien stromen. Links en rechts waren er geen duwboten of andere vaartuigen te zien. Hij nam plaats op een bankje en stak een nieuwe sigaret op.

Zijn hand trilde licht. Wat had hij verwacht? Dat de Führer werkelijk gevangen zou worden genomen en in het kasteel vastgezet? De anderen leken het ook maar nauwelijks te kunnen geloven. Nu was het weer de aanslag waar ze hun hoop op vestigden maar als dit flitsbezoek hem iets had geleerd, was het dat ze een spelletje leken te spelen, met elkaar en met zichzelf. Het klonk allemaal zo bloedserieus, het praten over een staatsgreep, en tegelijk kreeg het iets onwerkelijks zodra puntje bij paaltje kwam.

De generaals en de kolonels zaten nu aan broodjes met brie. Een glas rode wijn erbij, uit een fles bordeaux die speciaal voor hen werd opengetrokken. Niet meer dan één, anders dommelden ze in slaap tijdens de terugrit. Het gezapige en irreële leven achter het front. Als hij zijn linkerarm niet was kwijtgeraakt, stond hij nu nog bevelen te geven aan artilleristen. Misschien was dat toch beter geweest…

Ergens in de struiken achter hem sloegen de vleugels van een grote vogel snel op en neer; aan zijn voeten hipten enkele mussen. In het gravel zouden ze weinig insecten en al helemaal geen wormen vinden, merkte de majoor op, maar ze keken ook af en toe naar hem op, in afwachting van kruimels. Misschien had hij toch dat broodje met brie moeten mee-eten.

Hoe kon je de Führer arresteren en hier in dit kasteel gevangenzetten? De man zou met zijn hese, hypnotiserende stem zijn bewakers voortdurend oproepen zijn boeien los te maken. Misschien dat zij, als hoge officieren, na jaren discussie, immuun waren voor zijn woorden en blikken, maar de gewone soldaat of onderofficier was dat zeker niet. Nee, het was een onzinnig plan geweest van Rommel. De generaals en kolonels in Berlijn die hadden beslist tot een moordaanslag hadden gelijk. Von Stülpnagel leek dat ook te beseffen. Ze konden zich geen halfslachtig werk veroorloven. Het was alles of niets.

Zijn rechterhand lag met de palm naar boven op zijn rechterknie. Zou hij met eigen handen de Führer kunnen doden? Onzinnige vraag als je er maar één had, bedacht hij. En toch kon er nu, in Berchtesgaden, Berlijn of Oost-Pruisen, elke dag een collega naar binnen stappen en, gewapend met een explosief, de opperbevelhebber van de strijdkrachten, de rijkspresident en kanselier in één persoon met een druk op de knop naar de andere wereld helpen. Wie had die moed? Die koelbloedigheid? Dat besef dat het moest en niet anders kon? Hij kende zijn naam niet en betwijfelde of hij die te weten zou komen vóór de aanslag een feit was.

Hij kwam overeind, wierp nog één blik op de vredige rivier en de kwetterende vogels in de struiken en haastte zich toen terug naar het kasteel, ineens bang dat de anderen zonder hem zouden vertrekken.

26

Het had vreemd geklonken toen de huisbediende haar aankondigde dat er een Duitse militair naar haar vroeg, maar toen ze de majoor met de ene arm in de hal zag staan, was de vage onrust die ze had gevoeld vrijwel op slag weer verdwenen. Hij had een glimlach om zijn lippen en geen bedrukte uitdrukking op zijn gezicht, zodat ze niet bang hoefde te zijn voor slecht nieuws over Armand. Ze gaven elkaar een hand. Verwachtingsvol keek ze naar de zijzak van zijn uniformjasje, waaruit de zijkant van een enveloppe stak.

'Ik heb een brief bij me, maar ik had graag dat u het lezen daarvan voor straks bewaart en met mij meekomt: een stukje rijden en wandelen.'

'Rijden en wandelen?' herhaalde ze wantrouwend.

'Het is aangenaam zomerweer en u zit al veel te lang opgesloten.'

'Ondergedoken', corrigeerde ze hem.

'Maar met een overtuigend vals persoonsbewijs. Bovendien gaat niemand ons lastigvallen', hield Von Trettlow aan.

Ze volgde hem naar buiten en stapte in de Citroën toen de onderofficier het portier voor haar openhield. De majoor gaf de chauffeur het bevel naar de Seine te rijden, over te steken en te stoppen aan de Champ-de-Mars. 'We kunnen niet te ver rijden, door het gebrek aan benzine, maar ik wil toch wat met u kunnen wandelen op een rustige plek.'

Verkeer was er nauwelijks, wandelaars waren er des te meer.

Een deel van de passanten stond over de reling van de oever naar beneden te kijken.

'Er wordt een rijnaak gelicht', legde Von Trettlow ongevraagd uit. 'De Britten en Amerikanen vallen vanuit de lucht steeds dieper in het binnenland aan en steeds minder schepen bereiken ongeschonden het front.'

Elise zei niets en knikte slechts. Ze wist niet of deze majoor de tegenslagen van zijn eigen leger verwelkomde of afkeurde.

De Eiffeltoren leek in lengte en breedte te groeien naarmate ze er dichterbij kwamen. Al snel kon ze de hakenkruisvlag in de top niet meer zien, enkel nog de vele ijzeren staven waaruit het bouwwerk bestond. Ze waren toe aan een verfbeurt, viel haar op. De Citroën kwam tot stilstand aan de rand van het langwerpige terrein dat ooit een militair oefenveld was geweest. Het leek geen officiële parkeerplaats, maar Elise nam aan dat de bezetter overal mocht staan waar hij wilde. Ze wachtte niet tot de Feldwebel het portier aan haar kant had geopend en stapte haastig uit.

De majoor gaf haar een arm en ze wandelden weg van de auto, alsof ze zijn maîtresse was, of zijn echtgenote die op bezoek kwam, of misschien zelfs zijn zuster. Elise vroeg zich af waarom ze dit keer het ironische van de situatie niet kon inzien en zich zo ongemakkelijk voelde dat ze vreesde het elk moment op een lopen te gaan zetten.

'Ik voel uw gespannenheid tot hier', merkte Von Trettlow op. 'Wat is er veranderd?'

'Niets', antwoordde ze naar waarheid. 'Ik heb alleen de indruk dat ik me er de laatste weken steeds meer van bewust ben geworden waaraan ik ontsnapt ben. In het kamp leef je van dag tot dag en staat je bewustzijn op een laag pitje. Nu ik weet wat er had kunnen gebeuren, ben ik bang dat me dit alsnog zal overkomen.'

Er kwam hun een paar tegemoet dat hun evenbeeld leek. De

kapitein groette de majoor formeel, de vrouwen volstonden met naar elkaar te knikken. Ze spraken pas weer toen ze buiten gehoorsafstand waren.

'Binnenkort is het allemaal voorbij', zei Von Trettlow. 'Dan zitten de Gestapo en de SS'ers zelf in een kamp en kunnen ze geen kwaad meer aanrichten.'

Elise gaf hem zijdelings een verbaasde blik. 'U klinkt alsof u blij bent met de val van uw eigen regime.'

'Het is mijn regime niet meer.'

'En het is het mijne nooit geweest', zei Elise. 'We staan aan dezelfde kant. Dat is prettig en tegelijk verwarrend. Begrijpt u wat ik bedoel?'

'Ik begrijp dat maar al te goed. Ik heb er zelf lang over gedaan om tot het punt te komen waar ik nu ben.'

Ze wandelden verder. Het ijzeren bouwwerk dat eerst was begonnen op te doemen, leek zich nu achter hun rug te verwijderen, alsof zijzelf stevig verankerd stonden in de grond en de metalen poten konden bewegen.

'Wat ik u wilde vragen, majoor...' Ze aarzelde, ging dan toch verder: 'Hoe staat u tegenover Joden?'

Von Trettlow bleef staan, keek om zich heen, alsof het lege stuk veld om hen heen toch gevuld zou kunnen zijn met onzichtbare verklikkers, en richtte zich toen tot Elise: 'U wilt weten of ik een antisemiet ben?'

'Eigenlijk wel, ja', antwoordde ze, en voelde haar wangen rood worden.

'Ik heb de partijpropaganda op dit punt altijd – hoe zal ik het zeggen? – vulgair gevonden. Onze familie is van adel, en ook al is het maar lagere adel, we hebben onszelf altijd als veel beschaafder beschouwd dan dat gepeupel dat lid werd van de SA en ruiten van Joodse winkels insloeg.'

Hij vertrok zijn mond in een halve grijns, een verontschuldiging om een houding die in haar ogen toch halfslachtig moest lijken.

'Mijn broer is altijd uitgesprokener geweest op dit vlak, maar hij kende ook Joden. Ik niet, moet ik eerlijk toegeven.' Hij zuchtte, ging toen verder, alsof hij door een zure appel aan het bijten was: 'Pas hier in Parijs kwam ik tot de ontdekking dat die onverschillige houding niet langer kon, dat ook wegkijken gevolgen had.'

Hij stopte met praten. Ze keken elkaar even in de ogen, peilend, zwijgend. Voor het eerst had Elise de indruk dat ze zich gewoon van mens tot mens tot elkaar verhielden.

'Antisemitisme', zei de majoor ineens, 'is misschien wel de meest rampzalige onzin die ik ooit heb horen verkondigen.'

Elise glimlachte, gebaarde hem toen dat ze verder konden lopen, of terug.

Ze keerden om, wandelden opnieuw onder de reusachtige stalen poten van de Eiffeltoren door. Aan de andere zijde bood Von Trettlow haar een sigaret aan. Ze rookten zwijgend, terwijl hun handen de sigaret van en naar hun lippen brachten, bijna synchroon met de bewegingen die hun benen maakten.

'Bent ú nooit bang, majoor?' vroeg Elise. 'Dat de nazi's alsnog zullen winnen?'

Hij dacht kort na voor hij antwoordde: 'Niet voor mezelf, enkel voor mijn zonen, voor mijn familie. Ik ben in mijn leven al zo vaak ontsnapt aan de dood dat mijn persoonlijke portie geluk begint op te raken.'

'Ik weet dat u in iets verwikkeld bent en ik neem aan dat het niet zonder gevaar is. Als u en die andere majoor iets overkomt, wie zal zich dan nog om mij bekommeren?'

Von Trettlow wees met zijn duim over zijn schouder. 'De burggravin, uw echtgenoot – al die andere mensen die er veel meer toe doen dan wij.'

'Maar zijn er nog landgenoten van u die…?'

'Die u komen ophalen en ergens naartoe brengen?' onderbrak hij haar. 'Ik denk het niet, madame. Buiten mijn chauffeur zijn er weinig mensen van uw bestaan op de hoogte en Fritz zal geen eigen initiatief nemen. Luister, als er iets vreselijks gebeurt met mij, bent u op uzelf aangewezen. Tot die tijd vraag ik u vertrouwen te hebben, te blijven waar u bent. U zit sowieso nergens zo goed en veilig als bij de burggravin.'

Dat vertrouwen had ze echter niet. 'Iets vreselijks', had hij gezegd. Hij kon gearresteerd worden, gemarteld worden en dan verraden waar zij ondergedoken zat. Maar ze kon nergens anders naartoe en bovendien besefte ze inmiddels heel sterk dat ze haar verhaal wilde gaan doen en dat ze daarvoor deze majoor nodig had. Het ging er niet alleen om dat de daders gestraft werden, zoals die pompeuze baron von Behr en zijn vrouw, maar vooral dat de wereld zou weten wat er tijdens de bezetting in de schaduwen gebeurd was. Haar angst was minder sterk dan haar drang om te getuigen.

'Ik zal wachten', beloofde ze dus, en ze meende het.

De majoor lachte. Het was het eerste vrolijke gebaar dat ze hem die dag zag maken, besefte ze.

'Laten we teruggaan naar de auto', zei hij. 'Ik denk dat Fritz zich al staat te vervelen.'

27

De conciërge die hen binnenliet was oud en doof. Ze liet Elisabeth elke zin die ze sprak tweemaal herhalen, maar toonde hun wel de lift en gaf hun zonder veel te vragen de sleutel van het appartement. Terwijl hij Elisabeth het woord liet voeren, was Von Trettlow in de gelegenheid het gebouw te bekijken. De metershoge vrouwenbeelden aan weerszijden van de stalen ingangsdeur kwamen hem pompeus voor, maar de rest van het pand was in smaakvolle art-decostijl en duidelijk nog vrij nieuw. Hij had de naam van de architect opgezocht en geconstateerd dat die, hoewel oud, nog steeds in leven was.

Ze namen de lift en stapten uit op de tweede verdieping. Er gingen geen deuren open van nieuwsgierige buren. Elisabeth gebruikte de sleutel en ging hem voor de lege woning in. Ondanks het feit dat die officieel al twee maanden leegstond, rook het er niet muf en lag er nergens stof. Von Trettlow ging ervan uit dat Brivac ervaren schoonmakers voor zich had werken. Hij keek op zijn horloge. Het zou niet lang duren of de veredelde makelaar stapte op zijn beurt uit de lift.

'Wat een ruimte!'

De stem van Elisabeth kwam uit de voorkamer. Hij glimlachte om haar enthousiasme en kwam naast haar staan aan het boogvormige venster. Het ijzer van een radiator raakte zijn knieën. Het marmer van een vensterbank zijn kruis. Samen keken ze uit over de Avenue Jean-Chiappe. De voortuinen stonden er zomers bij. Nergens was een geparkeerde auto te zien. De tuinen van het Trocadéro en het water van de Seine waren niet ver daarachter, wist hij.

Elisabeth draaide haar hoofd naar hem toe en keek hem stralend aan. Ze droeg haar kapsel opgestoken en niet langer strak naar achteren. Ze gebruikte ook dit keer weer de mascara en lippenstift die hij voor haar had meegebracht. De combinatie maakte haar jaren jonger.

'Naar zo'n appartement zou ik graag verhuizen', zei ze.

'Ik koop het voor onze dienst. Ik zou er zelf het geld niet voor hebben', antwoordde hij, daarbij in het midden latend of hij er zelf zou willen wonen.

'Zou je het kunnen ontwerpen en bouwen?'

'Het is niet werkelijk mijn stijl', reageerde hij ontwijkend.

Ze draaiden tegelijk hun hoofd naar achteren toen ze de lift hoorden dalen. Daarna keken ze elkaar aan. De vrolijkheid was in één klap van Elisabeths gezicht verdwenen.

'Speel je rol met evenveel verve als de eerste keer', waarschuwde hij. 'Natuurlijk doen, jezelf zijn. Zo moeilijk is het niet.'

Ze glimlachte geforceerd, knikte en pakte zijn ene arm.

De lift kwam weer naar boven, stopte toen met een klap. Von Trettlow had de voordeur open laten staan, zodat de lange Fransman zonder kloppen kon binnenlopen. Hij begroette hen even gereserveerd vriendelijk als de voorgaande keren. Ook zijn handdruk voelde even droog.

'Monsieur Koeningstein, madame Koeningstein, wat een plezier u weer te zien.'

'En wat een plezier dat u wéér zo'n mooi appartement voor ons gevonden hebt', zei de majoor, in wat hij hoopte dat een geslaagde imitatie van een Elzasser accent was.

'Mijn specialiteit', reageerde de ander grijnzend. 'Zal ik u een rondleiding geven?'

Hij gaf uitleg waar dat nodig was. De badkamer met ligbad en bidet, de gangkasten, de vuilniskoker, het toilet en de lege kinderkamer spraken voor zich, de keuken met zijn aanrecht en kastjes van het merk Cubex vergde wat woorden. 'De oorspronkelijke eigenaren hadden deze moderne keuken in een Brusselse woning gezien en wilden er ook zo een hebben.' Hij pakte een van de grepen en trok een lade open. 'Kijk eens hoe handig. En voor de bevestiging zijn de best mogelijke scharnieren gebruikt.'

Hij keek verwachtingsvol naar Elisabeth, leek zich toen iets te realiseren: 'Maar misschien hebt u huispersoneel dat voor u kookt en opdient.'

'In deze tijd?' reageerde ze verbaasd. 'Nee, monsieur, ik kan alles zelf doen.'

De glimlach keerde terug: 'Dan zal het gemak van de Cubex u des te meer bevallen.'

'Ik weet helemaal niet of we hier wel gaan wonen', zei Von Trettlow. 'Ik zie dit appartement meer als een belegging.'

Brivac duwde de lade weer dicht. 'Natuurlijk, monsieur. Dat was ook wat ikzelf oorspronkelijk dacht. Maar u hebt de keuze, nietwaar? U hebt al de woning in Neuilly.'

In de echtelijke slaapkamer stond een dubbelbed, opgemaakt en wel. Von Trettlow wees er verbaasd op.

'Het bed wordt nog weggehaald. Ik ben vergeten te vermelden dat de woning tijdelijk is gebruikt door een Italiaans industrieel die in Parijs moest zijn voor zaken en geen hotelkamer meer vond. Mijn excuses.'

'Het is hopelijk wel verschoond', zei Elisabeth.

De handen van Brivac gingen in een verontschuldigend gebaar de hoogte in. 'Oh, madame, de dames die deze woning piekfijn hebben schoongemaakt, hebben ook de moeite genomen verse lakens en slopen op dit bed te leggen. U kunt er bij wijze van spreken zo in gaan slapen.'

Ze lachten alle drie tegelijk. Het leek ook een teken dat de rondleiding beëindigd was. Von Trettlow legde vertrouwelijk een hand op de schouder van de Fransman.

'Wat mij betreft is het in orde. Bekommert u zich maar om de papieren. Overmorgen bel ik u op, voor de formaliteiten.'

De ander knikte tevreden. Von Trettlow was niet alleen een klant die terugkwam maar die ook nergens moeilijk over deed. Het had hem wantrouwig moeten maken, dacht de majoor, maar inhaligheid heeft als bijkomend effect dat het alarmsignalen onderdrukt. Brivac rekende zichzelf steeds rijker en strompelde ondertussen met open ogen in de val.

'Wil ik voor jullie afsluiten?' vroeg hij.

'Laat maar', antwoordde Von Trettlow. 'Wij hebben onze eigen sleutel.'

Even later hoorden ze de lift weer dalen en niet lang daarna zagen ze Brivac de straat op lopen. Er stond nergens een auto op hem te wachten. Sinds de invasie leek het wel of iedereen in Parijs te voet ging.

'En nu?' vroeg Elisabeth.

'Nu leidt Brivac mij vanzelf naar de mannen voor wie hij als stroman fungeert. En ik heb heel sterk de indruk dat dit dezelfden zijn die het appartement in eerste instantie van de oorspronkelijke bewoners hebben gestolen.'

Hij begon weer door de woning te lopen, van de woonkamer naar de keuken. Hier en daar opende hij een kastdeur of een lade. Er lag niets, geen snippertje papier. Hij was het inmiddels gewend.

Elisabeth volgde hem. In de slaapkamer ging ze achter hem staan, wees op het bed en zei: 'Wat was dat nou voor een raar verhaal, om hier een Italiaan te laten overnachten.'

Von Trettlow haalde zijn schouders op: 'Een beetje extra geld, zal hij gedacht hebben. En allemaal belastingvrij.'

Elisabeth tastte in haar handtas en haalde er een klein flesje cognac uit. Ze hield het uitnodigend omhoog. 'In de keukenkastjes staan glazen, heb ik gezien.'

'Ter ere van wat?' vroeg de majoor. 'Toch nog niet van de aankoop?'

'Van de samenwerking', antwoordde ze lachend.

~

Ze zaten op het bed, of beter gezegd, ze hingen half tegen de beddenspijlen aan. De cognac was na het eerste glas meteen stevig aangekomen. Von Trettlow voelde zich ontspannen, gevaarlijk ontspannen, bedacht hij. Hij keek met een schuin oog naar de plek waar de rok van Elisabeth was opgeschoven en een jarretel was bevestigd aan de bovenkant van een kous. Het stukje blote huid oogde bijzonder verleidelijk. Hij deed geen moeite zijn blik af te wenden en de vrouw naast hem maakte geen haast haar rok naar beneden te trekken. Toch begon hij zich ongemakkelijk te voelen.

'Wat als die Brivac besluit terug te komen en ons hier zo aantreft? Liederlijk drinkend op zijn pas opgemaakte bed?' zei hij.

'Hij zal denken dat ik niet je echtgenote ben maar je maîtresse. Zo zijn ze toch allemaal, die collaborateurs?'

'Ik weet het niet', zei hij. 'Ik neem aan van wel. Ik heb collega's die hetzelfde doen. Ze zijn ver van huis, ze hebben geld en tijd en er is niemand die het iets kan schelen.'

Maar ik ben zo niet, dacht hij, met een mengeling van spijt en trots. Nooit had hij Marie-Louise bedrogen. Tijdens de Poolse veldtocht en de opmars in Rusland had hij andere officieren naar de hoeren zien gaan. Hij had een kolonel gekend die er in Sebastopol een maîtresse op na had gehouden, niet eens discreet. Hij wist van een bevriende legerarts dat het aantal druipers en zelfs het aantal gevallen van syfilis onder de manschappen schrikbarend toenam. Niemand leek zich in te houden, maar hem was het gelukt.

Zijn opgekropte verlangens ontlaadde hij in lange brieven aan zijn vrouw, waarin zijn liefdesverklaringen soms ontaardden in seksuele fantasieën die hij onbeschaamd aan het papier toevertrouwde. Soms maakte hij er zelfs een tekening bij, schunnige plaatjes die vreemd genoeg de censuur moeiteloos doorstonden. Uit haar antwoorden maakte hij op dat ze haar niet alleen bevielen maar ook geruststelden. Een man die zich zo sterk uitleefde op papier had de energie niet meer om dat in het echt ook te doen, moest ze gedacht hebben.

Hij had ook herinneringen opgehaald aan hun verblijven in Parijs. Zowel tijdens hun huwelijksreis als jaren later, toen ze naar de kust waren afgezakt, hadden ze niet genoeg van elkaar kunnen krijgen. Het was of de afwezigheid van bekenden alle remmen bij Marie-Louise lieten losgaan. En bij hemzelf, moest hij toegeven. Ze hadden wel samen gekeken naar de Parijse vrouwen op straat en in restaurants – de vrouwen die zoveel losser en wulpser leken dan hun Duitse tegenhangers, al kon het ook simpelweg hun fantasie zijn geweest.

'Ik hoef me daar wat Bernard betreft niet druk over te maken.' De stem van Elisabeth haalde hem uit zijn herinneringen. 'Waar hij zit zijn geen vrouwen.'

'Geen vrouwen maar ook geen gevaar. Na de oorlog kan hij zijn erotische schade inhalen.'

'Na de oorlog… dat hoor ik je vaak zeggen. Hoe zal het zijn na de oorlog?'

'In ieder geval geen Pétain meer, en geen Hitler meer', mompelde hij.

'Dat bedoel ik niet. Hoe zal het zijn tussen Duitsers en Fransen?'

Hij draaide zijn hoofd naar haar toe en keek haar aan met een blik waarvan hij zelf voelde dat die onnozel moest zijn.

'De Fransen zullen de Duitsers haten', antwoordde hij na enkele seconden bedenktijd. 'De vraag is alleen of dat een generatie zal blijven duren of nog langer.'

'Heb jij de Fransen gehaat na de vorige oorlog?'

Hij liet discreet wat dranklucht ontsnappen. 'Nee, anders was ik niet met Marie-Louise naar Parijs gegaan op huwelijksreis. Zij komt uit een gezin waar iedereen uitstekend Frans sprak en haar de cultuur als meisje bijna was opgedrongen. Ze had alles van Flaubert gelezen, van De Maupassant, Zola, Hugo. En toch was ze nog nooit in Parijs geweest. Het kon niet anders of we zouden daarnaartoe gaan.'

Elisabeth nipte van haar glas. 'Maar jij had in de loopgraven gevochten, tegen ons.'

Dat 'ons' stoorde hem. 'Niet tegen jullie, tegen mannen in blauwe jassen en met andere helmen op hun kop dan wij. Die kerels kwamen op je af en het was zij eraan of wij eraan. Ik handelde als een machine. Hun gezichten zag ik niet, alleen maar hun bajonetten.'

'Maar je haatte de Fransen niet?'

Hij schudde zijn hoofd, hield vervolgens zijn glas omhoog, zodat ze het kon bijvullen. 'Hoe kun je iemand haten zonder zijn gezicht en naam te kennen? Dat opgefokte gevoel van agressie verdween na de wapenstilstand van '18 bijzonder snel.'

Ze dronken en zwegen. Elisabeth veranderde van onderwerp en vertelde hoe moeilijk ze het had gehad na de overgave van Frankrijk. 'Ik had een jaar lang werk bij een tandartspraktijk in mijn wijk. Daarna sloot die de deuren. De mensen hadden geen geld meer om hun kiezen te laten vullen of een brug aan te laten meten. Toen heb ik in een winkel gewerkt, daarna in een apotheek. Het was allemaal net genoeg om de eindjes aan elkaar te knopen, niet genoeg eigenlijk en dus...'

'... heb je een kostganger in huis genomen', vulde Von Trettlow aan.

'Eerst een Vichy-ambtenaar uit Bretagne, maar dat vond ik een onaangename, wat louche man.'

Von Trettlow grinnikte: 'En daarna een Wehrmachtofficier. Van de regen in de drup.'

Ze stootte hem zachtjes aan. 'Nee, dat vind ik helemaal niet.'

Hij wees op haar mascara, op de netkousen die hij voor haar had gekocht. Voor haar en niet voor mijn vrouw, wees hij zichzelf terecht.

'Ook niet daarom', zei ze op verongelijkte toon. 'Dat zijn attributen; die zijn welkom, maar je hebt me ook laten zien dat niet alle Duitsers vijanden zijn.'

'Je klinkt alsof wij tweeën een toonbeeld van nationale verzoening zijn.'

'Niet nationaal, maar...' ze gebaarde naar hen beiden, 'persoonlijke verzoening. Dat kan toch een begin zijn?'

Hij proefde haar woorden op zijn lippen, merkte toen op: 'Ik weet niet hoe die nationale verzoening ooit tot stand moet komen. Misschien moeten twee regeringsleiders samen een mis bijwonen in een kathedraal, de Notre-Dame of die van Reims bijvoorbeeld. Dat doet het altijd goed in de beeldvorming. Generaal De Gaulle, want die zal het in Frankrijk wel worden, en een of andere nazitegenstander uit Duitsland. Maar je hebt gelijk: op persoonlijk vlak moeten de burgers het zelf doen.'

Ze keken elkaar aan. 'We hebben elk nog een bodempje in ons glas. We kunnen nog één keer toosten', zei Elisabeth.

'Op de verzoening dan maar!'

'Op de verzoening!'

In de achtertuin koerde een duif, ergens boven in het gebouw trok iemand een toilet door. De wereld leek met die banale geluiden te willen zeggen dat ze geen boodschap had aan hun beschonken gebaar.

28

Volgens de *Pariser Zeitung* was de Duitse verdediging in Normandië bijzonder succesvol. In een bepaalde sector van het front hadden de geallieerden amper tien kilometer terrein veroverd, ten koste van tienduizend doden. De getallen kwamen Von Trettlow net te mooi uit om waar te kunnen zijn. Over de vorderingen van de Russen in de Baltische landen was de krant een stuk zwijgzamer, maar hij wist dat de schrijver gelijk had. Wehmacht en SS hielden hardnekkig stand, een beetje tot hun eigen ongeloof. Tegelijk hadden die de reserves niet meer om een succesvolle tegenaanval te lanceren. Rommel had het dus bij het goede eind: de Duitse verdediging was gedoemd ineen te storten. Vóór het zover was moesten de samenzweerders toeslaan.

Maar het verwachte telefoontje was tot nog toe uitgebleven, of beter gezegd: er was al meer dan eens 's ochtends gebeld om de oefening aan te kondigen, maar telkens was daar uren later het teleurstellende 'einde oefening' op gevolgd.

Hij smeet de krant op zijn bureau en staarde naar het raam. Zijn blad was schoon, zijn vulpen lag met de dop dichtgedraaid keurig rechts van hem. Nieuwe rapporten werden niet meer van hem verwacht, nieuwe inspecties stonden niet meer op het programma. Alleen de telefoon zou nog werken. Hij wachtte op het beloofde belletje van Bargatzky.

In plaats daarvan ging de deur achter hem open en kwam Gauss binnen. Hij groette vrolijk, nam plaats achter zijn eigen bureau en zette een kop koffie voor Von Trettlow neer.

‘Zo goedgezind? Zo galant? Bent u jarig, kapitein?’

‘Nee, majoor, maar ik heb bericht gehad dat mijn verlof is goedgekeurd.’

Von Trettlow floot even bewonderend. ‘En dat in deze tijd. U boft.’

Gauss maakte een sussend gebaar met zijn handen, maar de oogjes achter de brillenglazen fonkelden.

‘Het is lang geleden voor mij, majoor, ruim een jaar. U bent in mei nog naar huis geweest, niet?’

Altijd afwegen wat een ander heeft en jij niet, dacht Von Trettlow; je altijd benadeeld voelen, tekortgedaan, de gevoelsmatige basis voor het fascisme.

‘Inderdaad’, gaf hij toe. ‘En ik was blij dat mijn huis nog overeind stond en mijn vrouw nog leefde. Het is tegenwoordig maar afwachten hoe je de stad waar je woont zult aantreffen.’

‘Dat is waar’, gaf de ander toe. ‘Gelukkig woon ik net als u aan de rand van de stad, maar ik herinner me nog goed de eerste keer dat het luchtalarm weerklonk: 5 september 1939, amper een paar dagen na het begin van de oorlog. En in juni 1940 hebben we in Ludwigshafen het eerste echte bombardement meegemaakt, toen al.’

‘Iemand geraakt? Ik bedoel: iemand die u kent?’

Gauss schudde zijn hoofd, energiek, blij bijna dat hij kon ontkennen. ‘We hebben geboft, maar we weten natuurlijk niet wat er nog op ons af zal komen. Ik hoop dat de wonderwapens van de Führer het tij zullen keren.’

‘Ik hoop het ook’, loog Von Trettlow automatisch.

Het gerinkel van de telefoon voorkwam dat hij nog meer zinnen moest uitbraken die hij niet meende. Het was Bargatzky, die hem meldde dat hun bezoeker gearriveerd was.

‘U gaat alweer naar de juridische dienst? U staat op goede voet met die majoor daar, niet?’

‘Iets op tegen, kapitein?’ reageerde Von Trettlow scherp.

'Natuurlijk niet, majoor', haastte de architect zich te zeggen.
'Ik wens u een heel fijn verlof, mocht ik u straks niet meer zien.'

Hij kwam overeind, liep naar de deur en stapte de gang op. Als het goed ging, zou hij dat bebrilde nazihoofd met die kleffe scheiding nooit meer tegenover zich zien zitten. Grinnikend vervolgde hij zijn weg naar de verdieping waar Bargatzky zijn kantoor had. Hij verkneukelde zich om de gelaatsuitdrukking van de bezoeker en moest zich inhouden om niet hardop te lachen. Vóór hij op de deur klopte, trok hij zijn gezicht opnieuw in de plooi.

'Binnen!'

Hij zag eerst zijn lange rug en donkerbruine haar. Het pak dat de bezoeker droeg, zat als gegoten en was hoogstwaarschijnlijk maatwerk. Dat mocht ook wel met alle betalingen die hij vanuit het Majestic had ontvangen in de voorbije weken.

Aanvankelijk reageerde Brivac niet toen Bargatzky Von Trettlow begroette. Het gezicht van de majoor zei hem niets. Pas toen hij naar de lege uniformmouw keek, ging hem een licht op. Met wijd opengesperde ogen staarde hij hem aan.

'U?!'

'Ik, ja', antwoordde Von Trettlow op ernstige toon. 'Pierre Koeningstein, de man die twee luxe appartementen van u kocht.'

Brivac probeerde zichzelf weer in de plooi te krijgen. 'Dus u bent geen bouwer maar een officier in de Wehrmacht. Nou ja, voor een Elzasser is dat toch niet vreemd? Die zijn allemaal ingelijfd na juni '40.'

'Het is alleen zo dat de majoor geen Elzasser is', zei Bargatzky. 'Hij is afkomstig uit Stuttgart, architect van beroep, zowel in het civiele leven als in het leger, en speciaal belast met het opsporen van frauduleuze vastgoedtransacties.'

'Ik heb u al gezegd dat ik in geen enkel opzicht frauduleus heb gehandeld.'

Dat werd een harde dobber, constateerde Von Trettlow, en zijn binnenpretje smolt weg. Een collaborateur die zich beschermd voelt, of weet. Hij kon alleen maar hopen dat Bargatzky zijn zaak terdege had voorbereid, vóór Brivac in staat zou zijn iemand te waarschuwen.

'U overtreedt verschillende wetten. Ten eerste worden de bedenktijden tussen het tekenen van de aktes niet voldoende gerespecteerd; ten tweede...'

'Wat een notaris laat verlijden is verleden, niet?' kwam Brivac er brutaal tussendoor.

'Ten tweede zullen de aankopen worden betwist op basis van de volgende wetten en wetsonderdelen', vervolgde Bargatzky ongestoord. 'Ik ga ze niet voorlezen. Hier staan ze voor u uitgetypt om na te zien. En ten derde...'

'"Ten derde" ook al!'

'Ten derde zijn de oorspronkelijke eigenaren op onwettige wijze onteigend en zullen wij hen bijstaan in hun claims tegen de nieuwe eigenaren.'

Het derde punt leek Brivac pas werkelijk kwaad te maken. Hij begon heftig met zijn lange armen te gebaren en bewoog heel zijn lijf heen en weer op de stoel.

'Nou wordt-ie toch wel heel gortig! De oorspronkelijke eigenaren zijn afgereisd naar het oosten en komen nooit meer terug. Dat weet u net zo goed als ik! Die woningen zijn teruggegeven aan het Franse volk en blijven voor eeuwig en altijd Frans!'

Bargatzky zweeg, evenals Von Trettlow. Ze keken Brivac aan, die nog meer wilde zeggen maar uiteindelijk mompelde: 'Het is toch waar? Tegen wie zeg ik dit in hemelsnaam?'

'Ze komen nooit meer terug', herhaalde Von Trettlow.

'Alsof u dat zelf niet weet', verdedigde Brivac zich.

'Ze komen nooit meer terug? Dan weet u meer dan wij', zei Bargatzky.

'Wie heeft u gezegd dat ze nooit meer terugkomen?' vroeg Von Trettlow.

De Fransman zweeg, begon met zijn duimen tegen elkaar te draaien en met zijn voeten te schuifelen. Al net zulke prachtige schoenen als het maatpak, constateerde Von Trettlow; kalfsleer, vermoedde hij.

'De ss', gaf Brivac ten slotte toe.

'De mannen van de Dienststelle Westen, met wie u samenwerkt', concludeerde Bargatzky.

Brivac knikte. De duimen kregen gezelschap van andere vingers. Hij keek van de ene majoor naar de andere. 'Zeg niet dat ik u iets nieuws vertel.'

'Voor ons is dit nieuw', antwoordde Bargatzky. 'Maar dat maakt de zaak alleen maar complexer en ernstiger. Het begint te lijken op medeplichtigheid aan moord, wat u hebt gedaan.'

De Fransman sprong bijna van zijn stoel op. 'Moord! Waar hebt u het over? Ik handel in huizen, niet in mensenlevens. Ja, ik heb geprofiteerd van een situatie die zich voor mijn eigen ogen ontvouwde. En dan? Wat denkt u dat al die verhuisfirma's hebben gedaan? Al die conciërges? Al die verhuurders? Al die buren?'

'En al die ss'ers', vulde Bargatzky aan.

'O, is het u daarom te doen? Om de concurrentie? Prima, pak een vel papier en een pen en ik geef u alle namen die u wilt hebben.'

Bargatzky knikte naar Von Trettlow, die plaatsnam achter diens bureau en naar de vulpen greep die al sinds de vroege ochtend klaarlag.

'Begint u maar', zeiden ze bijna in koor.

~

Tot zijn stomme verbazing werd Oliver Brivac aan het eind van het verhoor gearresteerd door twee leden van de Grüne Polizei. Hij protesteerde hevig, zei dat alles op een vergissing berustte en dat hij niet zou aarzelen zijn contacten in hogere kringen in te schakelen, maar Von Trettlow zag het ongeloof in zijn ogen langzaam plaatsmaken voor angst. De agenten toonden zich niet onder de indruk. Bargatzky had met opzet een paar mannen laten opdraven die al vaker collaborateurs of ambtenaren hadden opgepakt, mannen die steevast dreigden met hun contacten, in de hoop dat de Duitsers niet wisten dat die in de tussentijd zelf al van hun posten ontheven waren.

Nadat de deur achter het drietal gesloten was, borg Bargatzky de papieren op in een lade. Hij had vrolijk moeten zijn maar Von Trettlow merkte op dat hij vermoeid oogde, terneergeslagen zelfs.

'Je bent niet blij met onze vangst? Hij is nochtans het sluitstuk.'

'Jawel, jawel', mompelde hij afwezig. 'Het gaat mij om wat hij vertelde.'

'De namen?'

Bargatzky strekte zijn rug en keek hem in de ogen. 'Houd je niet van de domme.'

'Dat ze niet terugkomen? Die geruchten hebben we toch al eerder gehoord.'

De ander schudde zijn hoofd, zocht naar een pakje sigaretten, dat hij niet vond.

'De zekerheid waarmee hij het zei, het dedain, het gebrek aan empathie – dat alles trof me heel onaangenaam.'

Von Trettlow keek uit het raam. De zon naderde reeds zijn hoogste punt. Ze hadden Brivac lang onder handen genomen. 'Collaborateurs zijn nu eenmaal profiteurs. Ik heb ontdekt dat er weinig verschil is met ordinaire misdadigers.'

'Wij kennen geen ordinaire misdadigers, Max', hoorde hij achter zich. 'Maar we kennen wel heel bijzondere.'

Von Trettlow voelde zich verkillen. Hij onderdrukte de neiging het venster omlaag te drukken.

‘Je weet wát we eigenlijk gehoord hebben, Max’, hield Bargatzky aan.

‘Zeg het niet, Walter.’

‘Stel dat ze inderdaad niet meer terugkomen’, ging de ander onverstoorbaar verder.

De sigaretten werden gevonden. Bargatzky stak er voor zichzelf een op en daarna een voor Von Trettlow. Hij kwam naast hem staan aan het venster en gaf hem de brandende sigaret.

‘Hoeveel zijn het er?’ vroeg Von Trettlow, terwijl hij een eerste trek nam.

‘Tienduizenden, heb ik gehoord, alleen al in Frankrijk.’

‘Je weet wat ze ons hebben verteld,’ zei Von Trettlow, ‘een soort volksverhuizing. Sommige Polen gaan naar Wit-Rusland, Wit-Russen en Oekraïners verder naar het oosten, en in de leeggevallen stukken komen Duitse kolonisten en Joden. Waarom zou het niet kunnen? In de nadagen van het Romeinse Rijk zijn er hele volkeren tegelijk verhuisd.’

’Het zou kunnen’, beaamde Bargatzky. ‘Tenslotte was er vier jaar geleden ook dat Madagaskarplan. Je weet wel: alle Europese Joden zouden naar dat Franse eiland bij Afrika emigreren.’

‘Het moet toch zoiets zijn’, hield Von Trettlow vol. ‘Goed, met alle brutaliteit die bij de nazi’s hoort, roof op ongekende schaal, een misdaad, hoe dan ook, maar dat andere…’

‘Onmogelijk,’ zei Bargatzky hoofdschuddend, ‘onvoorstelbaar. En dat die Brivac met droge ogen zoiets waanzinnigs durft te beweren.’

Ze rookten verder, zwijgend, starend uit het raam, alsof beneden op straat van het ene moment op het andere duizenden verdwenen mensen alsnog de hoek om zouden kunnen komen.

DEEL DRIE
EEN STAATSGREEP PER TELEFOON

20 juli 1944

'Ik moet toegeven dat ik geen minuut heb gedacht dat het nazisme op andere wijze vernietigd kon worden dan door een Duitse revolutie. Ik herinner me dat ik op 21 juli, dat was één dag na de aanslag op Hitlers leven, een artikel in *The Observer* publiceerde, waarin ik die aanslag zag als een "prelude op de Duitse revolutie".'

Isaac Deutscher, *Duitsland en het marxisme*,
opgenomen in *De weg van een revolutionair*.

29

Er heerste een bedrukte sfeer in het Majestic toen Max von Trettlow er binnentrad. Hij was vroeger dan gewoonlijk, dus misschien verbeeldde hij het zich maar en zouden de gangen, trappen en liften zich later nog vullen met geroezemoes en het gedempte geluid van laarzen op tapijten. Maar evengoed kon het desastreuze frontnieuws van de laatste tijd zijn doorgedrongen tot de meeste officieren en onderofficieren die op dit hoofdkwartier werkten. Meer dan driehonderdduizend man had de Wehrmacht recentelijk aan het oostfront verloren. De verliezen liepen hoger op dan vorig jaar bij Stalingrad en voor het eerst werden de oostelijke provincies van Duitsland zelf bedreigd met inname door het snel oprukkende Rode Leger.

Von Trettlow liep met twee treden tegelijk de trap op naar de verdieping waar zijn eigen kantoor was. Zijn ogenschijnlijk opgewekte houding was bedrieglijk, want de voorbije dagen was het nieuws in alle opzichten slecht geweest. Niet alleen was het oostfront aan het instorten, hij had ook een brief gekregen van Marie-Louise, waarin ze meldde dat Karls eenheid naar Normandië was verplaatst. Hij was vorig jaar goed hersteld van zijn schotwonden en had vervolgens lange tijd bij de bezettingstroepen in Griekenland gediend, maar nu ging hij terug naar de gevarenzone. Von Trettlow voelde onmiddellijk een schuldgevoel opborrelen. Het verhoogde de drang die hij voelde om een eind te helpen maken aan de dictatuur. Het kon maar mocht ook niet lang meer duren nu.

Hij beende door de lange verlaten gang en duwde de klink van zijn kantoordeur naar beneden. De kamer was opgeruimd en het bureaublad leeg. Zijn nazicollega was weg, maar midden op het bureau stond een zwart bakelieten telefoontoestel, uitdagend als een inbreker die zich op heterdaad heeft laten betrappen. De majoor staarde er met argusogen naar. Had het al gerinkeld? Had hij iets gemist? Hij sloot de deur, trok de stoel onder het bureau vandaan en nam plaats.

En er was nog meer slecht nieuws. Veldmaarschalk Rommel was zwaargewond geraakt toen een Amerikaanse jachtvlieger de stafauto waarin hij reed had beschoten. Ze zouden het zonder de vastbesloten Rommel moeten stellen. Von Stülpnagel had onmiddellijk de kern van de samenzweerders bij zich in zijn suite verzameld en uitgelegd dat ze nu veldmaarschalk Von Kluge zouden moeten bewerken. De voorbije jaren waren er al voelhorens naar hem uitgestoken, maar hij had nooit echt toegehapt. 'Het probleem met Von Kluge is dat hij altijd de mening deelt van degene die hij het laatst gesproken heeft', had de generaal op klagende toon gezegd. 'Hij is briljant als tacticus maar kinderlijk onnozel als het over politiek gaat. Collega's hebben hem de ene dag horen klagen over de zinloze bevelen die Hitler hem geeft en de volgende een lofzang horen houden op het genie van de Führer.'

Zouden ze daar nog de tijd voor hebben? Von Hofacker was uit Berlijn teruggekeerd en had gezegd dat 'het' de komende dagen zou gebeuren. Te vaak was de aanslag op het laatste moment uitgesteld en kort voor het fatale incident met zijn stafauto had Rommel de kolonel nog toevertrouwd dat de tijd hun door de vingers glipte. Het Normandische front kon elke dag in elkaar storten.

Von Trettlow legde zijn voeten op het bureau en leunde op twee stoelpoten achteruit. Het wippen van de stoel moest zijn gespannen zenuwen kalmeren terwijl hij zijn blik onafgebroken op het telefoontoestel gericht hield. Ondertussen vroeg hij zich af wie de officier was die zichzelf kandidaat had gesteld om de aanslag te voltrekken. Zou het een zelfmoordaanslag worden of liet hij van afstand een explosief ontploffen? Von Hofacker kende de identiteit van de dader maar verklapte die niet.

Zijn ogen werden vochtig van het staren, zijn oren vingen vage geluiden op van buiten. Iemand liep door de gang en kuchte. Het leek voor zijn deur maar de voetstappen verwijderden zich weer. De kucher zou toch niet een rochel hebben gedeponeerd, uitgerekend voor deze deur? Von Trettlow draaide zijn hoofd en deed de stoel daardoor vervaarlijk naar achteren kantelen.

Toen rinkelde eindelijk de telefoon.

In enkele tellen was hij overeind gekomen en had hij de hoorn van de haak genomen. Hij moest zich bedwingen om niet zijn naam en rang te roepen. Aan de andere kant van de lijn stelde niemand zich voor maar werd slechts één woord gesproken:

'Oefening.'

Von Trettlow wilde iets antwoorden maar er was alweer opgehangen. Hij ging ervan uit dat de geheimzinnige beller in Berlijn heel wat nummers moest afwerken, in Parijs, Praag, Wenen en God wist waar nog meer. Overal zaten samenzweerders op stoelen. Je wist bovendien nooit of er werd meegeluisterd en door wie.

Het was zover. Iemand in het hoofdkwartier van de Führer in Oost-Pruisen had naar Berlijn gebeld en gemeld dat hij binnen was. De bal was aan het rollen.

En nu?

Von Trettlow zag geen andere mogelijkheid dan opnieuw te gaan zitten en te wachten op het tweede, verlossende telefoontje.

~

De ochtend verliep zonder dat er iets gebeurde. Von Trettlow verliet enkele malen zijn kamer, klopte aan bij Bargatzky, die er niet was, en liep doelloos van boven naar beneden en weer terug. Deze keer wist hij zeker dat hij zich de sfeer niet verbeeldde. Er liepen anderen door de gangen die diep in gedachten verzonken leken. Hij kwam *Freiherr* von Teuchert tegen in de lobby, maar de man had geen oog voor de majoor en liep hem voorbij met de blik naar de grond gericht, alsof daar het antwoord kon worden gevonden op welke vragen het dan ook waren die hem kwelden.

Mijn God, dacht Von Trettlow, ik ben zenuwachtiger dan aan de vooravond van een groot offensief!

Hij overwoog of hij een telefoongesprek zou aanvragen met Marie-Louise. Natuurlijk zou het niet worden toegestaan, omdat alle lijnen nodig waren voor militaire communicatie, maar hij voelde een onverklaarbaar sterke drang haar stem te horen. Uiteindelijk liep hij terug naar zijn kantoor, pakte pen en papier en krabbelde een boodschap neer.

Weet dat ik altijd aan je denk, je elke dag mis en niet kan wachten je weer te zien.

Hij las het opnieuw en opnieuw, zag zelf hoe sentimenteel en jongensachtig het klonk en hoe bezorgd Marie-Louise zou worden als ze een telegram van deze strekking kreeg. Ze zou er een geheime boodschap in trachten te lezen, zich afvragen hoe slecht het met hem ging, misschien zelfs vermoeden dat hij haar had bedrogen en daar nu spijt van had.

Teleurgesteld verfrommelde hij het papier en smeet het in de prullenmand. Omdat die volkomen leeg was viel de prop extra op. Hij haalde hem eruit en stopte hem in zijn broekzak.

Een brief? Die had hij twee dagen geleden nog geschreven en vandaag had hij er het geduld niet voor.

De aanslag... Op tweeduizend kilometer afstand waagde een

andere officier zijn leven om het lot van Duitsland en Europa een andere wending te geven, en hier zat hij, zich af te vragen of hij wel of niet een telegram kon versturen. Hij zuchtte diep. Daarna plaatste hij zijn voeten weer op het bureaublad, begon op zijn stoel te wiebelen en zocht met zijn ene hand naar het pakje sigaretten in zijn borstzak. Het roken en het wiebelen verliepen al snel synchroon: als hij naar achteren boog nam hij een haal, als hij naar voren boog blies hij de rook uit.

De telefoon ging over. Het rinkelen klonk zo oorverdovend, dat de askegel op het tapijt gemorst werd.

Hij nam op, schraapte zijn keel en noemde zijn naam en rang.

'Afgelopen.'

Von Trettlow onderdrukte de neiging de ander te vragen het woord te herhalen. Hij had trouwens alweer opgehangen. Met de hoorn in de hand en luisterend naar het signaal dat de lijn onderbroken was, staarde hij naar de muur tegenover zich.

Afgelopen. Hij had 'Afgelopen' gezegd. Het was afgelopen met Hitler, afgelopen met de dictatuur en binnenkort dus ook met de oorlog.

Hij smeet de hoorn op de haak en beende met grote passen het kantoor uit. Op de gang was alles nog precies hetzelfde als dertig seconden geleden. Een vrouwelijke medewerker passeerde hem met een stapel documenten. Vanuit een openstaande deur ving hij een flard van een telefoongesprek op. Het ging over een brief die niet was aangekomen. Alles ging door of er niets was gebeurd. Alleen hij wist dat alles anders was geworden, in één klap.

Von Trettlows voeten voerden hem automatisch naar de verdieping waar de juridische dienst gevestigd was, maar Bargatzky was er nog steeds niet. Of weer niet, constateerde hij, want de deur stond op een kier, alsof iemand haastig het kantoor uit gelopen was.

Hij draaide om en keerde terug naar de trappen, ging naar de bovenste verdieping, waar hij medestanders hoopte te treffen. Bij de toegangsdeur tot het bureau van de *Oberster Militärischer Befehlshaber in Frankreich* was het drukker dan normaal. Er stonden officieren opgewonden met elkaar te praten. De majoor drong zich langs hen heen, gebruikmakend van zijn hogere rang, en meldde zich bij de adjudant van de generaal. Vóór die hem kon vragen wat hij kwam doen, stak Von Stülpnagel zijn hoofd om de deur. Hij zag en herkende Von Trettlow en wenkte hem bij zich. Zijn gezicht had een gespannen uitdrukking.

'Ik weet niet of je het hebt gehoord, maar het is zover.'

'Ik ben ook gebeld, generaal', gaf Von Trettlow toe. 'We kunnen dus tot actie overgaan?'

De generaal wees op een verzameling papieren op zijn bureau. 'Het ligt allemaal al klaar en ondertekend. Ik wacht op luitenant-generaal Von Boineburg-Lengsfeld, hij voert de eenheden aan die de arrestaties zullen doorvoeren.'

Ze keken elkaar recht in de ogen, alsof ze geen van beiden werkelijk konden geloven dat de Wehrmacht leden van de SS en de Gestapo zou gaan arresteren, omdat ze officieel verdacht werden van medeplichtigheid op de aanslag op de Führer en van het beramen van een staatsgreep.

'Wat verwacht u van mij, generaal?'

Von Stülpnagel knipperde even met de ogen. Er stonden zweetdruppels op zijn voorhoofd. Ook hij leek veel zenuwachtiger te zijn voor deze vanachter een bureau gedirigeerde politionele acties dan voor een standaard militair offensief. Zijn handen zochten naar de sigarettenkoker, lieten die toen toch los.

'Ik heb voor u een delicate opdracht. Zodra we hier klaar zijn, vertrekken Von Hofacker en ik naar La Roche-Guyon, maar om geen kostbare tijd verloren te laten gaan, wil ik dat u ons voorgaat.

U moet Von Kluge ervan overtuigen zich definitief aan onze kant te scharen.'

'Heeft hij dat dan nog altijd niet gedaan, generaal?'

Von Stülpnagel schudde het hoofd. 'Hij is een draaikont. Maar voor het welslagen van onze actie is het van essentieel belang dat hij partij kiest.'

'Zal hij dat niet automatisch doen, zodra de nieuwe kanselier zich meldt via de radio, generaal? Of zodra de eerste telexen uit Berlijn binnenlopen?'

'Maar wanneer komen die, majoor? En wat zal hij in de tussentijd doen? We mogen geen onnodige risico's lopen. Vertrek dus onmiddellijk.'

'*Zu Befehl, Herr General.*'

Hij klakte zijn hielen tegen elkaar, salueerde en liep weg. Het voelde goed om zich weer militair te kunnen gedragen, orders aan te nemen. De eerste in het nieuwe Duitsland.

Toen hij naar beneden liep, zag hij op de verdieping waar de juridische afdeling was Freiherr von Teuchert weer lopen. Deze keer hield hij zijn hoofd trots opgeheven. Een militair kwam hem over het gangpad tegemoet en bracht met geheven arm de Hitlergroet. De Freiherr bleef staan, bekeek de ander of hij een levend fossiel was en begon onbedaarlijk te lachen. Daarna liep hij door, de militair die de nazigroet had gebracht verbijsterd achterlatend.

Glimlachend bereikte Von Trettlow zijn eigen kantoor. Hij telefoneerde naar de receptie en vroeg zijn auto dringend in gereedheid te brengen. Daarna pakte hij zijn uniformpet van de kapstok, klopte op zijn koppelriem en het lugerpistool dat erin stak en vertrok.

De Feldwebel wachtte al op hem, naast de Citroën, die aan de voorkant van het hotel geparkeerd stond. Het was of hij er dag en nacht naast stond, dacht Von Trettlow, altijd bereid zijn majoor ergens naartoe te brengen. Het achterportier ging open en nog geen seconde nadat hij op de achterbank had plaatsgenomen, weer dicht. De chauffeur nam ook vliegensvlug plaats achter het stuur.

'La Roche-Guyon, majoor?'

De vertrouwde ogen in de achteruitkijkspiegel vertoonden een ongewone schittering.

'Zelfs jij weet ervan, Fritz?'

'Ik heb altijd geweten dat deze dag zou komen, majoor. Hangt er veel van uw missie af?'

Von Trettlow haalde zijn schouders op. 'Als alles loopt zoals we verwachten niet, Fritz, maar als er dingen misgaan misschien juist heel veel.'

De Feldwebel klopte op iets dat op de passagierszetel lag. De majoor boog zich naar voren en zag dat het een machinegeweer was.

'Voor als we worden aangehouden door partizanen, majoor. Of door de Gestapo.'

De hand verplaatste zich naar de startknop en daarna naar de versnellingsknuppel. De auto vertrok nog net niet met gierende banden.

~

Zolang ze in Parijs reden, was Von Trettlow bang dat ze op een wegversperring zouden stuiten en niet verder konden, maar bij de paar controleposten onderweg werden ze opvallend snel doorgelaten. Uit niets bleek dat er al iets aan de hand was in de stad en eenmaal buiten, op de *route nationale* richting Rouen, leek de oorlog weer ver weg. Ze spraken weinig. De Feldwebel gaf gas en tuurde ingespannen naar het wegdek, op zijn hoede voor kuilen of andere oneffenheden. Ook in het stadje waar het kasteel stond was het loom en rustig. Ze meldden zich aan de poort en kregen toestemming om op de binnenplaats te parkeren.

Het was weer Rommels adjudant Speidel die naar buiten kwam om Von Trettlow te ontvangen. De ogen achter de ronde brillenglazen stonden zorgelijk. De majoor groette en zag dat de ander een hogere rang had gekregen sinds hun laatste ontmoeting.

'Gefeliciteerd met uw promotie tot generaal.'

'Dank u, majoor.' Speidel glimlachte er niet eens bij. 'Het is een schrale troost. Ik heb die alleen maar gekregen omdat veldmaarschalk Rommel ernstig gewond is geraakt en ik zijn lopende zaken moest kunnen afhandelen.'

'Ik kom nu voor een andere veldmaarschalk, generaal, als speciaal afgezant van generaal Von Stülpnagel.'

'Ik ben erover geïnformeerd per telefoon, majoor. Veldmaarschalk Von Kluge is juist teruggekeerd van het front. De besprekingen duurden lang en waren allerminst bemoedigend.'

Von Trettlow voelde dat ze ergens omheen aan het draaien waren, maar hij durfde de ander niet te vragen wat er zo zorgelijk was, zelfs niet of hij het nieuws gehoord had. Het deed er op dit moment ook niet toe. Hij knikte en liep het kasteel binnen.

De gangen van de vesting waren donker en koud. Misschien had er nooit menselijke warmte gehangen en was het al die eeuwen lang een centrum van dood en verderf geweest. Hij bereikte de zaal waar de opperbevelhebber van het westelijk front kantoor hield, zoals ooit de Normandische hertogen en hun Vikingvoorgangers, klopte op de deur en wachtte tot de toestemming kwam om binnen te treden.

Günther von Kluge was een breedgeschouderde man met bolle wangen en een hoog voorhoofd. Het weinige haar dat hij nog had, bedekte zijn schedel als een vogelnestje. Hij keek verstoord op toen Von Trettlow zich meldde met naam en rang.

'Een boodschapper uit Parijs – alsof ik vandaag in Normandië nog niet voldoende slecht nieuws heb gehad. Ik heb me urenlang in een donker bos moeten schuilhouden omdat de vijandelijke vliegtuigen over ons heen scheerden, majoor. De vorige stafbespreking hadden ze in bloed doen eindigen.'

'Het spijt me dat te horen, Herr Feldmarschall.'

'Ik heb zorgen genoeg. Ik hoop dat u me er niet nog enkele bij komt geven, majoor.'

'Dat denk ik niet, Herr Feldmarschall; wat ik te melden heb zou weleens het einde van veel van uw zorgen kunnen betekenen.'

'Laat me niet te lang wachten, man.'

Von Trettlow haalde diep adem, zei toen: 'Er is vandaag een aanslag gepleegd op de Führer. Hij is dood.'

Von Kluge knipperde zelfs niet met zijn ogen. Zonder zijn blik van Von Trettlow af te houden, pakte hij de hoorn van het telefoontoestel voor hem en vroeg een rechtstreekse verbinding aan met het *Führerhauptquartier* in Oost-Pruisen.

De minuten tikten voorbij. Eindelijk meldde zich iemand. 'Hallo Stieff, bent u dat?' riep de veldmaarschalk. Blijkbaar was de verbinding slecht. 'Geef mij generaal Keitel.'

Er kwam een antwoord, dat blijkbaar ontkennend was. 'Geef me dan generaal Jodl. Wat? Ook in bespreking. Allemaal in bespreking, zegt u. Jaja. Nee, goed. Laat een van hen mij dan maar terugbellen als hij uit bespreking is.'

Von Kluge legde de hoorn op de haak en wierp een onderzoekende blik op Von Trettlow.

'Dood of niet, er is daar in ieder geval iets ongewoons aan de hand. Waarom denkt die Stieff dat ik telefoneer? Om naar de uitslagen van de paardenraces te vragen soms? *Herrgottnochmal*, het westelijk front staat op instorten, zoals het oostelijk al heeft gedaan, en die idioot weet mij doodleuk te vertellen dat ik straks wel zal worden teruggebeld.'

'De Führer is dood, Herr Feldmarschall', herhaalde Von Trettlow. ‘Wij hebben in het Majestic verscheidene telefoontjes gehad uit Berlijn.’

‘En wie mag die aanslag hebben gepleegd, majoor?’

Het spottende lachje om de mond van de veldmaarschalk was onmiskenbaar.

‘Volgens officiële bronnen was hij onderdeel van een staatsgreep door de SS, die nu door de Wehrmacht is verijdeld.’

Von Kluge leunde achterover, opende een bureaulade en haalde er een zilveren sigarettenkoker uit. Hij stak voor zichzelf een sigaret op en bood er toen pas een aan Von Trettlow aan.

‘Zolang ik niet zeker weet dat de Führer dood is onderneem ik niets, majoor.’ De rook verliet krachtig, nijdig bijna, zijn beide neusgaten, als om zijn vastberadenheid te onderstrepen.

‘Er zullen telexen komen, Herr Feldmarschall, en telefoontjes. In alle belangrijke steden van het Reich en de bezette gebieden worden op dit moment partijleiders, hoge SS-officieren en leden van de *Sicherheitsdienst* gearresteerd door eenheden van de Wehrmacht. Terwijl wij hier praten, wijkt het gevaar van een burgeroorlog. Vanavond richt de nieuwe kanselier zich via de radio tot het volk.’

De spot in de ogen van de veldmaarschalk maakte plaats voor bewondering. Hij tikte de as van zijn sigaret en verplaatste zijn blik van de majoor naar de stafkaarten aan de muur.

‘Jullie zijn al eerder bij mij geweest, wist u dat, majoor? Toen stuurden uw medesamenzweerders een generaal op mij af, Henning von Treskow. Zelden heb ik iemand zo overtuigend horen argumenteren tegen het nazisme en voor concrete actie. Het was in een jaar dat de eindoverwinning nog in ons vizier leek te liggen, maar Von Treskow sprak niet over nederlagen en overwinning. Hij sprak over schuld. Over de schuld die collectief aan ons zou kleven als we niet ingrepen en een einde aan het onrecht maakten.’

‘Ik heb ervan gehoord, Herr Feldmarschall.’

De ogen van Von Kluge hechtten zich weer aan de man tegenover hem. ‘Ik heb me op de vlakte gehouden. Uiteindelijk heb ik hem weggestuurd. Later heb ik gehoord dat hij ook bij anderen is geweest en dat hij door hen ook onverrichter zake is weggestuurd. Geen van de hogere bevelhebbers is toen gewonnen voor jullie plannen.’

‘Op uw voorganger na’, onderbrak Von Trettlow de woordenstroom. ‘Veldmaarschalk Rommel wilde na de aanslag onmiddellijk onderhandelingen met de westelijke geallieerden aanknopen voor een wapenstilstand.’

Von Kluge leek niet verrast door deze mededeling. ‘Ja, ik weet het. Hij heeft zelfs een ultimatum opgesteld voor Hitler, dat hij niet heeft kunnen versturen en dat nog in een van mijn bureaulades ligt.’

‘Aan Hitler?’ flapte Von Trettlow er spontaan uit.

‘Aan de Führer, ja. En dat is nu net het probleem, majoor. Ik kan die nieuwe rijksregering enkel gehoorzamen als ik zéker weet dat de Führer dood is, begrijpt u? Aan half werk hebben we niets.’

‘De Führer is dood, Herr Feldmarschall’, herhaalde Von Trettlow nogmaals. ‘Straks komen generaal Von Stülpnagel en kolonel Von Hofacker hiernaartoe om u persoonlijk nogmaals te overtuigen van de noodzaak daadkrachtig op te treden. Het lot van het westelijk front en eigenlijk van het hele Duitse rijk ligt nu in uw hand, veldmaarschalk.’

‘Als ik maar doe wat die zogenaamde nieuwe rijksregering van mij verlangt, nietwaar, majoor?’

‘Nee, Herr Feldmarschall, als u maar bereid bent uw gezond verstand en uw geweten te volgen.’

Hij had iets te eten en te drinken gekregen in de kantine en was daarna gaan dwalen door het kasteel. In de radiokamer had hij praatjes aangeknoopt met de marconisten, in de hoop dat er tussen hun vele berichten een melding zou zitten over de aanslag, maar hij zag niets anders dan de letters KBN – *Keine Besonderen Nachrichten*. Het deed hem denken aan de titel van een roman die hij ooit gelezen had en die later door Goebbels verboden was: *Im Westen nichts neues.*

Wat gebeurde er in hemelsnaam in Berlijn? En wat zou er in Parijs, Wenen en Praag plaatsvinden? Zat iedereen te wachten op telefoontjes die niet kwamen? Het was om wanhopig van te worden.

De telex ratelde en produceerde een lang bericht. De marconist las het en fronste zijn wenkbrauwen. Hij wenkte naar een collega, die het op zijn beurt las.

'Roep de adjudant van de veldmaarschalk.'

Von Trettlows hart sloeg enkele slagen over. Het liefst had hij de telex uit handen van de mannen gerukt, maar hij wist zich te bedwingen. Het duurde niet lang of Speidel liep de radiokamer binnen, las op zijn beurt het bericht en knikte naar Von Trettlow.

'Volgt u mij naar de veldmaarschalk.'

Von Kluge las de telex meer dan eens. Zijn ogen vlogen over de letters, sperden zich daarna wijd open en staarden toen naar een punt in de verte. Speidel en Von Trettlow wisselden een snelle blik terwijl ze de reactie van de veldmaarschalk afwachtten.

'Mijne heren', zei hij ten slotte. 'Dit is een telex verstuurd door de nieuwe opperbevelhebber van het leger, generaal Von Witzleben, medeondertekend door de nieuwe stafchef, graaf von Stauffenberg. Het blijkt dan toch allemaal waar te zijn wat u hebt verteld, majoor.'

De beide officieren bleven kaarsrecht voor het bureau staan, in afwachting van nieuwe bevelen. Von Kluge likte zijn lippen af, alsof hij met een schone mond moest praten nu hij orders ging geven in een ander tijdperk.

'Hans, het eerste wat we gaan doen is alle activiteit op de basis van de v-wapens stoppen. Wat ik de Britten en Amerikanen ga aanbieden bij wijze van start van de onderhandelingen, is een einde van de bombardementen op Londen. Een lekker koekje.'

Speidel grijnsde breeduit. 'Ik zal een telefonische verbinding tot stand brengen met de basis, Herr Feldmarschall.'

~

Von Trettlow had zich voldaan maar ook overbodig gevoeld toen Von Kluge zijn orders begon te geven. Van het ene op het andere moment had ook niemand meer belangstelling voor hem. Hij was naar buiten gelopen, in afwachting van de aankomst van Von Stülpnagel en met de bedoeling zijn chauffeur op de hoogte te stellen. Die kwam van een andere kant van de binnenplaats naar de Citroën toe lopen.

'Ik kreeg wat te eten aangeboden in de kantine van de onderofficieren en gewone manschappen, majoor.'

'Ik hoop dat het je gesmaakt heeft, Fritz. Het was niet eenvoudig maar ik heb mijn missie volbracht.'

'Van harte, majoor', antwoordde de Feldwebel, alsof hij een medaille had behaald. 'Wilt u terugrijden naar Parijs?'

'Nee, we moeten wachten op de generaal en de kolonel. Pas dan kunnen we vertrekken.'

Een stafauto kwam de binnenplaats op rijden, maar er stapten andere officieren uit dan op wie hij gehoopt had. Hij besefte dat het nog uren kon duren eer Von Stülpnagel hier zou zijn en dat intussen zijn energie van hem weg begon te stromen. Dagenlang had hij op de toppen van zijn zenuwen geleefd en nu eindelijk het officiële bewijs was binnengekomen dat Hitler dood was en de staatsgreep geslaagd, begon de vermoeidheid zich aan te dienen.

'Fritz,' vroeg hij spontaan, 'wie is graaf von Stauffenberg? De naam zegt me iets maar ik kan hem niet plaatsen.'

'Von Stauffenberg? Een oorlogsheld, majoor. Hij raakte ernstig gewond in Tunesië. Als ik het me goed herinner verloor hij een oog, een hand en nog een paar vingers. En toch maakte hij nog verder carrière, ik geloof als stafchef bij het thuisleger.'

'Een oorlogsinvalide zoals ik dus', concludeerde Von Trettlow.

En ineens besefte hij dat dit de man moest zijn die de aanslag had gepleegd. Hij herinnerde zich weer wanneer hij de naam eerder had gehoord: onlangs, tijdens een lunch met Von Hofacker. Stauffenberg was zijn neef. Geen wonder dat hij zo voortdurend in contact kon staan met de kern van de samenzweerders in Berlijn. Familiecontacten als dekmantel.

Hij wilde nog iets vragen, maar er verscheen een ordonnans op de trappen bij de ingang die zijn naam riep. Von Trettlow draaide zich om en liep terug naar binnen. Hij volgde de officier naar de raadszaal waar Von Kluge zijn kantoor hield.

'Het Führerhauptquartier heeft daarnet geprobeerd mij te bereiken, majoor. De verbinding werd helaas verbroken, maar ik zal nu zelf terugbellen. Ik dacht dat u misschien wel wilde horen wat ze te vertellen hebben.'

Het duurde weer minuten eer de verbinding was hersteld. Ditmaal riep de veldmaarschalk niet in de hoorn. Hij leek kalmer dan de eerste keer.

'Hallo? Hallo? Bent u daar weer, Stieff? Hier Von Kluge. Hoe is de toestand daar? Ik heb een telex ontvangen van het nieuwe opperbevel. Hitler is dood en... wat? Niet dood?'

De veldmaarschalk keek op naar Von Trettlow, verbijstering in zijn blik. De majoor voelde zichzelf ter plekke verstijven.

'Hallo? Niet dood dus. Geen schrammetje zelfs, zegt u, maar wel gewonden onder de overige deelnemers aan de vergadering. En wat doet hij nu? Mussolini uitgeleide doen...'

Het gekraak in de lijn werd zelfs voor Von Trettlow hoorbaar. Geïrriteerd hield de veldmaarschalk de hoorn iets verder van zijn oor. Het kraken stopte abrupt en ging over in een ingesprektoon.

'Herr Feldmarschall, ik vermoed dat bepaalde elementen in het hoofdkwartier hun best doen de ware aard van de situatie te verdoezelen', probeerde Von Trettlow.

'Verdoezelen? Ach, kom op, man. Ik ken generaal Stieff al zoveel jaren. Oude houwdegen. Nee, er is iets heel grondig fout.'

Von Trettlow voelde hoe de twijfel opnieuw bezit nam van de ander. Hij leek nu al spijt te hebben van zijn beslissing zich aan de zijde van de samenzweerders te hebben geschaard en zon misschien al op manieren om zijn bevelen terug te kunnen draaien.

Er werd op de deur geklopt. De veldmaarschalk riep overdreven hard 'Binnen!' Dezelfde ordonnans die Von Trettlow had geroepen, kwam een nieuw telexbericht brengen. Hij legde het zwijgend op het bureau en verdween weer.

Terwijl Von Kluge las verdween de verbijstering uit zijn ogen. Toen hij naar de majoor opkeek, leek zijn blik weer even ondoorgrondelijk als toen Von Trettlow voor de eerste maal in de kamer was binnengestapt.

'Dit is van generaal Keitel. Niet jullie nieuwe kanselier zal vanavond voor de radio het volk toespreken maar de oude, om het te vertellen dat er een aanslag op zijn leven is geweest, een poging tot staatsgreep en dat alles onder controle is.'

~

Ze zaten met zijn vieren om tafel: Von Stülpnagel, Von Trettlow en Von Hofacker aan één kant en de veldmaarschalk aan de andere.

De kolonel had een hartstochtelijk pleidooi gehouden om autonoom op te treden en een wapenstilstand bij de geallieerden aan te vragen. Dat was altijd het plan B van Rommel geweest. 'Of Hitler nu dood is of niet – voor ons is hij dat. Als we nog meer bloedvergieten willen voorkomen, als we niet willen dat de Russen straks in Berlijn staan, moeten we nu handelen.'

Maar Von Kluge zei niets en juist dat zwijgen was veelzeggender dan welk krachtig tegenspreken ook. Von Trettlow zag de laatste hoop uit de blik van Von Stülpnagel verdwijnen. Von Hofacker zou nooit opgeven, besefte hij, maar het was eenvoudiger een blok beton over te halen om uiteen te vallen dan deze veldmaarschalk om zijn band met Hitler te verbreken. De zaak was verloren. Von Kluge onderbrak de woordenstroom van de kolonel, met een beslist 'Dat gaan we niet doen, kolonel', nam met een ijzige beleefdheid afscheid van het gezelschap, stond op en verliet de zaal.

Nadat de deur achter de veldmaarschalk was dichtgeknald, keken ze elkaar aan, nog steeds niet bereid hun wanhoop de vrije loop te laten.

'We moeten terug naar Parijs.' Von Hofacker was de eerste die sprak. 'We moeten morgen zien te redden wat er te redden valt. Documenten vernietigen, de SS'ers vrijlaten en hopen dat ze accepteren dat het allemaal op een vergissing gebaseerd was.'

Von Stülpnagel knikte slechts. Het was duidelijk dat zijn gedachten een heel andere loop namen.

'Het ging uiteindelijk niet om ons', antwoordde Von Trettlow. 'We hadden ons leven willen opofferen, als de opzet maar geslaagd was.'

Ze kwamen overeind, als oude mannen. Met de hoop had ook de energie hun lichaam verlaten. Zwijgend liepen ze op hun beurt de zaal uit, de verlaten gang door. Toen ze de deur in zicht kregen, versnelden ze plotseling hun pas, alsof ze zich realiseerden dat Von

Kluge ook zou kunnen bedenken dat het voor hem verstandiger was ze te laten arresteren. Ze bereikten echter onbelemmerd de binnenplaats waar hun auto's stonden en haalden opgelucht adem.

Vóór hij instapte draaide Von Stülpnagel zich om en zei: 'Wees voorzichtig op de terugweg, majoor. U kunt nog altijd sneuvelen door de aanval van een nachtjager op uw auto.'

De dood was een stuk naderbij gekomen, en het maakte weinig uit wie je executeerde, de vijand van buitenaf of die van binnenuit. Von Trettlow knikte en sloot het portier achter de generaal. Hij voelde zich vreemd droevig toen hij de achterlichten van de stafauto volgde, tot ze over de ophaalbrug verdwenen waren.

Hij bleef even gedachteloos staan en begon toen te lopen, de stafauto achterna, in de richting van de doolhoftuin aan de overkant van de brug. De wacht salueerde en liet hem doorlopen. Hetzelfde poortje dat de vorige keer niet afgesloten was geweest, stond nu open. Piepend liet het zich naar achteren duwen. Von Trettlow liep het pad op en zocht zich bij het maanlicht een weg naar het bankje. In de verte hoorde hij de rivier stromen. In een van de bomen riep een onzichtbare uil naar een soortgenoot.

Een eiland in de tijd, dacht hij. Ons leven is een zee vol eilandjes. Rust en geluk op de eilanden, ziekte en ellende in de stukken open water daartussen.

Er zouden geen nieuwe eilanden meer opdagen na vandaag. Hij kon terugkeren naar Parijs; daar zou binnen enkele dagen de Gestapo aan zijn deur komen kloppen. Hij deelde het naïeve optimisme van Von Hofacker niet, wel het pessimisme dat hij op het gezicht van Von Stülpnagel had afgelezen. Het was vreemd dat Himmlers politiediensten hen zo lang ongemoeid hadden gelaten, maar ongetwijfeld hadden ze daarvoor een gegronde reden gehad. Misschien plande de Reichsführer zijn eigen staatsgreep, nadat Hitler door de Wehrmacht was gedood. Dat kon hij nu ook vergeten. Zijn wraak zou verschrikkelijk zijn, om over die van Hitler zelf nog maar te zwijgen.

Zou hij vluchten? Waarheen in godsnaam? Hij had het geld niet om naar Zwitserland te gaan, zodat enkel de optie overbleef zich krijgsgevangen te laten maken door de geallieerden. Maar wat zou er dan gebeuren met zijn gezin? De nazi's hadden gedreigd verraders niet alleen persoonlijk maar ook als familie aan te pakken. Wat was het lot van Marie-Louise als hij gearresteerd werd en vooral dat van Karl?

Een gevluchte samenzweerder zouden ze gaan zoeken, een dode negeren. Majoor Max von Trettlow zou niets meer zijn dan een naam in een dossier, een naam die over de lippen van beklaagden kwam, een man die met te veel van de zonden van Israël zou worden beladen, in een poging zichzelf schoon te praten, maar die in de ogen van de aanklagers al zijn verdiende loon had gekregen.

Karl zou met scheve ogen worden bekeken door kameraden en officieren maar ongemoeid worden gelaten, Marie-Louise in hun huis kunnen blijven wonen. Na de oorlog zou ze ongetwijfeld een nieuwe echtgenoot vinden. Max von Trettlow zou een foto op de schoorsteen worden.

De traditionele Pruisische uitweg, dacht hij, eenvoudig, snel en vooral eervol. De loop van de luger tegen de slaap, aandrukken, de haan spannen en de vinger naar achteren trekken.

De uil vloog op uit de boom. Von Trettlow zag de vogel in de richting van het zuiden vliegen en daarna draaien naar het oosten, alsof hij naar Parijs en Stuttgart ging om zijn besluit mede te delen.

Von Trettlow bleef zitten, ademde in en uit en probeerde zijn hoofd koel te houden. Zijn vingers tastten echter naar het verfrommelde briefje in zijn broekzak en zijn ogen werden vochtig. Ineens had hij er spijt van het niet toch te hebben verstuurd, en nu was het te laat.

De kamer in het hotel in Montmartre kwam in herinnering. Op de derde ochtend van hun huwelijksreis was hij na een nacht met weinig slaap uit bed gestapt en aan het venster gaan staan. Beneden op straat waren straatvegers bezig, liepen mannen en vrouwen met en zonder stokbroden onder hun arm, afhankelijk van de vraag of ze van de bakker kwamen of ernaar onderweg waren. De zon scheen, het water spoelde door de straatgoten. Niemand keek omhoog, naar die Duitser die in zijn onderhemd voor het raam stond en alles op zijn gemak bekeek. Niemand wist dat hij een voormalige vijand was, dacht hij, en niemand besefte dat hij een paar uur geleden zijn eerste kind had verwekt. Een zoon, zei hij in zichzelf; het wordt een jongen en we noemen hem Karl. Hij liet de naam een paar keer over zijn tong rollen, mompelde hem zachtjes voor zich uit en keerde zich toen om naar Marie-Louise, die vredig op haar rechterzij doorsliep in het te smalle bed, zich niet bewust van de verandering die zich in haar lichaam had voltrokken.

Een maand later was gebleken dat zijn intuïtie hem niet had bedrogen.

Je staat aan een hotelvenster en je voelt de tijd stoppen, dacht hij. De zon brandt op je blote schouders, een briesje beroert je haren. De bomen zijn uitgelopen en het groen is nog fris, maar de bladeren bewegen niet, net zomin als de kat die op het muurtje zit. Zo zou je voor eeuwig willen blijven staan, volledig tevreden met jezelf en de wereld om je heen. Beter kan het nooit worden, slechter wel.

Zo slecht als op dit moment.

Hij voelde angst voor wat komen zou. Het was een ander soort angst dan op het slagveld. Dan stormde je vooruit, niet om de dood tegemoet te lopen maar om eraan te ontkomen. Sterven was een mogelijkheid, waarvan je diep in je hart overtuigd was dat het voor jou een onmogelijkheid was. Hoe vaak had hij niet die blik van verbijstering en verbazing gezien in de ogen van dode kameraden, die blik die zo ontbrak bij de partizanen die het schavot betraden om de strop om hun nek te krijgen? Hij dacht aan die septembermaand van het jaar 1938, toen de villa in Bazel die hij mee had ontworpen, werd opgeleverd. De Zwitserse architect, voor wiens zieke compagnon hij was ingesprongen, bood hem een dure Davidoff-sigaar aan en een glas champagne, en begon toen te vertellen over de vele opdrachten die zijn bureau kreeg en over de compagnon die niet meer terug zou keren omdat zijn kanker bleek uitgezaaid. Het voorstel om naar Zwitserland te komen werd niet direct gedaan maar verbloemd. Thuisgekomen, in Stuttgart, had hij er met Marie-Louise over gesproken, maar ze konden geen beslissing nemen. De oorlog om Tsjechoslowakije dreigde en hij voelde er niets voor te worden opgeroepen voor hernieuwde legerdienst, maar de crisis ging voorbij toen de Britten en Fransen Hitler zijn zin gaven en hem alle delen van het land waar de Duitstaligen in de meerderheid waren, lieten bezetten. De oorlog leek te zijn afgewend en Von Trettlow was blijven treuzelen. In november las hij in een brief van de Zwitserse architect dat hij iemand anders had gevonden. Daarmee ging de enige kans om te emigreren geruisloos voorbij.

Er waren geen momenten meer om vast te willen houden. Ze waren gepasseerd, soms genoten, soms gemist. Wat nog zou komen, was erger dan dat ene moment waar hij doorheen zou moeten bijten. Hij slikte, vermande zich.

Zijn hand kroop van zijn broekzak naar zijn holster, langzaam, onwillig bijna.

Er klonk een klik toen de vingers de knop opentrokken en zich vervolgens om het koude metaal van de greep kromden.

EPILOOG

26 augustus 1944

30

Opvallend veel mannen droegen helmen van het Franse leger, andere hadden een brandweerhelm op hun hoofd en één keer zag Elise zelfs iemand met een mijnwerkershelm paraderen. Iedereen droeg een armband die hem identificeerde als lid van het verzet.

En overal was de driekleur: gescheurd, besmeurd, bevlekt, maar hij hing er, aan balkons en aan lantaarnpalen. Ook aan haar eigen balkon, op de tweede verdieping van haar appartement in de Avenue de Versailles, hing een Franse *tricolore*. Elise keek naar beneden en zag hoe het stuk textiel lichtjes bewoog in een plotselinge bries. Een zomerse thermiek, maar voor haar gevoel was het de adem van al die mensen beneden op straat. Er werd geroepen, gezongen, gedanst en natuurlijk gedronken. Overal vandaan waren flessen wijn en champagne gehaald, armagnac, calvados en cognac, bewaard in kelders en kasten tot het ultieme moment van de bevrijding.

Armand kwam naast haar staan en omvatte haar middel. Ze liet zich gewillig tegen hem aan trekken, keek naar hem op en kuste hem op de mond. Het was niet de eerste keer vandaag en het zou zeker niet de laatste zijn ook.

'Ze zijn echt weg', zei hij, boven het straatlawaai uit. 'Volgens de laatste radioberichten zijn de troepen van de Wehrmacht in paniek op de vlucht, richting Reims en Nancy, om maar niet in handen te vallen van de Amerikanen.'

'Het is voorbij, Armand', zei Elise, en ze voelde nog steeds de opluchting van uren geleden. 'De laatste keer dat ik hier aan de balustrade stond, kwamen ze de straat in rijden om mij te halen. Nu wordt alles weer normaal.'

Maar terwijl ze de zin met veel overtuiging uitsprak, wist ze dat niets ooit meer hetzelfde zou zijn, behalve... Ze keek haar man recht in de ogen. De hoornen bril was dezelfde als van vroeger, de uitdrukking die ze achter de glazen kon ontwaren ook. De gevoelens die in zijn blik lagen waren ook onveranderd, merkte ze eens te meer.

~

Het had dagen geduurd eer het nieuws van de twintigste juli in Berlijn tot in Bischoffsheim was doorgedrongen, en toen nog eens dagen eer dat over de samenzwering in Parijs hen bereikte. Er waren geen extra voedselbonnen meer gekomen vanuit het Majestic en de majoor was niet meer langsgekomen om een brief van Armand af te leveren. Aanvankelijk had ze zich niet veel zorgen gemaakt over haar veiligheid, maar toen er werd bericht over de zelfmoordpoging van generaal Von Stülpnagel en het aanstaande proces tegen een grote groep hogere officieren, begon de angst op te spelen.

'Ik kan hier niet blijven, Marie-Laure', had ze weer enkele dagen later gezegd. 'Ik breng ieders leven in gevaar. Als ze die officieren martelen en een van hen verraadt iets over ons...'

'Maar waar moet je naartoe?' had de burggravin met gespreide armen gevraagd.

Ze had maar één adres geweten dat in aanmerking kwam als laatste onderduikadres.

~

De tocht door de stad was niet zonder risico geweest. In de paar weken sinds ze uit Bassano ontsnapt was, had Parijs opnieuw een metamorfose ondergaan. De meeste metrostations waren gesloten en omgetoverd tot schuilkelders. Hele straten waren afgesloten voor het verkeer en afgezet met zandzakken en prikkeldraadversperringen. Overal stonden machinegeweren opgesteld en hier en daar ontwaarde ze een kanon. De bezetter leek te willen aantonen dat hij bereid was om voor elke straat en elk gebouw te vechten. Tegelijk viel het zelfs Elise, die niets van militaire zaken wist, op dat er weinig soldaten op de been waren en dat veel mannen al op leeftijd leken. Sommigen droegen net zo'n dikke bril als Armand, anderen liepen moeizaam, alsof er oude kogels in hun heupen en dijbenen staken. Boekhouders en monteurs, dacht Elise, administratief en technisch personeel dat achter het bureau en onder de auto vandaan was gehaald en een geweer in zijn handen geduwd had gekregen. De nieuwe bevelhebber was blijkbaar bereid te vechten tot de laatste verpleger en de laatste typist.

Tegelijk zag ze enkele malen de blikken die Franse politieagenten en Duitse militairen uitwisselden. De laatsten vertrouwden de eersten niet meer. Er hing iets in de lucht, een nieuwe vastberadenheid, een opstandig gevoel. Zelfs de winkelier die ze voor zijn etalage had zien staan, had iets uitdagends in zijn houding. Hij leunde op zijn bezemsteel zoals een gardist op de schacht van zijn speer. Het defaitisme, dat Parijs jarenlang in zijn greep had gehad, was aan het verdwijnen.

Ze was tweemaal aangehouden bij een controlepost en tweemaal snel doorgewuifd. Eén blik op haar valse persoonsbewijs was blijkbaar voldoende. Na uren lopen bereikte ze haar appartementsgebouw. Ze had aangebeld maar niemand had opengedaan. Bij buren bellen durfde ze niet, dus bleef ze ook niet talmen voor haar huisdeur maar zocht een nabijgelegen parkje op. Om zes uur 's avonds had ze het nog eens geprobeerd. Ditmaal had ze na enkele minuten een vertrouwde gestalte achter het melkglas zien opdoemen. Hij had de deur geopend en haar secondelang aangestaard of hij een geest zag. Daarna had hij haar aan haar arm naar binnen getrokken, de deur achter haar rug gesloten en haar dicht tegen zich aan gedrukt. Zo waren ze heel lang blijven staan. Ze voelde vocht op haar haren druppelen, maar de eerste woorden kwamen pas toen ze in hun appartement waren.

Ze had verwacht dat de woning er nog net zo rommelig en muf bij zou liggen als Armand haar in zijn voorlaatste brief beschreven had, maar alles was opgeruimd en schoongemaakt. Twee koffiekopjes stonden op tafel klaar, alsof hij op haar gewacht had. Alleen de lege plekken aan de muren waar de schilderijen hadden gehangen, getuigden van de gaten die de oorlog in hun leven geslagen had.

Maar dat was van later zorg.

~

's Middags leek de wijk leeg te lopen, omdat iedereen naar de Champs-Élysées trok. Generaal De Gaulle was aangekomen in de stad en zou een triomftocht houden, samen met generaal Leclerc, de bevelhebber van de tweede tankdivisie die de stad had helpen bevrijden. Elise en Armand verlieten hun woning, liftten een stuk mee langs de Seine met een Amerikaanse legertruck, maar sprongen er in de buurt van het Trocadéro vanaf en zochten een café op. Daar probeerde Elise een recent exemplaar van de *Pariser Zeitung* te vinden. Het personeel had de Duitse soldatenkrant op een stapel uit het zicht gelegd. Geen hond die daar nu nog in wilde lezen.

'Wat wil je daar in hemelsnaam mee, met dat vod?' vroeg Armand, terwijl hij twee glazen wijn op tafel zette.

'Ik wil iets nazoeken', antwoordde ze, zonder op te kijken. Het exemplaar was van 10 augustus. Het kon niet anders of daar moest nog in bericht worden over de showprocessen tegen de mannen die achter de aanslag op Hitler zaten.

‘Je zoekt de naam van die majoor’, opperde Armand. ‘Von Trettlow, die mij dat baantje heeft bezorgd. Of die van Bargatzky, die ik ook nog enkele malen heb ontmoet.’

Verrast keek ze op. ‘Bargatzky was nog in het Majestic ná de twintigste juli?’

‘Zelfs na de dertigste,’ knikte Armand, ‘maar daarna droeg zijn kantoorkamer ineens een ander naamplaatje.’

Maar ze vond niets. Er werden tientallen namen genoemd van veroordeelden, vaak met de vermelding dat ze de doodstraf hadden gekregen, maar geen ervan klonk haar bekend in de oren. Von Trettlow was spoorloos verdwenen. Even kreeg ze het unheimische gevoel dat hij nooit bestaan had en een product van haar verbeelding was.

Armand keek over haar schouder mee en mompelde: ‘Zoveel adellijke namen. Het lijkt wel of er een hele klasse is weggevaagd.’

‘De goeden zijn gestorven, de slechten zullen het overleven’, sprak Elise en vouwde de krant dicht. Ze spiedde om zich heen. Niemand had gezien welke krant ze had doorgebladerd.

‘Dat kun je zo niet zeggen’, vond Armand. ‘Tussen die samenzweerders zullen ook opportunisten hebben gezeten, mannen die op het verkeerde paard hebben gegokt.’

Elise schudde haar hoofd. ‘Dat geloof ik niet. De profiteurs heb ik in Bassano gezien. Die zijn nu op weg naar het oosten, *heim ins Reich*, met vrachtwagens vol gestolen goederen.’

Ze dacht aan de hoge ss’er en zijn Reichsleiter, hun drie onderzeeërs die in een haven aan de Atlantische kust hadden klaargelegen, en vroeg zich af of ze al met hun buit naar Zuid-Amerika waren vertrokken. Ze had het aan Bargatzky gemeld en hij had het de stenograaf laten onderstrepen in het verslag. De gedachte aan het kamp deed haar een impulsief besluit nemen.

'Ik wil niet naar De Gaulle gaan kijken', sprak ze op besliste toon. 'Ik wil naar de Rue de Bassano.'

Armand knikte. Ze hoefde hem niets uit te leggen. Hij begreep haar stilzwijgend, bijna instinctief. Het verhaal van haar verblijf in het kamp had ze hem verteld, in horten en stoten, soms huilend, soms op een bijna klinisch objectieve toon. Maar het was eruit gekomen en hij had ademloos geluisterd. Daarmee was het nu ook zijn verhaal geworden.

~

Ze kwamen voorbij het Majestic. Omvergegooide hekken met prikkeldraad waren de enige tekenen die wezen op de recente Duitse aanwezigheid. Ze schuifelden over het trottoir, voorbij het Majestic. De deuren stonden open en van veel vensters waren de ruiten kapot. Het was onduidelijk of erdoor geschoten was of dat woedende burgers ze nadien hadden ingeslagen. Naar binnen gaan was in ieder geval onmogelijk. Er stonden gewapende Amerikanen voor de ingang die iedereen vriendelijk maar beslist aanmaanden om door te lopen. Even voorbij het Majestic sloegen ze naar rechts en liepen in de richting van de Place de l'Uruguay. Hier kwamen ze veel sneller vooruit, omdat de menigte zich in de omgekeerde richting bewoog. Hoe verder ze zich van de Champs-Élysées verwijderden, hoe groter de open plekken op straat, maar de vrolijkheid was nooit ver weg. Overal kwamen ze lachende mensen tegen. Tweemaal werd hun spontaan een glas wijn aangeboden. Ze weigerden niet. Toen ze de Rue de Bassano bereikten, voelde Elise hoe de alcohol haar naar het hoofd begon te stijgen. Maar terwijl ze de straat afliepen in de richting van het hoekpand, verdween de euforie die ze al die uren had gevoeld. Een vage weerzin kwam in haar op, die sterker werd met elke stap die ze deed. Toch zette ze door, ondersteund door Armand die een arm om haar schouder had geslagen en daar af en toe in kneep. Het pand oogde verlaten, zoals ze al had verwacht. De toegangspoort was gesloten, maar de luiken waren niet langer dicht. De weerzin vermengde zich met vrees toen ze naar de overkant liep. Elke kassei in het wegdek leek haar de boodschap te geven om te draaien. Haar knieën knikten toen ze voor een van de vensters stond en naar binnen keek. Armand kwam naast haar staan.

'Het gebouw is leeg', constateerde hij in haar plaats. 'Dit is al langer geleden dan vandaag of gisteren ontruimd.'

Ze staarde door de vuile ruit. Herinneringen kwamen boven, aan de kolonel en zijn Engelse vrouw, maar ook aan Rebecca en door de associatie eveneens aan Rachel. Wat zou er van die twee vrouwen geworden zijn? Zouden ze nog leven en terugkeren uit het oosten?

Ze liep naar de toegangspoort, rammelde eraan maar merkte dat deze op slot zat. Nog maar enkele maanden terug zou ze zijn afgetuigd of doodgeschoten als ze dit had gewaagd.

Armand stond alweer naast haar. 'Je bent hier tijdig uit ontsnapt. Het is verleden tijd, voorgoed.'

'Voorgoed?' Ze draaide zich naar hem toe. 'Ze kunnen terugkomen, wraak nemen...'

Hij schudde zijn hoofd, glimlachte geruststellend: 'Terugkomen? Ze zijn overal op de vlucht. Je weet wat Marie-Laure tegen je zei: vóór Kerstmis staan de Amerikanen in Berlijn.'

'Zou er nog iets te vinden zijn dat bewijst wat zich daar binnen heeft afgespeeld?'

Armand staarde door de vieze ruit. 'Vast niet. Ik denk dat de SS de voorbije weken alleen maar bezig is geweest de sporen van haar misdaden uit te wissen.'

'Had ik maar kunnen getuigen in dat proces...' sprak ze zacht voor zich uit.

'Dat proces van die Duitsers tegen hun eigen landgenoten? Dat komt er nu niet meer. Maar misschien komt er een ander, van de Fransen of de Amerikanen. De waarheid zal boven water moeten komen, de schuldigen zullen gestraft moeten worden.'

Hij zei het met veel overtuiging. Maar wie zou haar verhaal nu willen horen? De Parijzenaren in ieder geval niet. Die wilden feesten, lachen, drinken, zich vrij over straat kunnen bewegen. Ze kon daar beter zelf ook aan toegeven. Vandaag moest ze ook maar gaan dansen en vergeten.

'Kom', sprak ze, terwijl ze zijn hand pakte en er overdreven hard in kneep. 'Nu kan ons leven eindelijk verdergaan. Ik wil dit achter me laten.'

Ze draaiden het hoekpand hun rug toe en stapten terug in de richting van de Champs-Élysées, daar waar de boze geesten van de bezetting met veel lachen en drinken werden verjaagd en overschreeuwd.

NAWOORD

De aanslag op Hitler mislukte en daarmee ook de staatsgreep die zijn regime omver had moeten werpen. Slechts één van de twee bommen ontplofte, en dan had bovendien nog een ordonnans de tas waarin de explosieven zaten verplaatst, zodat de Führer niet dicht genoeg bij de explosie stond. Desondanks was er in de urenlange verwarring nadien tijd genoeg voor de samenzweerders om het heft in handen te nemen. Het was vooral het aarzelen van een aantal sleutelfiguren dat de coup d'état te laat in gang deed zetten en de nazi's de tijd gaf tegenmaatregelen te nemen. Tal van militairen hadden kunnen zeggen: 'Dood of levend, wat maakt het uit? Ik doe mee.' Maar de Hitler in hun hoofd was nog krachtiger dan die van vlees en bloed. Ze tekenden daarmee hun eigen doodvonnis en – wat erger was – dat van honderdduizenden anderen.

Het laatste oorlogsjaar was namelijk bijzonder bloedig. Tijdens de Slag om de Ardennen verloren de Amerikanen bijna twintigduizend manschappen. Tijdens de opstand van Warschau kwamen zo'n honderdvijftigduizend burgers om het leven. Tijdens de Hongerwinter in Nederland stierven ongeveer twintigduizend mensen. De vliegende bommen maakten alleen al in België minstens zesduizend dodelijke slachtoffers en twee keer zoveel gewonden. En zo kan de lijst eindeloos worden uitgebreid.

Maar de enige reële kans op een succesrijke staatsgreep werd op die twintigste juli gemist. De samenzweerders zouden er duur voor betalen. Hoewel sommigen door de mazen van het Gestapo-net glipten, heeft het overgrote deel van hen de oorlog niet overleefd.

Tijdens een grootschalig showproces werden ze veroordeeld tot de strop; anderen werden naar concentratiekampen afgevoerd en vlak vóór het einde alsnog door de SS geëxecuteerd.

Een aantal van deze historische personages wordt in deze roman opgevoerd. Ik geef van elk van hen in het kort weer hoe het hem na de twintigste juli 1944 is vergaan.

Walter Bargatzky werd niet gearresteerd. Na de oorlog maakte hij carrière in de politiek en bracht het eerst tot staatssecretaris van Volksgezondheid en daarna tot voorzitter van het Rode Kruis. Hij publiceerde verscheidene boeken, waaronder zijn herinneringen aan de oorlogsjaren, onder de titel *Hotel Majestic – Ein Deutscher im besetzten Frankreich*. Hij stierf in 1998.

Carl-Heinrich von Stülpnagel werd naar Berlijn ontboden en probeerde onderweg zelfmoord te plegen. Hij schoot mis en slaagde er slechts in zichzelf blind te maken. Desondanks werd hij verhoord, gemarteld en veroordeeld. Vonnis en executie vonden plaats op 30 augustus 1944.

Caesar von Hofacker werd gearresteerd, gemarteld en veroordeeld. Op 20 december 1944 werd hij opgehangen. Zijn bezit werd verbeurd verklaard, zijn kinderen werden in weeshuizen geplaatst.

Ernst Jünger werd ervan verdacht in contact te hebben gestaan met de samenzweerders en in augustus 1944 oneervol uit het leger ontslagen. Zijn zoon zat nadien gevangen wegens antinazi-uitspraken en stierf onder onduidelijke omstandigheden. Na de oorlog publiceerde Jünger het dagboek dat hij lange tijd in Parijs had bijgehouden. Hij stierf in 1998 op 102-jarige leeftijd.

Günther von Kluge slaagde er na de twintigste juli niet in om de verdenking van zich af te wenden, noch om de doorbraak van de geallieerden in Normandië te voorkomen. Toen hij op 19 augustus 1944 van zijn commando werd ontheven en naar Berlijn ontboden, pleegde hij zelfmoord door vergif in te nemen.

Hans Speidel werd door de Gestapo ervan verdacht tot de samenzweerders te behoren, maar de krijgsraad achtte niets bewezen. Hij belandde desondanks in de gevangenis en zou daar de rol van Erwin Rommel verraden hebben. Hij ontsnapte en dook onder. Na de oorlog werd hij generaal in de Bundeswehr en bevelhebber van de NAVO-strijdkrachten in Midden-Europa. Hij overleed in 1984.

Erwin Rommel herstelde van zijn verwondingen en werd door Hitler voor de keuze gesteld: zelfmoord of aangeklaagd worden. Om zijn gezin te sparen koos hij voor het eerste, op 14 oktober 1944.

Kurt von Behr vluchtte samen met zijn vrouw en zijn oorlogsbuit naar Duitsland. Daar pleegden zij beiden op 19 april 1945 zelfmoord.

Wat de overige historische personages betreft: Marie-Laure de Noailles en Jean Cocteau stierven respectievelijk in 1970 en 1963. Zij hadden na de oorlog nog lange en vruchtbare jaren, de burggravin als mecenas, de kunstenaar als schepper van gedichten, tekeningen, keramiek, toneel en film.

Leon en Vera Teitelbaum worden in 1936 door hun Oostenrijkse familie naar Rotterdam gestuurd. Hun vader, fabrikant van porselein, heeft al vóór de Anschluss begrepen dat er voor Joden geen plaats meer is in Oostenrijk. In de Maasstad moeten de twintigers een zelfstandig bestaan zien op te bouwen. Vera werkt als secretaresse bij de Bijenkorf en wordt verliefd op de rijke, flamboyante Hugo Barton. Leon is graveur in serviezenspeciaalzaak Jungerhans en kan zijn ambitie als kunstschilder waarmaken als galerie Leiker zijn doeken aan de man brengt.

Terwijl de oorlog dreigend dichterbij komt, merkt Vera dat haar afkomst als een muur tussen haar en Hugo in staat. Tegelijkertijd raakt Leon betrokken bij een complot van kunstvervalsing en zet hij hun bestaanszekerheid op het spel met zijn communistische sympathieën. En wanneer in 1940 de eerste bommen op Rotterdam vallen staan beiden voor onmogelijke keuzes.

Gesitueerd in het Rotterdam van de late jaren dertig geeft *Nu ik je nooit meer zie* een realistisch beeld van de oude stad en de bedrieglijke rust waarin het leven zich daar afspeelde.

Colofon

Omslagontwerp: Riesenkind
Omslagbeeld: Mark Owen / Trevillion Images
Zetwerk: Mat-Zet bv, Huizen
Druk: Wilco bv, Amersfoort

Eerste druk april 2023

ISBN 978 94 6068 622 1
E-ISBN 978 94 6068 708 2
NUR 301, 337

Uitgeverij Marmer BV
Noorderstraat 55
3742 BB BAARN
T: +31 649881429
www.uitgeverijmarmer.nl
info@uitgeverijmarmer.nl